WAH BHARAT

वाह भारत

WAH BHARAT

वाह भारत

Written, Compiled and Edited by

Nirmal Joshi

GenNext Publication

WAH BHARAT

वाह भारत

ISBN: 978-93-8022-282-0

मूल्य:150

भारत में सन् 2015 में प्रकाशित

genNEXT PUBLICATION

सी-30, सत्यवती नगर,

दिल्ली-110052

Phone: 9212142040

ई-मेल: gennextpublication@hotmail.com

Contents

Acknowledgement

This book is a kind of book which involves an extensive work on knowledge inputs, awareness and information analysis. My work over the years as a 'Quiz Master' and an 'Attitude Workshop' conductor helped me immensely to shape this book. However, such a book could not have taken shape without some support and discussion on the subject matter.

The most important person who was continuously involved in making, shaping, editing and reviewing the contents of this book was my wife Mridula Joshi. Discussing matters with her immensely helped me in writing and editing the book.

My friend Air Commodore Sanjeev W. Gosewade and his daughter Shruti also contributed by providing me some very useful inputs for the book. Many of my friends connected with social organizations also encouraged me to write this book.

The primary purpose of this book is not commercial. This book aims to educate and motivate the students and the youth of our country for their greater contribution in Nation building. I sincerely thank everyone who has helped me bring out this book.

Note

This book is published for the benefits of the students and youth without any commercial motive. All due care has been taken to present the facts in a non-partisan and positive manner with an emphasis upon highlighting our great people, things and matters etc. However, if inadvertently any mistake, omission, incorrect matter or infringements of rights etc. are found in the book, the same shall be rectified and corrected in the next edition of the book.

मेरा भारत महान

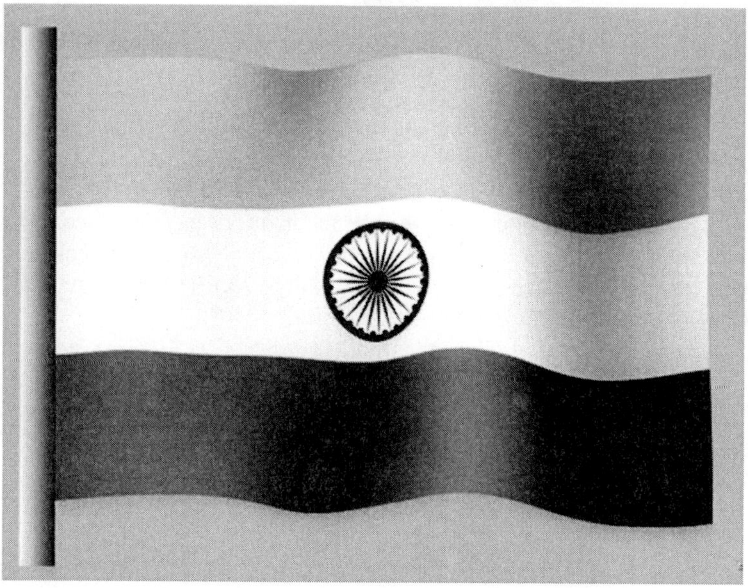

I LOVE MY INDIA

नटराज के ब्रह्माण्ड नृत्य में ब्रह्माण्ड का रहस्य है

शिव की नटराज नृत्य–मुद्रा को कला के सम्पूर्ण क्षेत्र का एक ईश्वरीय साकार रुप माना जाता है। लेकिन अगर आप गौर से देखें तो शिव के इस नृत्य–मुद्रा में पूरे ब्रह्माण्ड का रहस्य छुपा हुआ है।

नाभिकीय भौतिकी के विश्व प्रसिद्ध प्रोफेसर 'फ्रित्ज' ने शिव के इस ब्रह्माण्ड नृत्य को सृष्टि के रहस्य के रुप में देखा व समझा। अपने इस अनुभव को उन्होंने अपनी प्रचलित पुस्तक 'द ताओ ऑफ़ फिजिक्स' के शुरुआती पन्नों में कुछ इस प्रकार से वर्णित किया है.....

"एक बार गर्मीयों के ढलती दोपहर में मै समुद्र किनारे बैठा हुआ लहरों को अपनी सांसों की लय के साथ आता जाता देख रहा था, कि तभी मैने सहसा महसूस किया कि मेरे आस–पास का सम्पूर्ण वातावरण एक विराट् ब्रह्म नृत्य में संलग्न है। एक भौतिकशास्त्री होने के नाते मुझे ये पता था की मेरे आस–पास के बालू, चट्टान, पानी व वायु कंपायमान अणु व परमाणु से बने हुए हैं और वे उन कणों से निर्मित हैं जो एक दूसरे के साथ सर्जनात्मक व खण्डनात्मक अन्योन्यक्रिया में लिप्त हैं। मै ये भी अच्छी तरह जानता था कि उच्च उर्जा के कणों के वायुमंडल में प्रवेश के समय बहुविध टक्कर के कारण पृथ्वी के वायुमंडल पर ब्रह्माण्ड के किरणों की वृष्टि की बौछार लगातार होती रहती है। उच्च उर्जा भौतिकी पर मेरे शोध के कारण मै इन सबकुछ से भली–भांति परिचित था। लेकिन उस क्षण के पहले तक मैने ये सब कुछ केवल लेखाचित्र, आरेख व गणितीय सिद्धांतों के द्वारा ही महसूस किया था।"

समुद्रतट पर बैठे हुए प्रोफेसर फ्रित्ज उस क्षण नटराज के नृत्य के पीछे छुपे हुए विज्ञान, कला एवं धर्म के सामंजस्य के उस महान दर्शन को समझ गये जो कि सम्पूर्ण ब्रह्माण्ड का एक गुप्त या अप्रत्यक्ष ज्ञान है।

The Cosmic Dance of Nataraj...
The Secret of the Universe

The Nataraj (the dancing Siva) is considered as the divine personification of the entire domain of arts. But if one observes it more closely, behind this dancing pose of Siva, one can find a hidden cosmic secret.

The internationally renowned professor of nuclear physics, Mr. Fritj of Capra could see this cosmic dance of Siva as the secret of creation. The description of his experience is given on the opening pages of his popular book "The Tao of Physics". It reads as follows....

"I was sitting by the ocean one late summer afternoon watching the waves rolling in and feeling the rhythm of my breathing, when I suddenly became aware of my whole environment as being engaged in a gigantic cosmic dance. Being a physicist, I knew that the sand, rocks, water, and air around me were made of vibrating molecules and atoms, and that these consisted of particles which interacted with one another by creating and destroying other particles. I knew also that the earth's atmosphere was continually bombarded by showers of 'cosmic rays', particles of high energy undergoing multiple collisions as they penetrated the air. All this was familiar to me from my research in high energy physics, but until that moment I had only experienced it through graphs, diagrams and mathematical theories."

Sitting by the ocean, Professor Fritj understood that the philosophy of the dance of Siva-the Nataraj, is the congruence of Science, Arts and Religion; which is the unmanifest or hidden knowledge about the cosmos.

बलबीर सिंह – एक अप्रतिम खेल नायक

बलबीर सिंह हॉकी की दुनिया के एक सर्वकालिक महान भारतीय खिलाड़ी हैं, जिन्होंने ओलम्पिक हॉकी मुकाबलों में एक ऐसा कीर्तिमान बना दिया है जो शायद अब कभी भी ना टूटे। बलबीर सिंह ओलम्पिक में स्वर्ण पदक पाने वाली 3 हॉकी दलों, लंदन (1948), हेलसिन्की (1952–उप–कप्तान) एवं मेलबोर्न (1956–कप्तान), के सदस्य थे।

उनके द्वारा स्थापित ओलम्पिक पुरुष हॉकी के फाइनल में किसी भी एक खिलाड़ी द्वारा किये गये 5 गोलों का कीर्तिमान आज तक बना हुआ है। बलबीर सिंह ने यह कीर्तिमान तब बनाया जब 1952 के ओलम्पिक हॉकी के फाइनल मे नीदरलैंड के खिलाफ उन्होंने भारत की 6–1 की जीत में अकेले कुल 5 गोल दाग दिये।

उन्हें विश्व हॉकी के इतिहास का आज तक का सर्वश्रेष्ठ सेंटर–फारवर्ड खिलाड़ी माना जाता है। उन्हें बलबीर सिंह सीनियर के नाम से भी इसलिये बुलाया जाता है क्योंकि बलबीर सिंह नाम के एक और हॉकी खिलाड़ी भी भारत में हैं।

1971 में आयोजित पुरुष हॉकी के विश्व कप में कांस्य पदक जीतने वाली भारतीय टीम एवं 1975 में विश्व कप जीतने वाली टीम के वो मुख्य प्रशिक्षक और प्रबंधक थे।

2012 में आयोजित लंदन ओलंपिक के दौरान रॉयल ओपेरा हाउस में आयोजित ओलंपिक संग्रहालय प्रदर्शनी में बलबीर सिंह का सम्मान किया गया। इस प्रदर्शनी का नाम "द ओलम्पिक जर्नीः द स्टोरी ऑफ़ गेम्स" रखा गया था। इस प्रदर्शनी में ओलम्पिक खेलों की 776 ई.पू. से लेकर 2012 लंदन ओलम्पिक तक के सफ़र की कहानी का प्रदर्शन किया गया था।

बलबीर सिंह को ओलंपिक इतिहास के चुने हुए 16 महानतम खिलाड़ियों के रुप मे सर्वश्रेष्ठ नायकों की उन श्रेणी में चुना गया था जो कि ओलम्पिक खेलों के कीर्तिमानों के प्रतिरूप उदाहरण हैं।

Balbir Singh (Sr) – The Exceptional Hero

Balbir Singh is an all time great Olympic record setting Indian field hockey player who was a member of the three Olympic Gold Medal winning teams, London (1948), Helsinki (1952-Vice Captain) and Melbourne (1956-Captain).

His Olympic record for the most number of goals scored by an individual in an Olympic men's hockey final remains unbeaten till date. Balbir Singh set this record when he scored 5 goals against the Netherlands in India's 6-1 victory in the final of the 1952 Olympic Games. He was reputed as the best centre-forward in the history of the game; he is often called Balbir Singh Senior just to distinguish him from another Indian hockey player also named Balbir Singh.

Balbir Singh was the Manager and Chief Coach of the Indian team for the 1975 Men's Hockey World Cup which India won and the 1971 Men's Hockey World Cup, where India won the bronze medal.

In the London Olympics held in 2012, Balbir Singh was honoured in the Olympic Museum exhibition, called *"The Olympic Journey: The Story of the Games"* which was held at the Royal Opera House. The exhibition unfolded the story of the Olympic Games from its creation in 776BC and up to the London 2012 Olympic Games. He was one of the 16 iconic Olympians chosen as the outstanding heroes and iconic examples of the Olympic Games achievements.

धर्म युद्ध – सही सिद्धांतों के साथ लड़ा जाने वाला युद्ध

युद्धों की दुनिया के इतिहास में कहीं भी 'धर्म–युद्ध' शब्द का प्रयोग सुनना मुश्किल है। धर्म–युद्ध का अर्थ होता है धर्म के सिद्धांतों के अनुसार युद्ध लड़ना।

प्रो. एच.एच. विल्सन कहते हैं – 'युद्ध के हिंदू कानून बहुत ही शौर्यपूर्ण और मानवीय हैं। यह निहत्थे, बूढ़ों, महिलाओं व बच्चों तथा पराजित व्यक्तियों की हत्या पर प्रतिबंध लगाते हैं। युद्धकाल के दौरान भी पड़ोस में किसान अपने काम मे व्यस्त मिलेगा, शायद जुताई या कटाई–छटाई आदि में।

मेगस्थनीस ने चौथी शताब्दी में भारतीय युद्ध की एक विलक्षण विशेषता का इस प्रकार उल्लेख किया हैः 'वे कभी भी दुश्मन की भूमि में आग लगाकर उसे नहीं उजाड़ते, और ना ही वे इसके पेड़ काटते हैं या मिट्टी को बर्बाद करते हैं।' चीनी तीर्थयात्री ह्वेन सियांग के अनुसार हालांकि सातवीं शताब्दी में प्रतिद्वंद्विता और युद्ध बड़े पैमाने पर होता था परन्तु देश को उनके द्वारा कोई विशेष नुकसान नहीं होता था।

एलेन डैनिएलू द्वारा लिखित 'भारत का एक संक्षिप्त इतिहास' पुस्तक भारतीय युद्ध के इन खास पहलुओं पर प्रकाश डालती है। भगवद्गीता ने 'ओपेनहाइमर' से ले कर 'थोरो' तक के महान अमेरिकियों को प्रभावित किया है। इस पुस्तक में दिया गया संदेश 'कर्म किये जा फल की चिंता मत कर ऐ इंसान' आज भी उतना ही प्रासंगिक है जितना सदियों पूर्व था।

युद्ध के मैदान पर एक स्वीकार्य व्यवहार क्या है...? महाभारत में इसको इस प्रकार से वर्णित किया गया हैः

घुड़सवार सेना के रथ पर हमला नहीं किया जाना चाहिए, रथी योद्धाओं को रथों पर हमला करना चाहिए संकट में फंसे सैनिक पर आक्रमण नहीं होना चाहिए या उसे भयभीत नहीं रखना चाहिए। युद्ध विजय प्राप्ति के लिए लडा जाना चाहिए, जो तुम्हे मारने की कोशिश नहीं कर रहा है वैसे दुश्मन से क्रोधित नहीं रहना चाहिए, इत्यादि।

हिन्दू शास्त्र के दो उप–वेद धनुर्वेद व अर्थशास्त्र युद्ध के प्रज्ञा व विवेक के बारे में बताते हैं।

युद्ध से तबाही झेल रही दुनिया एक बेहतर जगह हो सकती है अगर लोग 'धर्म–युद्ध' के सिद्धांतों का पालन करें।

Dharm Yuddha – A War with Right Principles

Nowhere in the world history of war can one hear the use of the words 'Dharma Yuddha' meaning thereby, a war fought on the principles of righteousness.

Prof. H.H. Wilson says – 'The Hindu laws of war are very chivalrous and humane. It prohibits the slaying of the unarmed, old men, women and children, and of the conquered. At the very time when a battle was going on, the neighbouring cultivators might be seen quietly pursuing their work.'

Megasthenes mentions a peculiar trait of Indian warfare in the 4th century: 'they never ravage an enemy's land with fire, nor do they cut down its trees or ravage the soil.' Chinese pilgrim to Nalanda University, Hiuen Tsiang affirms that although there were enough of rivalries and wars in the 7th century A.D. the country at large was little injured by them.

'A brief history of India' by Alain Danielou throws light on such highlighting features of Indian warfare. The Bhagavad Gita has influenced great Americans from Thoreau to Oppenheimer. Its message of 'do your duty and don't worry for the fruits of your action' is just as relevant today as it was when it was first spoken more than two millennia ago.

What constitutes an acceptable behavior on a battlefield is mentioned in *Mahabharat*:

Chariots with cavalry should not be attacked; chariot warriors should attack chariots; someone in distress should not be assailed or scared; one should not be enraged toward an enemy who is not trying to kill him.

Two Up-Vedas, *Dhanurveda & Arthshastra* deal with the knowledge of warfare.

The war-ravaged world can be a better place if only they could follow the principles of 'Dharma Yuddha'.

वर्ष का सर्वश्रेष्ठ अमेरिकी वकील

नील कुमार कात्याल को 'लॉयर्स यू.एस.ए.' द्वारा वर्ष 2006 के लिए 'वर्ष का वकील' घोषित किया गया था और 'नेशनल लॉ जर्नल' के 'वर्ष के वकील' पुरस्कार में वह उपजेता थे। 'वाशिंगटनियन मैगज़ीन' ने उन्हें सुप्रीम कोर्ट के 30 सर्वश्रेष्ठ जीवित वकीलों में से एक घोषित किया है और 'अमेरिकन लॉयर मैगज़ीन' ने देश के शीर्ष 50 वादकारों की सूची में 'नील' को शामिल किया है। 'नील' के नाम को 'लीगल टाइम्स' ने पिछले 30 वर्षों के 90 महानतम वकीलों में से एक के रूप में उद्‌घोषित किया है। 'नेशनल लॉ जर्नल' ने उन्हें 2004 के 'प्रो–बोनो' पुरस्कार से सम्मानित किया।

नील कात्याल एक अमेरिकी वकील और कानून के पीठासीन प्रोफेसर हैं। उन्होंने संयुक्त राज्य अमेरिका के कार्यवाहक सॉलिसिटर जनरल के रूप में अपनी सेवायें प्रदान की हैं। 15 वर्षों तक नील कात्याल ने 'जॉर्ज टाउन विश्वविद्यालय लॉ सेंटर' में कानून के प्रोफेसर के पद पर कार्य किया। वह विश्वविद्यालय के इतिहास में सबसे कम उम्र के उन प्रोफेसरों में से एक हैं जिन्हें एक कार्यकाल भी मिला और वह एक पीठासीन प्रोफेसर भी रहे। वह राष्ट्रीय सुरक्षा और कानून पर 'जॉर्ज टाउन सेंटर' के निदेशक थे और उनको न्याय विभाग में प्रधान उप–सॉलिसिटर जनरल नियुक्त किया गया था। 'येल लॉ स्कूल' और'हार्वर्ड' में उन्होंने विजिटिंग प्रोफेसर के रूप में कार्य किया है।

न्याय विभाग में सेवाकाल के दौरान उन्होंने सुप्रीम कोर्ट के समक्ष कई मामलों पर बहस की जिनमें से "नॉर्दवेस्ट ऑस्टिन विरुद्ध होल्डर" मामले में वोटिंग के अधिकार अधिनियम–1965 के संवैधानिकता की सफल रक्षा (8–1 से निर्णय) उनके शानदार कार्यों में शामिल है। कात्याल सॉलिसिटर जनरल कार्यालय के एकमात्र प्रमुख हैं जिन्होंने संघीय क्षेत्र के लिए 'अमेरिकी कोर्ट ऑफ अपील' में बहस किया है।

1997–1999 के दौरान नील कात्याल ने अमेरिका के न्याय विभाग में राष्ट्रीय सुरक्षा सलाहकार के रूप में कार्य किया है। और अधिक 'निःस्वार्थ कानूनी कार्य' की जरूरत पर एक रिपोर्ट लिखने के लिए उन्हें तत्कालीन राष्ट्रपति बिल क्लिंटन ने कार्याधिकार दिया था।

तर्कों और न्याय के प्रति नील कात्याल का लगाव और इस जिम्मेदारी को सफलतापूर्वक प्रस्तुत करने की उनकी शानदार क्षमता ने उन्हें एक विजेता बनाया है।

The U.S. Lawyer of the Year

Neal Kumar Katyal was named the "Lawyer of the Year" by *Lawyers USA* for 2006. He was the Runner-up for "Lawyer of the Year" by *National Law Journal*. *Washingtonian Magazine* declared him as one of the 30 best living Supreme Court Advocates. *American Lawyer Magazine* chose him as one of the top 50 Litigators in the nation. He was declared as one of the 90 Greatest Lawyers over the last 30 years by *Legal Times,* and *National Law Journal* awarded him with the 2004 Pro Bono Award.

He is an American lawyer and chaired professor of law. He served as Acting Solicitor General of the United States. For 15 years Neal Katyal served as a Law Professor at Georgetown University Law Center where in the history of the university, he was one of the youngest professors to have received tenure and a chaired professorship. He was also Director of the Georgetown Center on National Security and the Law. He was appointed Principal Deputy Solicitor General at the Justice Department. He also served as a visiting professor at *Yale Law Schools* and *Harvard.*

He argued numerous cases before the Supreme Court while serving at the Justice Department. It includes his successful defense (by an 8-1 decision) of the constitutionality of the Voting Rights Act 1965 in the landmark case 'Northwest Austin vs.Holder'. Katyal has been the only head of the Solicitor General's office to argue in the U.S. Court of Appeals for the Federal Circuit.

Neal Katyal has served as the National Security Adviser in the U.S. Justice Department during 1997-1999. President Bill Clinton commissioned him to write a report on the need for more legal pro bono work.

Neal's love for logics and justice and his brilliant ability to successfully put it across, makes him a winner.

फिबोनैकी संख्या या सदियों पुराना संस्कृत छंदशास्त्र...?

फिबोनैकी संख्या या अनुक्रम निम्न पूर्णांक फिबोनैकी संख्या अनुक्रम में पाये जाने वाली संख्या है.

0, 1, 1, 2, 3, 5, 8,13, 21, 34, 55, 89, 144, ...

'फिबोनैकी अनुक्रम' फिबोनैकी के नाम पर रखा गया है जिनकी 1202 की 'लाइबर अबाची' पुस्तक यूरोप के गणितज्ञों के लिए इस अनुक्रम का ज्ञान लेकर आई थी। लेकिन सत्य ये है कि प्राचीन भारतीय गणितज्ञों के पास यह ज्ञान सदियों पहले से मौजूद था।

फिबोनैकी अनुक्रम भारतीय गणित में संस्कृत छंदशास्त्र के साथ प्रकट होता है। 'सुसन्था गुणातिलके' के अनुसार फिबोनैकी अनुक्रम के विकास का कुछ भाग 'पिंगल' (200 ई.पू.) से गुणरोपित है। भारतीय प्राचीन इतिहास के अनुसार, यह विरहंका (700 ईस्वी), गोपाल (1135 ईस्वी), और हेमचंद्र (1150 ईस्वी) से सम्बंधित थे।

परिभाषा के अनुसार फिबोनैकी अनुक्रम में पहली दो संख्या, अनुक्रम के प्रारंभिक बिंदु के चयन के आधार पर 1 और 1, या 0 और 1 हैं। और बाद की प्रत्येक संख्या पिछली दो संख्याओं की योग होती है।

परमानंद सिंह 'पिंगल' के गूढ़ फार्मूले 'मिश्राउ चा' (दो मिश्रित हैं) का हवाला देते हैं और इस संदर्भ में वह इसकी व्याख्या करने वाले तमाम अन्य विद्वानों का भी हवाला देते हैं। उन्होंने 'पिंगल' को 450 ई.पू. से पहले का बताया है।

'विरहंका' के कार्य में इस श्रृंखला की स्पष्ट विवृत्ति प्रदर्शित होती है। विरहंका के खुद के कार्य तो शायद गुम हो चुके हैं लेकिन गोपाल द्वारा किये गए उद्धरण में उनके कार्य उपलब्ध हैं। इस श्रृंखला की विवेचना गोपाल एवं जैन विद्वान हेमचंद्र द्वारा भी की गयी है।

यह आसानी से समझा जा सकता है कि हजारों वर्ष पुराने भारत के यह संस्कृत छंदशास्त्र कालान्तर में अन्य देशों तक पहुँच गए थे, और उन देश के लोगों ने अब इसका श्रेय फिबोनैकी को देते हुए इसको 'फिबोनैकी अनुक्रम' का नाम दे दिया है। लेकिन इसकी उत्पत्ति में भारत के प्राचीन देदीप्यमान गणितीय प्रतिभा की सच्चाई एकदम स्पष्टता के साथ परिलिक्षित होती है।

Fibonacci Numbers are Derived from the Sanskrit Prosody

The Fibonacci numbers or sequence is the numbers in the following integer Fibonacci numbers sequence.

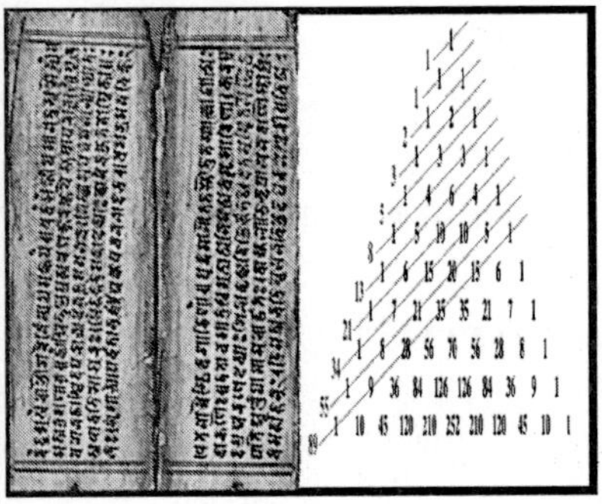

0, 1, 1, 2, 3, 5, 8, 13, 21, 34, 55, 89, 14...

The Fibonacci sequence is named after Fibonacci, whose 1202 book 'Liber Abaci' brought the sequence to the mathematicians of the Europe. But the ancient Indian mathematics already had it.

The Fibonacci sequence appears with Sanskrit Prosody in the Indian mathematics. According to Susantha Goonatilake, the development of the Fibonacci sequence is attributed in part to 'Pingala' (200BC). As per Indian ancient history, this was associated with Virhanka (700 AD), Gopâla (1135AD), and Hemachandra (1150AD).

By definition, the first two numbers in the Fibonacci sequence are 1 and 1, or 0 and 1, depending on the chosen starting point of the sequence, and each subsequent number is the sum of the previous two.

Parmanand Singh cites Pingala's cryptic formula '*misrau cha*' (the two are mixed) and cites scholars who interpret it in that context. He dates Pingala before 450 BC.

However, in the work of Virhanka, the clearest exposition of the series arises. The own work of Virhanka is lost, but his work is available in a quotation by Gopala. The series is also discussed by Gopala and by the Jain scholar Hemachandra.

One can see that the Sanskrit Prosody of thousands of year has travelled to other countries and they now call it as 'Fibonacci Sequence', but the truth of its origin in the ancient mathematical brilliance of India is all too evident.

विचित्र वीणा......भारतीय संगीत का एक महान सृजन

विचित्र वीणा – जैसा कि नाम से ही परिलिक्षित होता है – भारतीय संगीत का एक अत्यंत ही अनोखा वाद्य–यंत्र है तथा दुनिया में इसको बजाने वाले गिने–चुने कलाकार ही हैं। यह एक झंकृत तार वाद्य–यंत्र है जिसमें कोई सारिका नहीं होती है और इसे बट्टे (स्लाइड) से बजाया जाता है। इसके दोनों किनारे भारत के राष्ट्रीय पक्षी यानि मोर के सिर की तरह होते हैं। यह पांच अष्टक श्रेणी वाद्ययंत्र होता है और बजाते समय इसके तारों पर नारियल का तेल लगाया जाता है ताकि बट्टा पकडे हुए हाथों में कम से कम घर्षण हो।

काशी हिन्दू विश्वविद्यालय के प्रोफेसर लालमणि मिश्रा जी ने 60 और 70 के दशक में इसको गुमनामी से बाहर निकाला। उन्होंने इसको बजाने की एक नई तकनीक विकसित की और कुछ अनोखे व बेमिसाल मिश्रबानी धुनों की रचना की।

विचित्र वीणा कर्नाटक के गोट्टूवाध्यम या चित्र–वीणा से मिलता–जुलता है। इसे छठवीं शताब्दी के एकतंत्री वीणा या घोषवती वीणा का वंशज भी कहा जा सकता है। इसके वर्तमान स्वरुप और बजाने की आधुनिक तरीके को लाने का श्रेय पटियाला घराने के सारंगी वादक उस्ताद अब्दुल अज़ीज़ खान को दिया जाता है।

दिखने में रूद्र वीणा और विचित्र वीणा एक जैसे ही लगते हैं परन्तु रूद्र वीणा में सारिका होती है जबकि विचित्र वीणा एक सारिका–रहित तार–वाद्य–यन्त्र है। इन दोनों वाद्य–यंत्रों से जो ध्वनि निकलती है वो ही इनकी भिन्नता बताती है। सारिका–रहित वाद्य–यन्त्र को बजाना – विशेषकर एक बट्टे से बजाना – एक बहुत ही परिशुद्धता की कलाकारी है। इसके वादन में अगर किसी अतिसूक्ष्म गलती से भी हाथ इधर–उधर हुआ तो धुन बेसुरी हो जाती है। इस कारण विचित्र वीणा में कोई भी तेज़ गति की धुन बजाना एक बहुत ही दुरूह कलाकारी का कार्य है। परन्तु जब इस वाद्ययंत्र में कोई भी सधी हुई और धीमी गति की धुन बजाई जाती है तो वो अत्यंत ही मधुर, समृद्ध व सुरीली होती है।

विचित्र वीणा के निर्माण का कार्य अत्यंत ही मेहनतकश कार्य होता है और यह काफी खर्चीला भी होता है। चूंकि इस वाद्य–यन्त्र को बनाना एक अत्यधिक थकाऊ कार्य होता है इसलिए आजकल इस वाद्य–यन्त्र को बनाने वाले कारीगर बमुश्किल ही मिलते हैं।

Vichitra Veena.... A Prideful Creation of Great Indian Music

The Vichitra Veena, as the name suggests, is a rare instrument, and there are not many artists who play this instrument. It is a plucked string instrument. It has no frets and is played with a slide. The narrow ends of the instrument are fashioned like national bird of India i.e. Peacock heads. It has a five-octave range. Coconut oil is put on the strings to minimize the friction of the sliding hand holding the *Batta*. The Vichitra Veena was rescued from oblivion in 60s & 70s by Prof. Lalmani Misra of BHU who developed a new technique of playing it and created unique Misrabani compositions.

The Vichitra Veena is similar to the Carnatic *Gottuvadhyam or Chitra Veena* and can be called a descendent of the *Ektantri Veena* or the *Ghoshvati Veena* as it was known prior to the 6th century. Vichitra Veena's present shape and its modern style of playing are attributed to Abdul Aziz Khan, a former Sarangi player of Patiala.

In general appearance and structure, the Rudra Veena and Vichitra Veena look similar. But the Rudra Veena has frets whereas the Vichitra Veena is a fretless zither. Their production of sound is the main difference. Playing a fretless instrument, especially with a slide, has to have a precision by micrometers in order to get the right notes. Even a minute deviation from the exact place will render it out of tune. This is the reason that makes playing the fast passages in the Vichitra Veena a rather difficult task. But the musical pieces played in it at a poised and slow pace, are very rich and full of tonal beauty.

Manufacturing the Vichitra Veena is a very laborious work and it is also very expensive. Not many instrument makers can be found today who can take up this tedious job.

जब वह गेंदबाजी करते तब बल्लेबाजों की रन बनाने की कला निर्जीव हो जाती

दुनिया ने फिर उनके जैसा गेंदबाज कभी भी नहीं देखा। कहा जाता है कि जब वह गेंदबाजी करते थे तो बल्लेबाज के पास सिर्फ दो स्कोरिंग विकल्प होता था – या तो शून्य या नगण्यः। उनके समकालीन खिलाड़ी बताते हैं कि अपने अभ्यास सत्र के दौरान वह पिच पर एक सिक्का डाल देते थे और फिर हर गेंद को उसी के ऊपर डालने का अभ्यास करते थे।

रमेशचंद्र गंगाराम नाडकर्णी उर्फ बापू नाडकर्णी बल्लेबाजों के लिए एक बुरे सपने के सामान थे। वह लगातार सटीक लम्बाई व दूरी की गेंद डालते थे जिसके कारण रन बनाना लगभग असंभव सा हो जाता था। प्रति ओवर 1.67 रन के एक अविश्वसनीय गेंदबाज़ी इकॉनमी दर से उन्होंने अपना टेस्ट क्रिकेट करीअर समाप्त किया। अगर उनके समय में एक–दिवसीय क्रिकेट शुरू हो गया होता तो शायद वह दुनिया के सबसे अधिक मूल्यवान खिलाड़ी बन गये होते।

नाडकर्णी एक बहुत कंजूस गेंदबाज थे। उनके संन्यास के बाद से क्रिकेट ने इस तरह के किसी इकॉनोमिक गेंदबाज़ को दुबारा नहीं देखा। पाकिस्तान के खिलाफ कानपुर में 1960–61 की श्रृंखला में उनकी गेंदबाजी के आंकड़े 32–24–23–0 थे। उन्होंने दिल्ली टेस्ट में भी 34–24–24–1 के आंकड़े को दिया। 1964 में इंग्लैंड के खिलाफ मद्रास में उन्होंने क्रिकेट की दुनिया को नियंत्रित गेंदबाजी के अभूतपूर्व प्रदर्शन से रूबरू कराया जब उन्होंने 21 लगातार मेडेन ओवर फेंका। उस पारी मे उनका अंतिम गेंदबाज़ी आंकड़ा 32–27–5–0 था। उस मैच मे उन्होंने रिकॉर्ड 131 डॉट गेंदों को डाला, जबकि उनके सामने दूसरे छोर पर बल्लेबाजी करने वाले क्रिकेट के महान खिलाड़ी केन बैरिंगटन और ब्रायन बोलस थे।

वेलिंगटन में उन्होंने अपने करीअर के सबसे अच्छे गेंदबाज़ी आंकड़े 6/43 के साथ भारत को जीत दिलाई और वतन वापसी के साथ ही उन्होंने प्रथम श्रेणी क्रिकेट से संन्यास ले लिया।

जब कोई भी गेंदबाज गेंदबाजी की कला के बारे में सोचता है तब नादकर्णी उसके सामने इस कला के स्वप्निल कलाकार के रूप में प्रकट होते हैं।

When He Bowled, Nobody Knew How to Score Runs

World has never seen a bowler like him again. It is said that when he bowled, the batsmen had just two scoring options: Nil & Negligible. His contemporary players tell that during the practice session, he used to put a coin on the pitch and would practice it hitting with every delivery.

Rameshchandra Gangaram Nadkarni alias Bapu Nadkarni was a nightmare to the batsmen. He will bowl with unerring line and length which will make scoring runs almost impossible. He has an unbelievable career economy rate of 1.67 runs per over. Had One Day Cricket began at his time, he would have been the most demanded player of the world.

Nadkarni was a niggard bowler. Cricket has not seen such an economist since he called it a day. In the 1960-61 series against Pakistan, his bowling figures were 32-24-23-0 at Kanpur. He followed it up with the figures of 34-24-24-1 at Delhi. He is the bowler who gave Test cricket its finest display of controlled bowling against England at Madras in 1964 when he sent down 21 successive maiden over with the ultimate figures of 32-27-5-0. He bowled a record 131 dot balls in row when the batsmen at the other end were the greats of cricket - *Ken Barrington & Brian Bolus.*

He produced his career best figures of 6/43 at Wellington to help India win. On return, he retired from first class cricket.

When a bowler thinks about the art of bowling, Nadakarni appears as the ultimate artiste.

सीवनहीन खगोलीय गोलक : एक विस्मयकारी देदीप्यमान धातुकर्मीय प्रतिभा

'सीवनहीन खगोलीय गोलक' या 'ग्लोब' सर्वकालीन सर्वाधिक उल्लेखनीय धातुकर्मीय (मैटलर्जिकल) कारनामों में से एक माना जाता है। इसका अविष्कार कश्मीर के 'अली कश्मीरी इब्न लुकमान' द्वारा 1589–1590 ईस्वी के आसपास किया गया था। मुगल साम्राज्य के दौरान बाद में बीस अन्य ऐसे ग्लोब कश्मीर और लाहौर में तैयार किये गये।

1980 के दशक में ब्रिटिश शोधकर्ता एमिली सैवेज–स्मिथ द्वारा पुनःअन्वेषित किये जाने के पहले तक आधुनिक धातु–विज्ञानी ये मान कर चलते थे कि तमाम आधुनिक तकनीकी सहायता की उपलब्धता के बावजूद सीवनहीन धातु गोलक को बनाना तकनीकी रूप से असंभव है। इन ग्लोब का उत्पादन करने के लिए मुगल धातु–वैज्ञानिकों ने 'लॉस्ट–वैक्स–कास्टिंग' की विधि का प्रथम बार सफल उपयोग किया।

मुगल साम्राज्य के दौरान 1659 ईस्वी में 'सीवनहीन खगोलीय गोलक' पर अरबी और फारसी उत्कीरणों को बनाने के कार्य में मुहम्मद सालेह थत्तवी 'गुप्त मोम कास्टिंग विधि' का उपयोग करने वाले मुख्य तकनीशियन थे।

लुकमान ने कश्मीर की अपनी गुमनाम कार्यशाला में 1589 ईस्वी में ही इस कला में महारत हासिल कर ली थी। लेकिन उनके गृह राज्य कश्मीर में उनके अविष्कार को तो छोड़िये, शायद ही कोई लुकमा़न नामक व्यक्ति के बारे में भी जानता है।

खगोलीय गोला वह काल्पनिक गोला है जो यह बताता है कि यदि सम्पूर्ण आकाश को पृथ्वी से देखा जाये तो वह कैसा दिखता है। ज़रा कल्पना कीजिये कि सम्पूर्ण दृष्टिगोचर आकाश यदि आपके चारों ओर एक गुंबद के रुप में बदल जाये और उस पर सितारे उत्कीर्ण हों तो कैसा लगेगा।

पृथ्वी का वर्णन करने वाले सामान्य ग्लोब के विपरीत खगोलीय ग्लोब पूरे ब्रम्हांड को उसके सम्पूर्ण सितारों और तारामंडल के साथ दिखाता है।

एन.आई.टी. के एक विशेषज्ञ प्रो. सिमिन रूबाब के शब्दों में – "किसी भी आधुनिक मशीनरी के सहायता के बिना लुकमान एक जोड़–रहित गोलक उत्कीर्ण करने में सफल रहे थे" ; और इंजीनियरों के लिए यह अब भी विस्मयकारी है।

Seamless Celestial Globe : A Mindblowing Metallurgical Brilliance

Seamless Celestial Globe is considered as one of the most remarkable metallurgical feats of all time. 'Ali Kashmiri Ibn Luqman' of Kashmir invented it somewhere around 1589-90 AD. Afterwards, some twenty other such globes were produced in Kashmir & Lahore during the Mughal Empire.

Till they were rediscovered in the 1980s by a British researcher Emilie Savage-Smith, the modern metallurgists thought that even with the help of modern technology, it is technically impossible to produce metal globes without any seams. In order to produce these globes, the method of 'lost-wax-casting' was pioneered by these Mughal Metallurgists.

Muhammad Salih Thattvi or Thatavi was the chief technician with the task of creating an Arabic and Persian inscriptions over the massive 'Seamless Celestial Globe' by using a secret wax casting method in the Mughal Empire of 1659.

Luqman had mastered the art way back in 1589 AD in his non-descript workshop somewhere in Kashmir, but in his home state hardly anybody knows about Luqman, let alone his invention.

Celestial sphere is an imaginary sphere that represents how the entire sky looks as seen from earth. Just imagine that the entire visible sky is turned into a dome around you and the stars are engraved on it.

Unlike the ordinary globe that represents earth, the celestial globe represents sky complete with stars and constellations on it.

In the words of an expert Prof.Simin Rubab of NIT, "Without any aid of modern machinery Luqman had succeeded in carving a sphere without any joints; and for engineers that is mindboggling even now."

अप्रतिम प्रतिभावान विश्व कीर्तिमानधारी वायुसेना अधिकारी

स्क्वाड्रन लीडर जयसिम्हा रविराला पूरे विश्व में सर्वाधिक गिनीज विश्व कीर्तिमानधारी एकमात्र भारतीय हैं। 28 दिसंबर 2005 को तत्कालीन कीर्तिमान को दोगुना करते हुए उन्होंने 200 यादृच्छिक वस्तुओं को याद करने का विश्व कीर्तिमान बनाया। उनका दूसरा कीर्तिमान था 24 से 29 दिसम्बर 2007 के बीच 'व्यक्तित्व विकास अवधारणाओं' पर 120 घंटे तक लगातार व्याख्यान। 27 जनवरी 2008 को 'फोटो फ्लैश मेमोरी' में दो मिनट में 20 नाम और जन्मतिथियों को याद करना उनका तीसरा कीर्तिमान था। 20 जुलाई 2010 को बनाये गए चौथे कीर्तिमान में उन्होंने मस्तिष्क और उंगली संचालन के समन्वय को प्रदर्शित करते हुए सिर्फ 5. 03 सेकंड में पूरी अंग्रेजी वर्णमाला टंकित कर दी। उन्होंने एक घंटे में 2436 आलिंगन कर 29 सितम्बर 2012 को एक और गिनीज विश्व कीर्तिमान बनाया। 13 गिनीज विश्व कीर्तिमान बनाने वाले वह एकमात्र भारतीय हैं।

भारतीय वायु सेना में प्रशिक्षण और विकास के क्षेत्र में उनके पास 21 साल के योगदान का समृद्ध अनुभव है। वह भारत में 'स्मृति व सॉफ्ट स्किल्स' के प्रमुख प्रशिक्षक हैं। वायु सेना अकादमी के पायलट प्रशिक्षण में प्रथम आकर उन्होंने स्वोर्ड ऑफ ऑनर जीता। चीफ ऑफ एयर स्टाफ कमेंडेशन सहित उन्हें कई पुरस्कार और पदक प्रदान किये गये हैं।

वह हर वर्ष अपरिष्कृत प्रतिभा को प्रोत्साहित करने के उद्देश्य से एवं दुनिया के सामने भारत की बौद्धिक शक्ति का प्रदर्शन करने के लिए 'राष्ट्रीय मेमोरी चैम्पियनशिप' का आयोजन करते हैं। अपने अभिनव स्मृति तकनीकों के माध्यम से उन्होंने भारत एवं अन्य देशों में लगभग तीन लाख छात्र/शिक्षक/पेशेवरों और गृहणीयों को 'मेमोरी और सॉफ्टस्किल्स' में प्रशिक्षित किया है। अपनी अप्रतिम प्रतिभा के बल पर उन्होंने निम्नलिखित शैक्षिक योग्यताएं प्राप्त की हैं– एम.बी.ए, एम.एस.–परामर्श और मनोचिकित्सा, एप्लाइड मनोविज्ञान, गणित, रक्षा एवं सामरिक विश्लेषण व सांख्यिकी में स्नातकोत्तर, बी.एड., ए.सी.एस, ए.एम.आई.इ. (मैकेनिकल इंजीनियरिंग), प्रशिक्षण और विकास, नेतृत्व और व्यवहार विज्ञान, सीमा शुल्क और केन्द्रीय उत्पाद शुल्क में डिप्लोमा तथा इंटरनेशनल बिजनेस ऑपरेशंस में स्नातकोत्तर डिप्लोमा।

दुनिया के इस अनोखे एवं अनन्य प्रतिभाशाली व्यक्ति ने कई टीवी शो व फिल्मों में काम किया व कई पुस्तकें भी लिखीं हैं।

The Air Force Officer with 'out of this world' Talent and World Records

Squadron Leader Jayasimha Ravirala is the only Indian to hold the maximum Guinness Records in the world. He holds the Guinness World Record for remembering 200 random objects, doubling the then existing record on 28 Dec 2005. His second record is lecturing non-stop for 120 hours on personality development concepts from 24 to 29 March 2007. The third record made on 27 Jan 2008 in Photo Flash Memory was for recollecting 20 names and dates of birth in two minutes. The fourth record on 20 July 2010 was for typing English Alphabet in just 5.03 seconds, showcasing the brain and finger movement co-ordination. He made another Guinness World Record for giving 2436 Hugs in one hour on 29 Sep 2012. He has created 13 Guinness World Records; the only Indian to do so.He has 21 years of rich experience in the field of Training and Development in the Indian Air Force. He is India's leading trainer in Memory and Soft skills. He had won, "Sword of Honour" from President Sri R Venkat Raman for standing first in the Pilots' Training at Air Force Academy. He had received many Awards and Medals including the "Chief of Air Staff Commendation" for his exemplary service in the Indian Air Force.

He had been conducting National Memory Championships every year in India so as to showcase India's brain power to the world and also to encourage raw talent. Through his innovative Memory Techniques he had trained more than 2, 90,000 Students/ Teachers/Professionals and House wives on Memory and Soft skills in India and abroad. His degrees include MBA (HR),MS in Counseling & Psychotherapy, M.Sc (Applied Psychology),M.Sc (Maths),M.Sc (Defence & Strategic Analysis),M.Stats (from ISI Calcutta), ACS,AMIE (Mechanical Engineering),B.Ed, and Diplomas in Training and Development (ISTD), Leadership and Behavioural Sciences, Customs and Central Excise, PG Diploma in International Business Operations.He has featured in many TV shows and movies. He is a specialist in outbound/ team building programs and has authored 7 books including the no.1 Bestselling book "Train Your Brain" on Memory and Study skills for students.The world has rarely seen such a brilliantly talented man.

दुनिया का सबसे विशाल हिंदू मंदिर

दुनिया का सबसे बड़ा हिंदू मंदिर भारत में स्थित नहीं है। यह कंबोडिया नामक देश में स्थित है जो कि पूर्व में 'कम्बोज' के नाम से जाना जाता था। राजा सूर्यवर्मन (द्वितीय) ने इस मंदिर का निर्माण 12 वीं सदी में 'यशोधरपुरा' (अंगकोर) में भगवान विष्णु के सम्मान में करवाया था। यह खमेर साम्राज्य की राजधानी थी। इस मंदिर जैसा कोई अन्य इमारत दुनिया में नहीं है।

'अंगकोर वाट' का अर्थ है 'मंदिरों का शहर'। यह शब्द संस्कृत भाषा से लिया गया है। यह मंदिर कंबोडिया का प्रतीक बन गया है और उनके राष्ट्रीय ध्वज पर भी ये दिखाई देता है। कंबोडिया पर्यटन का नंबर 1 आकर्षण का केंद्र यह मंदिर ही है। कई हिंदू देवी–देवताओं की तस्वीर इस मंदिर की दीवारों पर सजाई गई है।

एक पुरानी कहावत के अनुसार 'अंगकोर वाट' मंदिर का निर्माण 'इंद्र देवता' के आदेश पर उनके बेटे के लिए किया गया था। चीनी यात्री डागुआन झोउ के अनुसार एक अन्य कथा ये कहती है कि एक ईश्वरीय वास्तुकार द्वारा एक ही रात में इस मंदिर का निर्माण किया गया है। 13 वीं सदी के अंतिम समय आते तक 'अंगकोर वाट' धीरे–धीरे हिंदू धर्म से 'थेरावदा बौद्ध' धर्म की तरफ चला गया और वर्तमान समय में भी इसकी स्थिति ऐसी ही है।

एक यूरोपीय यात्री हेनरी मूहोट ने इस मंदिर के बारे में अपनी यात्रा नोट में कुछ इस प्रकार से लिखा है–

''इनमे से एक मंदिर – जो कि सोलोमन मंदिर के मुकाबले, और जो किसी पुरातन माइकेल एंजेलो द्वारा उर्धि्वत है – हमारी सबसे खूबसूरत इमारतों के बगल में एक सम्मानजनक जगह ले सकती है। यह ग्रीस या रोम द्वारा अपने पीछे छोड़े गए किसी भी इमारत की तुलना में शानदार है। और यह इस देश के वर्तमान बर्बरता की स्थिति – जिसमें ये डूब गया है – के परिप्रेक्ष्य में एक दुखद विषमता प्रस्तुत करता है।''

जैसा कि हम वर्तमान भारत में समझते हैं, एक बात स्पष्ट है– हिंदू संस्कृति सिर्फ भारत की राजनैतिक सीमाओं तक ही सीमित नहीं रही है। यह वास्तव में सर्वव्यापक और सर्वश्रद्धेय रही है।

The Largest Hindu Temple in the World "Angkor Wat"

The largest Hindu temple of the world is not situated in India. It is situated in the country called Cambodia which was formerly known as "Kamboja". This temple was built in the 12th century in 'Yashodharapura' (Angkor) by King Suryavarman II, in the honour of lord Vishnu. It was the capital of the Khmer empire. There is no other building in the world like this temple.

'Angkor Wat' means 'Temple City'. The words are a derivation of the Sanskrit language. This temple has become the symbol of Cambodia as it appears on their National Flag and is the No.1 tourist attraction of the country. Numerous Hindu gods adore the walls of the temple.

An old legend says that the construction of the Angkor Wat was done on the orders of 'Indra Devta' for his son. Another legend, according to a Chinese traveler *Daguan Zhou*, is that a divine architect constructed the temple in a single night. Angkor Wat gradually moved from the Hindu to the Theravada Buddhist use during the end of the 13th century. It continues to be so till the present time.

Henri Mouhot, a European traveler, wrote this in his travel note about this temple:

"One of these temples—a rival to that of Soloman, and erected by some ancient Michel Angelo—might take an honorable place beside our most beautiful buildings. It is grander than anything left to us by Greece or Rome, and presents a sad contrast to the state of barbarism in which the nation is now plunged."

One thing is clear; the Hindu culture was never confined to the political boundaries of India as we see it now. It was indeed all encompassing.

वह खोज जिसने काला–अज़ार से लाखों लोगों के जीवन की रक्षा की

सर उपेन्द्रनाथ ब्रह्मचारी अपने समय के एक प्रसिद्ध भारतीय वैज्ञानिक और एक प्रमुख चिकित्सक थे जिन्होंने बंगाल और असम में हजारों लोगों की मृत्यु का कारण बनने वाली बीमारी 'काला–अज़र' (विसेरल लिशमेनियासिस) के इलाज़ खोजने का महती कार्य किया था।

इस रोग का सुरमा द्वारा किये जाने वाला पारंपरिक इलाज दुःसाध्य था क्योंकि यह काफी समय लेता था और ये कठिन व दर्दनाक भी होता था। 1920 में ब्रह्मचारी ने सुरमा के एक कार्बनिक यौगिक 'यूरिया स्तिबामाइन' की खोज की। इस दवा का कोई दर्दनाक प्रभाव नहीं होता था और 'काला–अज़र' के उपचार के अन्य सुरमा युक्त यौगिकों का यह एक प्रभावी विकल्प साबित हुआ। इसका शुरूआती परीक्षण 1923 में असम में किया गया जिसके आधार पर 1928 से इसका व्यापक पैमाने पर इस्तेमाल किया गया। वर्ष 1933 तक अकेले असम क्षेत्र में इस रोग से लगभग 3.25 लाख लोगों के जीवन को बचाया गया जहाँ पर इस घातक बीमारी के कारण कई गांव पूरी तरह से आबादी विहीन हो गये थे।

ग्रीस, फ्रांस और चीन में भी इस दवा का सफलतापूर्वक इस्तेमाल किया गया।

एंटीबायोटिक दवाओं के आगमन से पहले के सालों में चिकित्सा उपचार हेतु विज्ञान के सफल इस्तेमाल करने की दिशा में डॉ. ब्रह्मचारी की उपलब्धि एक मील का पत्थर थी। उस समय भी ब्रह्मचारी ने अपनी दवाओं का पेटेंट कभी नहीं कराया जब सिर्फ कुछ ही विशिष्ट दवाईयां हुआ करती थीं।

उन्हें 1924 में 'राय बहादुर' की उपाधि से सम्मानित किया गया और 1934 में 'नाइट' की पदवी से सम्मानित किया गया। शरीर विज्ञान और काय–चिकित्सा की श्रेणी में 1929 के नोबेल पुरस्कारों हेतु उपेन्द्रनाथ एक उम्मीदवार थे। लंदन की रॉयल सोसायटी ऑफ़ मेडिसिन की फेलोशिप से उनको सम्मानित किया गया है।

'काला–अज़र' के उपचार की दवा खोज कर सर उपेन्द्रनाथ ब्रह्मचारी ने भारत के अलावा कई अन्य देशों में भी लाखों लोगों के जीवन की रक्षा की है। उनकी स्मृति और सम्मान में कोलकाता नगर निगम ने 'लूडन सड़क' का नाम बदल कर 'डॉ. यू.एन. ब्रह्मचारी स्ट्रीट' कर दिया है।

His Discovery Saved Millions of Lives from *'Kala-Azar'*

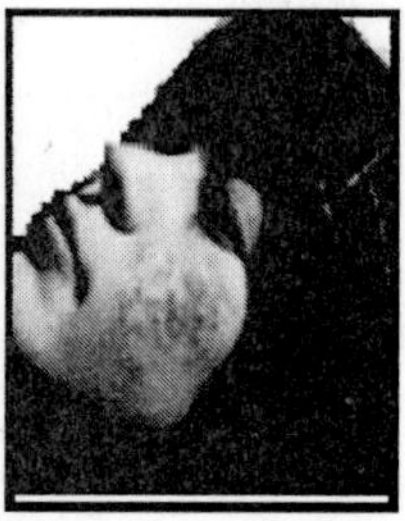

Sir Upendranath Brahmachari was a famous Indian scientist and a leading medical practitioner of his time, who worked to find a cure of the deadly disease called *'Kala-azar'* (Visceral Leishmaniasis), which killed thousands of people in Bengal and Assam.

The traditional treatment by antimony was impracticable because it was long, tedious and painful. In 1920, Brahmachari discovered an organic compound of antimony, which he called 'Urea Stibamine'. It had no painful effects and determined an effective substitute for the other antimony containing compounds in the treatment of *'Kala-azar'*. It was initially used in Assam in 1923 on a trial basis, and from 1928 at a mass scale. By the year 1933, approximately 325 thousands lives had been saved in Assam alone where several villages were completely depopulated by the devastating disease.

The medicine has also been used successfully in Greece, France and China. The achievement of Dr. Brahmachari was a milestone in successful application of science in medical treatments in the years before arrival of antibiotics. When there were few specific drugs, Brahmachari never patented his drugs.

The Title of 'Rai Bahadur' was conferred upon him in 1924 and the Knighthood was conferred in 1934.

In the category of physiology and medicine, Upendranath was a nominee for the Nobel Prize in 1929. He was honoured with the fellowships of the Royal Society of Medicine, London.

Through the discovery of the medicine for 'Kala-azar', Sir Upendranath Brahmachari has saved millions of lives in India and abroad. In his memory and honour, the Kolkata Municipal Corporation has renamed the Loudon Street as Dr. U.N. Brahmachari Street.

मोतियाबिंद आपरेशन आधुनिक चिकित्सा–विज्ञान की खोज नही है

'सुश्रुत' को शल्य–चिकित्सा का जनक कहा जाता है। वह बहुप्रचिलित 'सुश्रुत–संहिता' पुस्तक के लेखक हैं जिसको कि भारतीय आयुर्वेद चिकित्सा–विज्ञान के क्षेत्र में सबसे शानदार पुस्तकों में से एक माना जाता है। 'सुश्रुत' धन्वंतरी काशीराज के शिष्य थे जिन्होंने उनको चिकित्सा विज्ञान व 'शल्य–चिकित्सा' यानी सर्जरी की विशेष रूप से शिक्षा दी।

उन्होंने काशी में अध्यापन करते हुए सुश्रुत संहिता लिखना शुरू किया।

मोतियाबिंद शल्य–चिकित्सा का कार्य प्राचीन भारत में छठवीं शताब्दी के आसपास सुश्रुत द्वारा शुरू किया गया था। सुश्रुत–संहिता के 'उत्तरातंत्र' खंड के अध्याय 17 के अनुवाक्य 55–69 में एक शल्य–क्रिया का जिक्र है, जिसमें एक घुमावदार सुई (जाबामुखी नामक एक विशेष उपकरण) का प्रयोग आंख में एक अपारदर्शी श्लेष्मीय पदार्थ को दृष्टि के रास्ते से हटकर डालने के लिए किया जाता है। इसके बाद श्लेष्म को नाक से फूँक कर बाहर निकाल दिया जाता है। तत्पश्चात आंखों को थोडे गर्म विशुद्धिकृत घी से तर–बतर कर दिया जाता है और फिर उसके उपर एक पट्टी लगा दी जाती है।

यह शल्य–क्रिया चूंकि बहुत ही नाजुक मानी जाती थी इसलिए सुश्रुत ने ये स्पष्ट रूप से सलाह दी थी कि इस शल्य–क्रिया को तब ही किया जाना चाहिए जब यह बिल्कुल ही अपरिहार्य हो जाये।

भारत की इस चिकित्सा–प्रौद्योगिकी को चीन ने अपने यहाँ आयात किया। कालांतर में यह तकनीक आगे अन्य देशों में फैलती चली गई और विभिन्न शल्य–चिकित्सकों ने सदी–दर–सदी प्रगति करते हुए इसको वर्तमान समय के आधुनिक प्रौद्योगिकी के द्वारा की जाने वाली मोतियाबिंद शल्य–चिकित्सा के स्तर तक पहुंचाया।

भारतीय ऋषि 'सुश्रुत' ने इस पूरी चिकित्सा–प्रणाली का अविष्कार किया था और फिर पूरी दुनिया ने इस प्रणाली को सीखकर इसका उत्तरोत्तर विकास किया।

Cataract Operation is Not a Discovery of the Modern Medical Science

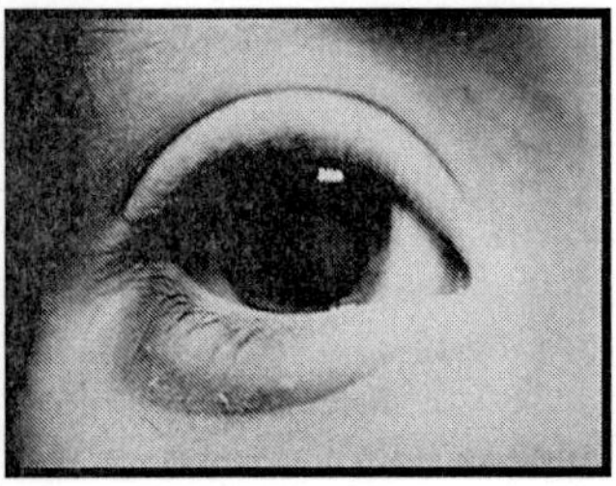

'Sushruta' is called the Father of Surgery. He is the author of the *Susrutasamhita*, one of the most brilliant books in the Indian medical science of Ayurveda. 'Sushruta' was a disciple of Dhanwantari Kashiraj, who taught him about medical science, especially 'Salya-Chikitsa' i.e. surgery.

He started writing the 'Sushruta Samhita' while teaching in Kashi.

The earliest form of cataract surgery was first performed by Sushruta in the ancient India, somewhere around 6th century. *'Uttaratantra'* section of the *Sushruta Samhita*, chapter 17, verses 55–69, explains an operation in which a curved needle (a special tool called Jabamukhi) is used to push the opaque phlegmatic matter in the eye out of the way of vision. The phlegm is blown out of the nose after this. Later on, the eyes are soaked with warm clarified butter and then it is bandaged.

This operation was considered as very delicate and therefore, Sushruta had clearly advised that this operation should be performed only when it is absolutely necessary.

This medical technology of India was imported by China, and in due course, this technology advanced further to other countries. And different surgeons over the century brought it to the present day modern technology of cataract Surgery.

The Indian sage Sushruta invented the whole system; and the world learnt it and followed it.

'झंडा ऊँचा रहे हमारा'–एक नंगे पांव देशभक्त का गीत

पद्मश्री श्यामलाल गुप्ता 'पार्षद' ने अपने मधुर गीत 'विजयी विश्व तिरंगा प्यारा, झंडा ऊंचा रहे हमारा' के माध्यम से भारतीय ध्वज को अमर कर दिया। झंडे का गुणगान करने वाले इस बेहद प्रेरक गीत को उन्होंने 1924 में लिखा था। इस गीत की लोकप्रियता का अंदाजा इस तथ्य से लगाया जा सकता है कि उस समयकाल के दौरान उपलब्ध कई अन्य उच्च कोटि के देशभक्ति गीतों के रहते हुए भी इस गीत को 'झंडा गीत' की उपाधि से सम्मानित किया गया।

श्यामलाल कई स्वतंत्रता सेनानीयों के साथ संपर्क में आये जिनमें से वह शहीद गणेश शंकर विद्यार्थी से विशेष रूप से प्रभावित हुये। उन्हें 1921 और उसके बाद फिर 1930 तथा 1944 में जेल भेज दिया गया था। उन्होंने वर्ष 1921 में प्रतिज्ञा ली कि जब तक अंग्रेजी हुकूमत से देश को आज़ादी नहीं मिल जाती है तब तक वह नंगे पांव ही रहेंगे और बारिश में भी किसी छाते का उपयोग नहीं करेंगे। और श्यामलाल ने पूरे समर्पण के साथ अपनी इस प्रतिज्ञा को निभाया।

1932 और 1942 के बीच आजादी की लड़ाई में वो भूमिगत हो कर अपने कार्य में लगे रहे। उनके द्वारा रचित 'झंडा गीत' के प्रकाशन के बाद भारत के लोगों में देशभक्ति की भावनाओं की एक बाढ़ सी आ गई। इस गीत ने भारतीयों के अन्दर एक विशेष जुनून पैदा किया और भारत के स्वतंत्रता संग्राम में आगे बढ़ कर लड़ाई लड़ने के लिए उनके अन्दर एक नया जोश पैदा हुआ। इस प्रेरक 'झंडा गीत' ने सभी उम्र, जाति, सम्प्रदाय और धर्म के लोगों को भावनाओं से लबरेज़ कर के उनके दिलो–दिमाग को अभिभूत कर दिया और यह गीत स्वतंत्रता आंदोलन का एक अभिन्न और अविभाज्य अंग बन गया। वर्ष 1934 में हरिपुर कांग्रेस द्वारा 'झंडा गीत' को राष्ट्रीय गीत का दर्ज़ा देते हुये सरोजिनी नायडू द्वारा इसे प्रस्तुत किया गया था। श्यामलाल गुप्ता ने स्वतंत्रता आंदोलन में महात्मा गांधी, डॉ राजेंद्र प्रसाद, जी.वी. पंत, पुरुषोत्तम दास टंडन जैसे विशाल व्यक्तित्व के सेनानियों के साथ भाग लिया।

15 अगस्त 1952 को श्यामलाल गुप्ता ने खुद अपनी आवाज़ में यह 'झंडा गीत' लाल किले पर गाया। इस महान स्वतंत्रता सेनानी को 19 अगस्त 1972 को लाल किले पर 'स्क्रॉल आफ ऑनर' दिया गया।

"Jhanda Uncha Rahe Hamara".... The Song by a Barefoot Patriot

Padmashri Shyamlal Gupta 'Parshad' immortalized the Indian Flag through his melodious lyrics "Vijayi Vishwa Tiranga Pyara, Jhanda Ooncha Rahe Hamara." He wrote this immensely motivating song in 1924, eulogizing the flag. The song's popularity could be gauged from the fact that among several other patriotic songs written in those times, it was honoured with the title of 'Jhanda Geet'.

Shyamlal came in touch with many freedom fighters including Shahid Ganesh Shankar Vidyarthi, who particularly influenced him. He was sent to jail in 1921 and again in 1930 and 1944. He took a pledge in the year 1921 that he would remain barefoot and would not use any umbrella in the rains till the country got its freedom from the British. And he religiously honoured his pledge.

Between 1932 and 1942 he worked underground in the freedom struggle. After the release of his composition of 'Jhanda Geet', a wave of patriotism flooded the sentiments of people in India. The song brought a special passion among Indians and invigorated them further to fight for the freedom of India. People of all ages, caste, creed and religion were overwhelmed by the emotions 'Jhanda Geet' created in their mind and heart. It became an integral and inseparable part of the freedom movement. The 'Jhanda Geet' was given a status of National Song by Haripur Congress in the year 1934, which was presented by Sarojini Naidu. Shyamlal Gupta participated in the freedom movement along with towering personalities like Mahatma Gandhi, Dr Rajendra Prasad, G V Pant, Purushottamdas Tandon etc.

On the 15th of August 1952, Shyamlal Gupta himself sung the 'Jhanda Geet' at the Red Fort. This great freedom fighter was given the 'Scroll of Honour' at the Red Fort on the 19th of August 1972.

'शालीहोत्र' – दुनिया को पशु–चिकित्सा विज्ञान पढ़ाने वाले प्रथम गुरु

प्राचीन भारत में जो चिकित्सक मनुष्यों का इलाज करते थे वो ही जानवरों का इलाज भी करते थे। जानवरों की देखभाल करने के लिए कई चिकित्सा–ग्रंथ जैसे चरक, सुश्रुत और हरित संहितायें प्राचीन भारत में उपलब्ध रहे हैं।

हयागोश के पुत्र शालीहोत्र (2350 ई.पू.– श्रावस्ती) पशु–चिकित्सा विज्ञान के संस्थापक माने जाते हैं। इनके बाद में पल्काप्य और आत्रेय जैसे विद्वान आये। इन प्राचीन चिकित्सा ग्रंथों में पशु–चिकित्सा के नीति–शास्त्र सहित शल्य और पशु–चिकित्सा के इलाज़ के लगभग सभी पहलुओं और दवाइयों के बारे में सन्दर्भ मिलता है।

भारत में परंपरागत पशु–चिकित्सा विज्ञान का इतिहास महाभारत काल की अवधि से पाया जाता है।

जहाँ राजकुमार सहदेव गायों और अन्य पशुओं के चिकित्सक थे वहीं राजकुमार नकुल घोड़ों के विशेषज्ञ थे। जीवन के विज्ञान 'भारद्वाज आयुर्वेद' को पहली बार एक पाठ के रूप में अग्निवेश द्वारा अपनी पुस्तक अग्निवेश तंत्र में प्रस्तुत किया गया और बाद में अन्य लेखकों के द्वारा भी इसे प्रस्तुत किया गया। प्रख्यात विद्वान् शुसुत्र शालीहोत्र के ही एक शिष्य माने जाते हैं।

शालीहोत्र का प्रमुख चिकित्सा–कार्य घोड़ों की देखभाल और प्रबंधन से सम्बंधित था। संस्कृत भाषा में वर्णित शालीहोत्र संहिता में कुल 12,000 श्लोक हैं। इस पुस्तक का अरबी, फारसी, तिब्बती और अंग्रेजी जैसी कई भाषाओं में अनुवाद किया गया है। यह पुस्तक पशु–शरीर रचना विज्ञान, देखभाल, उपचार, दवायें और शल्य–चिकित्सा के समस्त पहलुओं को सम्मिलित कर के लिखी गयी है। शालीहोत्र ने ही अश्व–प्रशंसा और अश्व–लक्षण शास्त्रम भी लिखी है।

इस विषय में बाद के कार्य भी शालीहोत्र के कार्य से ही प्रभावित हैं। पशु–चिकित्सा विज्ञान पर कई प्राचीन पुस्तकें लिखी गई हैं जैसे पल्काप्य द्वारा गज–आयुर्वेद, राजकुमार सहदेव द्वारा गाय–आयुर्वेद, नीलकंठ द्वारा मातंग–लीला इत्यादि।

जानवरों की देखभाल के बारे में प्राचीन भारतीय संतों द्वारा पूरी दुनिया को जो प्राथमिक ज्ञान प्रदान किया गया है उसके लिए दुनिया उनकी सदैव आभारी रहेगी। शब्दकोषों में अंग्रेजी के शब्द 'वेटरिनरियन' का हिंदी अनुवाद 'शालिहोत्री' है। और यह बात उनकी महत्ता को बताने के लिए पर्याप्त है।

Shalihotra was the First to Teach the Veterinary Sciences to the World

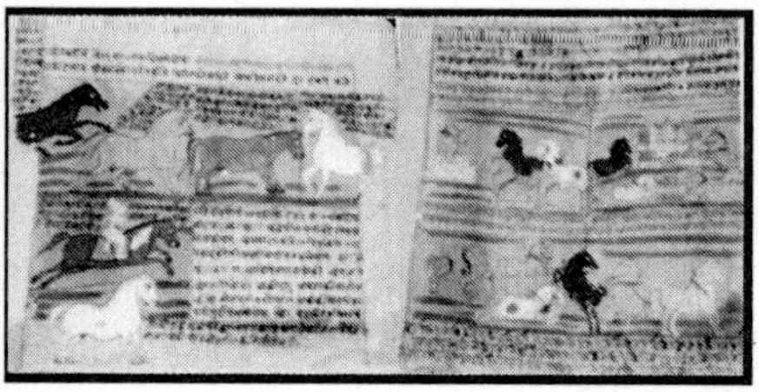

In ancient India, the physicians who treated the human beings also treated animals. There are medical treatises like *Charaka, Sushruta and Harita samhitas* which contain references to animal care.

Shalihotra (2350 BC-Sravasti) the son of Hayagosha, is considered the founder of veterinary sciences followed by Palkapya and Atreye. Almost all aspects of surgery and medicine including veterinary ethics were dealt in ancient medical veterinary treatises.

In India the history of traditional veterinary science dates back to the period of *Mahabharat.*

Prince Nakula was an equine expert while Prince Sahadeva was the physician of cows and other cattle. *Bhardwaj's Ayurveda*, the science of life, was first presented in text form by *Agnivesha* in his book the *Agnivesh Tantra*, and later by others.

Shusutra is supposed to be a pupil of Shalihotra.

Shalihotra's principal work was about the care and management of horses. The *Shalihotra Samhita* (encyclopedia of Shalihotra) has some 12,000 Shlokas in Sanskrit language. This book has been translated into many languages like Arabic, Persian, Tibetan and English. It covers the whole gambit of animal anatomy, care, treatment, medicines, surgery etc. *Asva-Prashnsa* and *Asva-Lakshana Shastram* are also attributed to Shalihotra.

Some later works also refer to Shalihotra's work. There are many ancient books on veterinary sciences namely: Gajayurveda by Palakapya, Gayayurveda by prince Sahdev, Matang Lila by Nilkantha etc.

The world is indebted to the ancient Indian sages for providing them all the knowledge about animal care. The dictionary translates 'Veterinarian' as 'Shalihotri'. This explains his work.

नादस्वरम् – विश्व का तीव्रतम पीतल–रहित ध्वनि–यन्त्र

नादस्वरम्, नाधस्वरम् या नाथस्वरम् तमिलनाडु, कर्नाटक, आन्ध्र प्रदेश, केरल आदि दक्षिण भारत राज्यों मे प्रचलित शास्त्रीय संगीत का एक प्रमुख सुशीर वाद्ययंत्र है। विश्व में इतनी तीव्र ध्वनि निकालने वाला कोई भी पीतल–रहित ध्वनि–यन्त्र नही है। ये एक शहनाई की तरह फूँक कर बजाया जाने वाला यन्त्र है परन्तु ये शहनाई के मुकाबले लम्बा होता है और सख्त लकड़ी से निर्मित होता है।

दक्षिण भारत की हिन्दू संस्कृति में ये वाद्य–यन्त्र अत्यंत ही शुभ माना जाता है और वहां पर ये लगभग सभी हिन्दू शादी–विवाह के आयोजनो में या फिर मंदिरों में बजाया जाता है। ये वाद्य–यन्त्र मंगल–वाद्य परिवार का ही एक अंग है। इस यन्त्र को सामान्यतया जोड़ी में ही बजाया जाता है और इसके साथ संगत करने वाले थाविल नामक ढोल को भी जोड़ियों में ही बजाया जाता है।

परंपरानुसार आचा नाम के वृक्ष की लकड़ियों से इस यन्त्र का निर्माण किया जाता था, परन्तु आजकल इसके निर्माण मे बांस, पीतल, ताम्बा, चन्दन, आबनूस व हाथीदांत का भी प्रयोग किया जाता है।

नादस्वरम् मे 7 हस्तांगुल–छिद्र होते हैं, इसके अलावा 5 अतिरिक्त छिद्र नीचे की ओर वेध कर बनाये जाते हैं। जरुरत के अनुसार इन छिद्रों को मोम से बंद कर के सुर को परिष्कृत किया जाता है। बांसुरी की तरह इसमें भी ढाई अष्टक होते हैं जिन्हें बांसुरी की तरह ही बजाया जाता है। बांसुरी–वादन मे अर्ध या चौथाई सुरों को लगाने के लिये हस्तांगुल–छिद्रों को आंशिक रुप से बंद या खोला जाता है जबकि नादस्वरम् में इन सुरों को निकालने के लिये इनकी नली में फूँक के दबाव को एवं तीव्रता को समंजित किया जाता है।

अपनी तीव्र व बलशाली आवाज़ के कारण नादस्वरम् मुख्यतः खुली जगहों में ही बजाया जाने वाला वाद्य–यन्त्र है इसलिये सामान्यतया इसे रंगशालाओं या सभागारों में लगभग नहीं बजाया जाता है।

Nadaswaram- World's Loudest Non-brass Acoustic Instrument

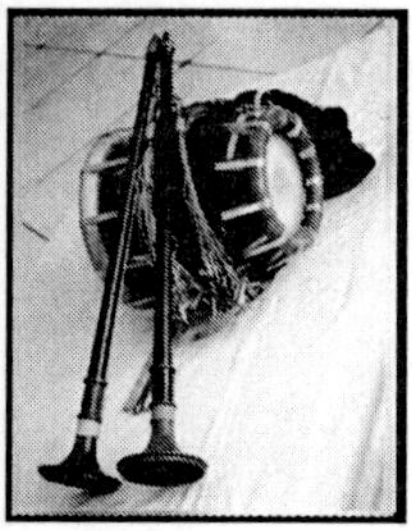

Nadaswaram, Nadhaswaram or Nathaswaram, is a popular classical musical instruments of the southern Indian states like Tamil Nadu, Karnataka, Andhra, Kerala etc. It is the world's loudest non-brass acoustic instrument. It is a wind instrument similar to *Shehnai* but much longer, and has a hard wood body.

Nadaswaram is considered very auspicious in the south Indian Hindu culture. It is played in almost all Hindu weddings and temples of the South Indian tradition. It is part of the family of instruments known as '*mangala vadya*' (auspicious instrument).

The instrument is usually played in pairs and it is accompanied by a pair of drums called *thavil.*

The body of the Nadaswaram is traditionally made out of a tree called *aacha. But* nowadays bamboo, brass, copper, sandalwood, ebony and ivory are also used in the making of Nadaswaram.

The Nadaswaram has seven finger-holes plus five additional holes drilled at the bottom. The holes can be stopped with wax to modify the tone if so needed. It has a range of two and a half octaves, similar to the flute (Indian Bansuri), which also has a similar fingering. While in flute playing, semi and quarter tones are produced by the partial opening and partial closing of the finger-holes, in the case of Nadaswaram, they are produced by adjusting the pressure and strength of the air-flow into the pipe.

It is largely an outdoor instrument due to its intense volume and strength. It is much more suited for open space playing than any indoor playing. It is generally not an instrument to play in a theatre programme.

झलकारीबाई–भारत की एक महान योद्धा

बुंदेलखंड की लोक कथाओं में झलकारीबाई (1830–1858) की वीरता की कहानी आज भी गायी जाती है, खासकर वो घटना जिसमे उन्होंने ईस्ट इंडिया कंपनी के साथ लक्ष्मीबाई के छद्म भेष में लड़ाई की और लक्ष्मीबाई को वहां से सुरक्षित निकलने में मदद किया। 1857 की क्रांति में भी उनकी प्रमुख भूमिका रही थी।

एक किसान की बेटी झलकारीबाई को एक लड़के की तरह पाला–पोसा गया था। वह एक प्रशिक्षित योद्धा और झाँसी की रानी की महिला फौज की एक जांबाज़ सिपाही थीं। झलकारीबाई की ख्याति तब हुई जब उन्होंने जंगल में एक तेंदुए को अपनी पशुओं को हांकने वाली छड़ी से मार डाला।

23 मार्च 1858 को जनरल रोज की सेना के विरुद्ध लड़ाई में झलकारीबाई की वीरता और जांबाजी देखने लायक थी। झाँसी की रानी एक हाथ में तलवार व पीठ पर अपने पुत्र दामोदर को बांधे हुए अंग्रेजों से युद्ध कर रहीं थीं। झलकारीबाई का चेहरा व कदकाठी लक्ष्मीबाई से बहुत कुछ मेल खाता था। उस युद्ध में झलकारीबाई ने लक्ष्मीबाई को सुरक्षित बचा कर निकालने के प्रयास के बारे मे सुना और तुरंत जनरल रोज को भ्रम में डालने की एक योजना उनके दिमाग में आई और जनरल रोज के शिविर में उन्होंने ये आभाष दिलाया की वो ही लक्ष्मीबाई है। काफी समय तक सब लोग इस भ्रम में पड़े रहे कि लक्ष्मीबाई वही हैं और यह भ्रम लक्ष्मीबाई को वहां से सुरक्षित निकलने में बहुत कारगर साबित हुआ।

तत्कालीन इतिहास के पन्नो में झलकारीबाई का जिक्र बहुत ही कम मिलता है। झाँसी के दरबार में पुरोहित विष्णुभट्ट गोडसे ने अपने यात्रा संस्मरण में झलकारीबाई का जिक्र एक राज नौकरानी के रुप में किया है। मुद्रित इतिहास में सर्वप्रथम झलकारीबाई का नाम 1947 में आया। 1951 में प्रकाशित बी. एल. वर्मा के उपन्यास में इस कहानी का जिक्र मिलता है। झलकारीबाई के ऊपर लिखा हुआ एक अन्य उपन्यास 'माटी' है।

झलकारीबाई के वीरगति प्राप्त होने के दिन को शहीद दिवस के रुप में भी मनाया जाता है और सरकार ने झलकारीबाई के सम्मान में एक डाक टिकट भी जारी किया है। भारत का पुरातत्व सर्वेक्षण विभाग झाँसी किले के अन्दर पंच–महल में झलकारीबाई की याद में एक भव्य संग्रहालय का निर्माण करा रहा है।

Jhalkaribai (1830-1858)
'The Great Warrior'

The legend of Jhalkaribai (1830-1858) – especially the incident of her fighting with the East India Company army on the front in the disguise of Rani Laxmibai which helped Laxmibai escape safely – is still sung in the various folklores of the Bundelkhand. During the battle of Jhansi in the1857 rebellion, she played an important role.

Jhalkaribai was raised like a boy, well trained as a warrior and served as a soldier in the women's army of 'Jhansi ki Rani'. She once killed a leopard in the forest with her cattle herding stick.

Jhalkari Bai's great valor and deeds were seen in the battle when General Hugh Rose had besieged Jhansi with a large army on 23 March 1858. Rani Jhansi herself was fighting like a great warrior with sword in her hand and son Damodar on her back. Jhalkaribai bore an uncanny resemblance to Rani Laxmibai. She was fighting when she heard about the escape of Laxmibai. She thought about a plan to confuse Gen. Rose. Jhalkaribai went out towards General Rose's camp in disguise of the queen and declared that she was the queen Laxmibai. She successfully confused everyone for quite some time and this confusion helped Laxmibai escape safely.

The history books have very few references about Jhalkaribai in the contemporary records. Vishnubhat Godse, the court priest of Jhansi during this period, has mentioned her (although as a maid) in his travelogue.

The name of Jhalkaribai first appeared in the printed history in 1947. The reference to her story is found in a novel *Jhansi ki Rani* written in 1951 by Mr B.L. Varma, who had interviewed Jhalkaribai's grandson for his contents. Another book on Jhalkaribai was written in the same year by Ram Chandra Heran in his Bundeli novel *Maati*.

The death anniversary of Jhalkaribai is celebrated as *Shahid Diwas* (Martyr Day) by various organisations every year. The Government of India's Post and Telegraph department has issued a postal stamp in her honour. In the memory of Jhalkaribai, the Archaeological Survey of India is setting up a grand museum at Panch Mahal, inside the Jhansi Fort.

कलारिपयेट : जुडो, कराटे, सूमो, ताइक्वान्डो

प्राचीन भारत में खेले जाने वाली कराटे जैसी कला 'कलारिपयेट' को जुडो, कराटे आदि युद्ध–कला का स्रोत माना जाता है। जुडो, कराटे या ताइक्वान्डो आदि की मुख्य विधा है प्राणायाम या सांस रोकने की भारतीय कला। यह शनैः शनैः बुद्ध धर्म के प्रचार–प्रसार के साथ बुद्ध धर्म के अनुचरों के माध्यम से उत्तर–पूर्व एशिया के देशों मे फैलती चली गई।

कहा जाता है कि बुद्ध धर्म के अनुयायी जो की नंगे पाँव व हथियार रहित अलग–अलग जगहों पर बुद्ध धर्म के प्रचार के लिए घूमते थे, उन्होंने अपनी सुविधानुसार व अहिंसा के सिद्धांतों के अंतर्गत कुछ बदलाव करते हुए इस कला को अपना लिया। ये कला उनके लिए बहुत उपयोगी थी क्योंकि वो अक्सर छोटे छोटे टोली में या फिर अकेले ही विभिन्न देशों में भ्रमण करते थे और उनका सामना अक्सर डकैतों या फिर अन्य धर्मों के सिरफिरे लोगों से हो जाता था। बुद्ध धर्म के लोगों ने इस विधा में कुछ बदलाव करते हुए इनमें घातक हथियारों के प्रयोग को वर्जित कर दिया। हम यह देख सकते हैं कि कराटे का प्रयोग करने वाले लोग प्रायः विपक्षी को अहिंसक तरीके से शस्त्र–विहीन कर के परास्त करते हैं, जो कि जीवन के प्रति बुद्ध–दर्शन का ही एक रुख है। भारतीय दर्शन–शास्त्र व बुद्ध–दर्शन का प्रमुख अंग 'ध्यान व एकाग्रता' जुडो–कराटे के साथ एकदम अन्तरंग तरीके से जुड़ी हुई है। कमजोर व सही व्यक्ति की रक्षा करना इस युद्ध–कला का मुख्य उद्देश्य है।

आपने गौर किया होगा कि जुडो–कराटे के शिक्षक को सिर्फ प्रशिक्षक के रुप मे नहीं लिया जाता है। उनके विद्यार्थी परंपरागत तरीके से पहले उनका पूर्ण नमन करते हैं, सिर झुकाते हैं और इसके बाद ही प्रशिक्षण शुरू होता है। भारतीय गुरु–शिष्य परम्परा का पूर्ण दर्शन इसके शिक्षण–प्रशिक्षण में परिलिक्षित होता है। अतः इसमें कोई शक नहीं लगता है कि जुडो–कराटे–ताइक्वान्डो आदि की उत्पति दक्षिण भारत में हुई, और बुद्ध धर्म के अनुयायीयों ने इसे यहाँ से चीन, जापान, कोरिया आदि देशों में ले जा कर इसको वहां काफी प्रचलित कर दिया।

Kalaripayate >>>>Judo, Karate, Sumo, Tae-Kwan-Do

Kalaripayate, something similar to karate in the ancient India, is said to have been the origin of Judo and Karate. The technique of *Pranayam* or breath-control, which is a prominent feature of Tae-Kwan-Do, Judo, karate etc., was one of the many martial-art techniques which seem to have traveled to the Far-East along with the Buddhist religion and spread into that area by the Buddhist monks.

Buddhists monks, who used to travel barefoot and unarmed to spread the gospel of Buddha, are said to have accepted this art with alterations suitable to the philosophy of non-violence as preached in Buddhism. This technique of defense seems to have been necessary for them as they traveled in small groups or even alone into the foreign lands. And during their travels, they were exposed to the dangers from dacoits as well as fanatics from the other religious groups.

The originally violent character of this art seems to have been altered or modified by the Buddhist monks. Unlike *Kalaripayate*, Judo and Karate do not allow the use of lethal weapons.

A Karate practitioner generally aims to disarm and disable his opponent without wounding him with dangerous consequences. This can very well be seen as a reflection of the Buddhist attitude towards life. One can also notice that both Judo and Karate are deeply interwoven with meditation, the concentration of mind, which is a hallmark of Buddhism or Indian spirituality. The purpose of protecting the weak and the just is manifest in both Judo and Karate, which is practiced as an art.

The teachers of Judo or Karate are not looked upon merely as a coach. They have traditionally commanded deep respect of students and any lesson always starts with a bow of the students to the teacher. The Guru-Shishya Traditions of India shows its presence in the students of Judo and Karate when they bow their heads before their teacher in the beginning of their teaching lessons. So, it is quite possible that the martial art forms of Judo-Karate etc. originated in southern India and the Buddhist monks carried it and taught it to China, Korea and Japan etc.

ज़ितार – एक अनूठा इलेक्ट्रिक सितार

भारत के महान सितार कलाकार निलाद्री कुमार ने 'ज़ितार' नामक एक अनूठा वाद्य–यन्त्र बनाया है जो कि वास्तव में एक विशेष प्रकार का रूपांतरित सितार ही है। यह पांच तारों वाला एक चमकदार लाल रंग का बिजली सितार है जो कि सितार और गिटार के संयोजन से बनाया गया है।

अपने दिलचस्प और एकदम निराली ध्वनि के साथ इस अनोखे वाद्य–यन्त्र ने पूरी दुनिया को मंत्रमुग्ध किया है। परंपरागत संगीत के साथ आधुनिकता का यह एक अनूठा मिश्रण है। जब यह यंत्र बजाया जाता है तब यह सितार की ध्वनि के साथ–साथ रॉक गिटार की मिश्रित मधुर ध्वनि पैदा करता है। निलाद्री ने इस वाद्य–यन्त्र को बनाते समय इसके तारों की संख्या को 20 से घटा कर 5 तारों तक सीमित कर दी है। इस वाद्य–यन्त्र से गिटार जैसी ध्वनि निकालने के लिए इसके अंदर एक विद्युत् पिक–अप जोड़ा गया है। विगत कुछ वर्षों में इस वाद्य–यन्त्र पर निलाद्री ने कई मधुर व अलग प्रकार की रचनाओं को बनाया और इसके कई एक सफल एलबम जारी किये हैं।

जब निलाद्री कुमार सिर्फ 6 वर्ष के थे तब उन्होंने श्री अरविंदो आश्रम, पांडिचेरी में अपना पहला सार्वजनिक कार्यक्रम प्रस्तुत किया था। उन्होंने 1980 के दशक में लक्ष्मीकांत–प्यारेलाल के साथ काम किया और उसके बाद हिंदी सिनेमा के कई अन्य मशहूर संगीत निर्देशकों जैसे ए. आर. रहमान, प्रीतम और शंकर–एहसान–लॉय आदि के साथ भी काम किया है।

संगीत नाटक अकादमी ने मार्च 2007 में उन्हें 'उस्ताद बिस्मिल्ला खां युवा पुरस्कार' से सम्मानित किया।

नीलाद्री ने अपने एलबम 'इफ' के लिए सर्वश्रेष्ठ शास्त्रीय / फ्यूजन वाद्य–संगीत श्रेणी में 'एम. टी. वी. इम्मिज़' का पुरस्कार जीता है।

ZITAR – The Unique Electric Sitar

Niladri Kumar, the great Sitar exponent of India created a unique instrument called ZITAR which is actually a modified Sitar. It is a fiery-red, five stringed electric Sitar, which is made by combining sitar & guitar into one instrument.

It has mesmerized the world with its truly zany and zestful sound. It's a unique mix of modernity with tradition. When this instrument is played it creates rock guitar sound along with Sitar sound. The number of strings on the instrument has been reduced to 5 from 20. An electric pick-up was added inside the instrument to make it sound like a guitar.

He created many compositions on it and released many successful albums

Niladri Kumar gave his first public performance at Sri Aurobindo Ashram, Pondicherry when he was just 6 years old. He has worked with Laxmikant-Pyarelal in the late 1980s and with various other music directors of Hindi cinema like Rahman, Pritam and Shanker-Ehsaan-Loy etc.

Sangeet Natak Akademi has honoured him with 'Ustad Bismillah Khan Yuva Puraskar' in March 2007.

For his album '*If*', Niladri has won the 'MTV immies award' for the Best Classical/Fusion Instrumental.

बाट तथा माप प्रणाली एक भारतीय अविष्कार है

बाट और माप के उपयोग की परिष्कृत मानकीकरण प्रक्रिया को सबसे पहले सिंधु घाटी सभ्यता (3000–1500 ईसा पूर्व) के निवासियों द्वारा विकसित किया गया था। लंबाई, द्रव्यमान और समय को मापने की सभी प्रणालियों में भारतीय प्रणाली सबसे विस्मयकारी और सबसे ज्यादा सटीक थी। इस प्रणाली ने कोणीय–माप और निर्माण के लिए माप लेना संभव बना दिया।

यह तैयार प्रणाली सिक्थ के घन (एक चकमक पत्थर की तरह का खनिज या सिलिका का स्फटकीय रुप) से बनी हुई होती है। यह घन श्रृंखला में स्थापित किये गये होते थे जो कि क्रमशः वजन में दोहरीकरण के साथ 1 से 2 इकाई, 2 से 4 इकाई, 4 से 8, 8 से 64 तक रखे जाते थे। अगला खंड 160 इकाई का और फिर 320 का और उसके बाद 160 के गुणकों में क्रमशः बढ़ता रहता है। सबसे बड़ी ईकाइयां जो अनाज व लकडी आदि के वजन करने के लिए इस्तेमाल की जातीं थीं वो इतनी बड़ी होती थीं कि उन्हें रस्सी से उठाया जाता था।

सिंधु घाटी सभ्यता में इस्तेमाल किये जाने वाले माप बेहद सटीक होते थे। सबसे छोटा भाग 1/16 इंच यानी 1.704 मि.मी. का था। यह कांस्य युग में मौजूद पैमानों में दर्ज़ सबसे छोटा भाग था और जो वास्तु–शास्त्र आधारित दक्षिण भारतीय वास्तुकला और इंजीनियरिंग के समान ही था जिसमें कि नाप इंच और फुट में दर्शाए जाते थे। इसके अलावा सिंधु घाटी में इस्तेमाल किये जाने वाले पैमाने सटीक रुप से बिल्कुल 33 इंच नापते थे और $1\ ^{3}/_{8}$ इंच की 24 ईकाइयों में विभाजित होते थे। $1^{3}/_{8}$ इंच एक 'अंगुल' माना जाता है। 33 इंच की लंबाई एक 'हस्त' कहलाती है। एक 'अर्ध–हस्त' भी होता था जो बिल्कुल सटीक $16^{1}/_{2}$ इंच होता था, यानि $1^{3}/_{8}$ इंच पर 12 अंगुल।

अन्य सभ्यताओं द्वारा बीज और पत्थर को मापने के साधन के रूप में इस्तेमाल किया जाता था। हालांकि प्राचीन काल की भारतीय माप शरीर से संबंधित थे जिसका सह–सम्बन्ध $1^{3}/_{8}$ इंच की उंगली की माप से था । यह माप मानव शरीर में बढते क्रम में पाया जाता है और यही माप प्रणाली प्राचीन मंदिरों के निर्माण में इस्तेमाल की जाती थी जो कि सिंधु घाटी के माप–उपकरणों के साथ लगभग सटीक तरीके से संबंधित है.

लंबाई, द्रव्यमान और समय की काफी हद तक वैज्ञानिक और सटीक सूक्ष्म गणना करने की प्रणाली सर्वप्रथम भारतीयों ने ही विकसित की थी। इस विकास ने सैकड़ों और हजारों चीज़ों को विकसित करने में दुनिया की मदद की है और जिनका भरपूर आनंद आज की आधुनिक दुनिया उठा रही है।

Weights & Measurement System is an Indian Invention

The sophisticated procedure of standardisation using weights and measures were first developed by the inhabitants of the Indus Valley Civilisation (3000–1500 BC). Of all the systems of measuring length, mass and time, the Indian system was the most astounding and most accurate. It had made possible the angular measurement and measurement for constructions.

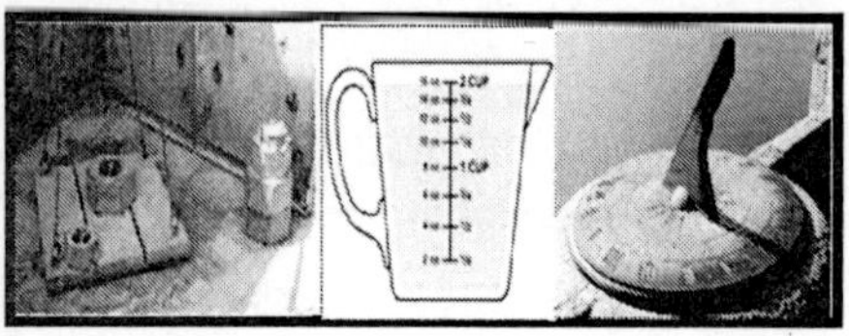

The system devised consisted of cubes of chert i.e. a flint-like mineral, a crystalline form of silica. These cubes were organized in series, doubling in weight from 1 unit to 2 units to 4 to 8 and on to 64 units and next on to 160,320 and then to the multiples of 160 units. The largest units - which were used to weigh grains and woods etc. - were so large that they were lifted with rope.

The measurements used in the Indus valley civilisation were extremely precise. The smallest division was approximately 1/16 inch i.e. 1.704 mm. This was the smallest division ever recorded on a scale in the Bronze Age and was similar to the Vaastu-Shastra based South Indian architecture and engineering which are shown in feet and inches. Further, the yard sticks used in the Indus Valley measure exactly 33 inches and are divided into 24 units of $1^3/_8$ inches. The $1^3/_8$ inch is considered to be an *angul*. The length of 33 inches was called a *Hasta*. There was a half *hasta* also which measured exactly 16½ inches i.e.12 *angul* at $1^3/_8$ inches.

Seeds and stones were used by other civilisations as measuring instruments. However, the Indian measurements of the ancient times were related to the body which was correlated to the finger measure of $1^3/_8$ inch. This measure is found throughout the human body in increments. It is the measure which was used to build the ancient temples and it is almost exactly related to the Indus Valley measuring devices.

Indians were the first to develop the systems to measure length, mass and time quite scientifically and up to the precise minute calculations. This helped the world to develop hundreds and thousands of other things which the modern world is enjoying now.

पहला भारतीय नौसैनिक कप्तान जिसने अपने जहाज को मरते दम तक नहीं छोड़ा

'कुछ भी हो जाये, कप्तान अपने जहाज को छोड़ कर नहीं भागते'... कप्तान महेंद्र नाथ मुल्ला ने नौसेना की इस कहावत का अक्षरशः पालन किया और 1971 के भारत–पाक युद्ध के दौरान आई.एन.एस. खुखरी के साथ वीरता पूर्वक समुद्र में समां गये। नेवी के इस इतिहास पुरुष को मरणोपरांत 'महावीर चक्र' से सम्मानित किया गया।

1971 के युद्ध के दौरान कप्तान मुल्ला दो जहाजों की एक टास्क फोर्स को कमांड कर रहे थे, और उन्हें उत्तर अरब सागर में दुश्मन की पनडुब्बियों को खोज कर नष्ट करने का कार्य सौंपा गया था। 9 दिसंबर 1971 को पाकिस्तानी पनडुब्बी ने आई.एन. एस. खुखरी पर एक टारपीडो द्वारा प्रहार किया। इस भारतीय जहाज को बचाया नहीं जा सकता था अतः कप्तान मुल्ला ने जहाज को खाली करने का फैसला लिया, और यह सुनिश्चित किया कि उनके ज्यादा से ज्यादा नौसैनिकों को किसी प्रकार से बचाया जा सके। जब जहाज एकदम डूब रहा था तब भी वह अपने लोगों के बचाव के कार्य को पर्यवेक्षित कर रहे थे और निर्देश दे रहे थे। अपने जहाज के नौसैनिकों के साथ वो मरते दम तक जहाज में बने रहे यहाँ तक कि अपने जीवन–रक्षक गियर को भी उन्होंने अपने एक नौसैनिक को दे दिया था। इस नौसैनिक युद्ध में कप्तान मुल्ला 18 अधिकारियों और 176 नाविकों के साथ समुन्द्र में समां गये। प्रत्यक्षदर्शीयों के अनुसार कप्तान मुल्ला जब जहाज के साथ नीचे समुन्द्र में समां रहे थे तो उस समय वो सेल्यूट की मुद्रा में थे।

इस हादसे से सुरक्षित निकले एक कमांडर मनु शर्मा के शब्दों में: 'कप्तान मुल्ला ने मुझको और लेफ्टिनेंट कुंदन मल को ब्रिज़ से धक्का दे दिया। हमने उन्हें भी अपने साथ ले जाने की कोशिश की, लेकिन उन्होंने साफ मना कर दिया और हमें आदेश दिया कि कूद कर हम अपनी सुरक्षा कर लें। हम दोनों स्टारबोर्ड की तरफ से समुद्र में कूद गये।" अंतिम क्षणों के बारे में उन्होंने आगे बताया कि, "जहाज का अग्रभाग 80 डिग्री के कोण पर ऊपर की तरफ सिर उठाये धीरे–धीरे डूब रहा था। मैंने कप्तान मुल्ला की एक झलक भर देखी थी। वो अपनी कुर्सी पर बैठे हुए जहाज की रेलिंग को पकडे हुए थे और उस समय भी सिगरेट का एक कश ले रहे थे।''

नौसेना के इतिहास में वो आजतक के एकमात्र कप्तान हैं जो अपनी पोत के साथ जल–समाधी में चले गये।

कप्तान मुल्ला ने हमें सिर्फ यही नहीं पढ़ाया कि ज़िन्दगी कैसे जीते हैं, बल्कि यह भी पढ़ाया कि मौत का सामना किस प्रकार से किया जाता है।

The First Indian Navy Captain to Go Down with His Ship

In tune with the gallantry navy adage, "Captains Don't Abandon Their Ships, No Matter What", Captain Mahendra Nath Mulla went down gallantly with INS Khukri in the 1971 Indo-Pak war. This historical hero was awarded the Maha Vir Chakra posthumously.

During the 1971 War, he was commanding a task force of two ships which was assigned the task of hunting & destroying enemy submarines in the North Arabian Sea. On 09th December 1971, INS *Khukri* was hit by torpedoes fired by the Pak submarine. The ship could not be saved. Captain Mulla decided to abandon the ship and made sure that as many of his men are rescued as possible. He continued to direct the rescue operations even when the ship was about to sink. He remained in the Ship till the very last with his men. He even gave his own life-saving gear to a sailor. Eighteen officers and 176 sailors went down with the ship along with Captain Mulla, who was said to be in a saluting gesture.

In the words of one of the survivors Commander Manu Sharma: "Captain Mulla pushed Lieutenant Kundan Mall and me off the bridge. We tried to take him along with us but he refused and ordered us to jump to safety. We both jumped into the sea from the starboard side." He further adds about the last moments, "The bow of the ship was pointing upwards at an angle of 80 degrees and sinking slowly. I got a glimpse of Captain Mulla sitting on his chair and hanging on to the railing. He was still smoking a cigarette."

He remains the only Indian Navy captain so far, to go down with a vessel to his watery grave.

Captain Mulla taught us not only how to live, but also how to die.

भारतीयों के तेज़ दिमाग से उत्पन्न वो खेल जिसे पूरे विश्व ने अपनाया

इनसाइक्लोपीडिया ब्रिटानिका के अनुसार सर विलियम जोन्स के एशियाई शोध के खंड–2 में प्रकाशित एक निबंध में यह तर्कों के साथ कहा गया है कि भारत अनादिकाल से शतरंज का उद्‌गम स्थल था और ये खेल चतुरंग नाम से जाना जाता था। अमरकोष पुस्तक में यह हाथी, घोड़े, रथ और पैदल सैनिकों के रूप में उल्लेखित हैं। सर विलियम जोन्स का निबंध वास्तव में भविष्य पुराण का एक अनुवाद ही है जो कि पासे के साथ चार लोगों द्वारा खेले जाने वाले एक खेल का विवरण देता है। प्राचीन भारत में शतरंज खेल के लिए प्रयुक्त दूसरा शब्द अष्टपदा यानि आठ–चरण है, जो शायद उन आठ कदमों (वर्ग) को बताता है जो कि आधुनिक शतरंज के बिसात में दिखती हैं। मतलब ये हुआ कि कुल 64 कदम या वर्ग और हर तरफ आठ वर्गों की बिसात (8x8 = 64)। 'महाभारत' में भी इस तरह के खेल का उल्लेख है। अतः इसका अर्थ ये निकलता है कि यह खेल लगभग 3000 साल पहले भारत में खेला गया था।

शतरंज के हिंदू मूल के बारे में सर विलियम की राय फारसीयों की गवाहीयों पर आधारित है। वो कहते हैं कि चतुरंग हमारे युग के छठवीं शताब्दी में भारत से फारस में निर्यात किया गया था और पुराने फारसियों ने इसका नाम बदल कर चतरंग कर दिया, लेकिन जब अरबों ने उनके देश पर कब्जा किया तो उन्होंने इसका नाम बदल कर शतरंज कर दिया। इस नाम ने आगे चलकर आधुनिक फारसी में अपनी एक जगह बना ली और अंत में यह भारत की बोलियों में भी शामिल हो गया। स्पष्ट रूप से ये शब्द मूल संस्कृत शब्द चतुरंग का ही एक अपभ्रंष है।

कुछ लोगों की ऐसी सोच रही है कि किसी भी उद्देश्य के साथ किये गये अपने मानव–साथी की हत्या एक अपराधिक कार्य ही है। और इस जीवन के बाद अगली दुनिया में ऐसे योद्धा की सजा भी एक साधारण कातिल की तुलना में कई गुना ज्यादा बुरी ही होगी। ऐसे विचारों के परिप्रेक्ष्य में युद्ध के एक विकल्प के तौर पर शतरंज के खेल का अविष्कार किया गया।

इस विषय के उत्पत्ति–मत पर वैंडर लिंडे अपने वृहद् लेखनी, 'Geschichte and Litteraturdes Schachspiels' (1874) में उन लोगों के विचारों के साथ सहमत हैं जिन्होंने फारसीयों को ये खेल हिंदुओं से प्राप्त होने की बात कही है। शतरंज इतिहासकार एच.जे.आर. मरे ने अपने कीर्तिस्तम्भीय लेखन कार्य 'शतरंज का एक इतिहास' किताब में ये निष्कर्ष निकाला है कि शतरंज सातवीं शताब्दी के भारत में खेले जाने वाले एक खेल का ही वंशज है।

Chess - This Mind Game was the Brilliance of the Indian Mind

According to the Encyclopedia Britannica, in an essay published in the 2nd Vol. of Asiatic Researches, Sir William Jones argued that India was the cradle of chess from time immemorial and was known by the name 'Chaturanga', i.e. four parts, or members of an army, which are mentioned in the *Amarakosha* as elephants, horses, chariots and foot soldiers. Sir William Jones' essay is substantially a translation of the *Bhawishya Purana*, which gives the description of a four-handed game of chess played with dice. The other term *Astapada* meaning eight steps, a term used for this game in ancient India, seems to be a description for the eight steps (Squares) the modern Chessboard is checkered with i.e. sixty four squares in all, with eight squares on each side. ($8 \times 8 = 64$). The *Mahabharata* also mentions such game. So, it means that this game was played in India nearly 3000 years ago.

Sir William's opinion about the Hindu origin of Chess is based upon the testimony of the Persians. He says that *Chaturanga* was exported from India into Persia in the 6th century. The old Persians changed the name into *Chatrang*. The Arab rulers further altered it into *Shatranj*, which name found its way into modern Persian and ultimately into the dialects of India. This word is obviously a corruption of the Sanskrit original *Chaturanga*.

According to some thinking, war and slaying of one's own fellow-men for any purpose is criminal; and the punishment of the warrior in the next world will be much worse than that of the simple murderer. Hence the game of Chess was invented as a substitute for war.

Wander Linde, in his exhaustive work, *'Geschichte and Litteraturdes Schachspiels'* (1874), agrees about its origin-theories with those who consider that the Persians received the game from the Hindus. The Chess Historian H.J.R. Murray in his monumental work *'A History of Chess'* concludes that Chess is a descendant of an Indian game played in the 7th century.

पालम कल्याणसुन्दरम्....वाह...क्या आदमी है

'हम समाज में खुद को बनाए नहीं रख सकते जब तक हम समाज में कुछ न कुछ योगदान न करें। मैं दृढ़ता से महसूस करता हूँ कि यदि एक व्यक्ति भी समाज की भलाई के प्रति अपना सामाजिक दायित्व अच्छे से निभाता है तो कुछ परिवर्तन तो जरूर आयेगा' – पी कल्याणसुन्दरम्

कॉलेज में अपने 35 साल के लंबे कैरियर के दौरान प्रति महीने प्राप्त वेतन को कल्याणसुन्दरम् ने हर माह परोपकार मे दान कर दिया और अपनी दैनिक जरूरतों को पूरा करने के लिए छोटे मोटे काम किये। ऐसा जीवन जीना उनके लिए आसान नहीं था क्योंकि वह एक अमीर कृषक परिवार में पैदा हुये थे। 'मैन ऑफ द मिलेनियम अवार्ड' से प्राप्त 30 करोड़ रुपए की पूरी राशि उन्होंने दान कर दी। उन्होंने कई बार फुटपाथ और रेलवे प्लेटफॉर्म पर सिर्फ ये पता करने के लिये रात गुजारी कि गरीब होने व अपने सिर के उपर कोई छत नहीं होने का एहसास क्या होता है। अपने सेवानिवृत्ति लाभ और संपत्ति को उन्होंने सिर्फ सामाजिक कार्यों में इस्तेमाल किया। सेवानिवृत्ति के बाद उन्होंने एक होटल में वेटर के रूप में काम किया ताकि वह अनाथालयों और बच्चों की शिक्षा–कोष के लिए दान करने का कार्य जारी रख सकें।

कल्याणसुन्दरम् पुस्तकालय–विज्ञान विषय में स्वर्ण पदक विजेता तथा साहित्य और इतिहास में एक मास्टर्स डिग्री धारक हैं। उनकी माँ ने ही उन्हें गरीबों की सेवा के लिए प्रेरित किया। वो जीवनभर अविवाहित रहे ताकि वो गरीबों के लिए अपना जीवन समर्पित कर सकें। संयुक्त राष्ट्र संघ ने उन्हें 20वीं सदी का एक अप्रतिम व्यक्ति घोषित किया है। एक अमेरिकी संगठन ने उन्हें 'मैन आफ मिलेनियम' के रूप में चुना और केंद्र सरकार ने उन्हें भारत के सर्वश्रेष्ठ लाइब्रेरियन के रूप मे सम्मानित किया। उन्हें दुनिया के दस शीर्ष पुस्तकालयाध्यक्षों में से एक के रूप में चुना गया है। इंटरनेशनल बायोग्राफिकल सेंटर, कैम्ब्रिज द्वारा उनको 'वन ऑफ द नोबलेस्ट ऑफ द वर्ल्ड' के रूप में सम्मानित किया गया है।

अपनी तीखी व स्त्रियों जैसी आवाज से दुःखी होकर एक बार उन्होंने आत्महत्या तक के बारे में सोचा। तब एक लेखक ने उनसे कहा कि – आप बात कैसे करते हैं उसकी चिंता नहीं करें, मगर दूसरे आपके बारे में अच्छी बात करें इसके लिए प्रयास करते रहें। इस सलाह ने जीवन के बारे में उनकी धारणा ही बदल दी और 'बाल कल्याण' उनका लक्ष्य बन गया। उनके अनुसार सब कुछ मन की एक अवस्था है... अंत में जब हम पृथ्वी–ग्रह को छोड़ते हैं, तब हम अपने साथ क्या ले जाते हैं?

Palam Kalyanasundaram..... What a Man...What an Ideal...!!

"We cannot sustain ourselves, unless we contribute to the society in some way or the other. I strongly feel if even one person does his bit towards social good, there will be some change." — P. Kalyanasundaram

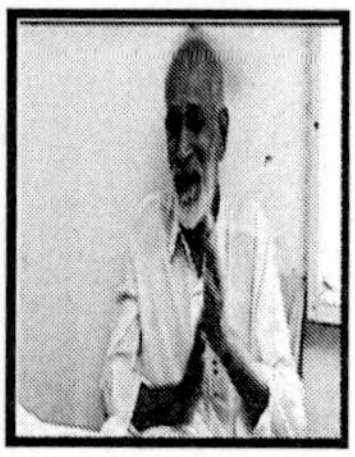

Kalyanasundaram has donated the entire amount of Rs. 30 Crores that he received with the *Man of the Millenium* award. During his 35-year-long career at Kumarkurupara Arts College, he donated all his salary month after month towards charity and did some odd jobs to meet his daily needs. It wasn't easy for him as he was born into a rich agricultural family and wasn't used to such life.

He has slept on pavements and railway platforms to find out what it is like to be poor, without a roof over your head. His retirement benefits and his share of family property were all used for social causes. He worked as a waiter in a hotel after retirement in exchange for food and a meager salary so that he could continue to donate to the orphanages and to the children's educational funds. He is a gold medalist in library science and has a master's degree in literature and history.

Kalyanasundaram's mother inspired him to serve the poor. He remained a bachelor so that he could dedicate his life to the poor The United Nations Organisation adjudged him as one of the *Outstanding People of the 20th Century*. An American organisation selected him as the *Man of the Millennium*. The Union Government has acclaimed him as *The Best Librarian in India*. He has also been chosen as *one of the top ten librarians of the world*. The International Biographical Centre, Cambridge, has honoured him as *one of the noblest of the world*.

During his college days, he was so bothered about his shrill feminine voice that once he thought about committing suicide. At that time a writer's advice - *"Don't bother about how you speak. Strive to make others speak good about you,"* changed his perception about life. He had found his calling: child welfare.

His philosophy about life is.... *"Everything is a state of mind. Finally, what do we take with us when we leave planet earth?"*

काल, अंतरिक्ष व सापेक्षता का सिद्धांतः भारत व पाश्चात्य देश

'काल व अंतरिक्ष एक दूसरे के सापेक्ष होते हैं...' पश्चिमी देशों ने सापेक्षता के इस सिद्धांत को तभी जाना जब 1916 में आइनस्टाइन ने इसको परिभाषित किया। लेकिन जब हम भारतीय शास्त्रों एवं किताबों पर एक नज़र डालते हैं तो यह पाते हैं कि भारत में 'काल या समय' का महत्व हमेशा से रहा है और हमारे यहां सबकुछ 'समय–काल' के परिप्रेक्ष्य में ही परिभाषित किया गया है।

हजारों वर्ष पुराने भारतीय ज्योतिष शास्त्र ने हमेशा विभिन्न ग्रह–नक्षत्रों के भिन्न–भिन्न समय–काल गति के कारण मनुष्य के ऊपर पड़ने वाले प्रभावों को पृथ्वी पर मनुष्य के आचरण से सम्बद्ध किया है। हमारे यहाँ जब किसी शिशु की जन्म कुंडली बनाई जाती है तब जन्म का स्थान तथा जन्म के समय को एक साथ लिया जाता है। तदुपरांत विभिन्न ग्रहों की स्थिति से उनका मिलान किया जाता है। ग्रहों की स्थिति समय–काल के प्रवाह के अनुसार बदलती रहती है और इसीलिए अलग–अलग बच्चों की कुंडली एक दूसरे से भिन्न होती है, हालांकि वो बच्चे एक ही समय पर परन्तु भिन्न स्थानों पे जनम लेते हैं। ये भिन्नता समय–काल व अंतरिक्ष की सापेक्षता के कारण ही होती है।

कणाद के वैशेषिक शास्त्र (पदार्थ अर्थ संग्रह 2:2:9) के अनुसार 'रचना, संपोषण और विध्वंस की वस्तु को समय–काल के परिप्रेक्ष्य में ही परिभाषित किया जा सकता है'। महान आर्यभट्ट ने भी अपनी पुस्तक आर्यभट्टयम में सापेक्षता के सिद्धांत को उदाहरण के साथ विस्तार से समझाया है। उनके अनुसार हमारा पृथ्वी से सृष्टि का अवलोकन, पृथ्वी पर हमारी स्थिति – जहां हमारे अवलोकन की गति एक कारक है – से सम्बंधित है। इस विषय पर समुचित सन्दर्भ एवं अवधारणा 'महाभागवतम' 'योगवशिष्ठ' एवं 'भगवद्गीता' मे उल्लेखित है जहाँ पर काल, अंतरिक्ष व सापेक्षता के सिद्धांत का स्पष्ट सन्दर्भ मिलता है।

ये वैज्ञानिक तथ्य भारतीय संस्कृति एवं जीवन शैली में सदियों से रोज़मर्रा की ज़िन्दगी का हिस्सा बनकर रहे हैं, जो कि उपरोक्त वर्णित सन्दर्भों से भली–भांति प्रमाणित होते हैं।

Theory of Time, Space & Relativity: India and the Western World

'Time and space are relative to each other.' The western world understood this theory of relativity only when Einstein explained it in the year 1916. However, a look back on the books and literatures of India brings into light the fact that Indians have always valued 'Time' and have related everything in terms of 'Time'.

Indian astrology - which is thousands of years old - co-relates various rates of flow of time of different planets on the human behavior on the surface of the earth. When the Indian astrologer prepares the Horoscope of a child, his time of birth and place of birth are taken together and then it is compared with the various planetary positions. These planetary positions vary as per the respective flow of time. Therefore, different babies have different horoscope, although they are born at the same time but at different places. Such variations are due to the relativity of Time & Space.

The *Vaisheshika Shastra* of Kanaad (*Padarth Arth Sangrah 2:2:9*) says that 'a thing of creation, sustenance and destruction can only be described in terms of time'. The great Aryabhatta has also explained the Theory of Relativity in his book *Aryabhattiyam* by explaining with examples that our observation of the universe is relative to our presence on the earth where our rate of observation is a factor. There are relevant chapters and concepts in *'Maha Bhagvatam' 'Yogavashistha' and 'Bhagwat Geeta'* also where there is a clear reference to the theory of time, space and relativity.

In the Indian culture, these scientific facts were a part of the day-to-day life of its people since thousands of years, as could be verified through the above references.

दुर्गादास राठौड़ – वो योद्धा जो हर एक माँ की तमन्ना है

दुर्गादास राठौड़ (1638 – 1718) वह योद्धा हैं जिन्होंने सत्रहवीं सदी में राजा जसवंत सिंह की मृत्यु के बाद अपने अकेले के बल पर मारवाड़ में राठौड़ वंश के शासन को संरक्षित किया था। उन्होंने मारवाड़ के भविष्य के वारिस अजीत सिंह को औरंगजेब के खतरे से बचाया। वो औरंगजेब के खिलाफ बड़ी बहादुरी से लड़े और 1707 में औरंगजेब की मृत्यु के बाद जोधपुर को वापस जीता तथा मुगल सेना को बेदखल करके अजीत सिंह को जोधपुर का महाराजा घोषित करवाया। इस प्रकार उन्होंने राजा जसवंत सिंह को दिया गया अपना वादा पूरा किया।

दुर्गादास ने मुसलमानों द्वारा नष्ट व अपवित्र किये गये सभी मंदिरों को पुनर्निर्मित करवाया।

'भारत के कैम्ब्रिज इतिहास' के अनुसार, "अगर दुर्गादास की पच्चीस सालों की ये अनवरत परिश्रम और कुशल युक्ति ना होती तो अजीत सिंह अपने पिता की गद्दी कभी नहीं पा सकते थे। अपने स्वयं के लाभ को कभी भी देखे बिना व भयानक बाधाओं के खिलाफ लड़ते हुए उन्होंने सिर्फ अपने राष्ट्र के विजयी होने को ही सर्वोपरि रखा।

औरंगजेब के विद्रोही बेटे मोहम्मद अकबर ने निर्वासन में मरते समय अपने बच्चों को दुर्गादास की हिफाजत में छोड़ दिया था। औरंगजेब, जो कि मुस्लिम धर्म में परिवर्तन के लिए हिंदुओं को मजबूर करता था, 1694 में अपनी पोती को और 1698 में अपने पोते को दुर्गादास से सकुशल वापस प्राप्त किया। बाद में वह ये जानकार एकदम आश्चर्यचकित रह गया कि दुर्गादास ने उसके पोता–पोती को मुस्लिम धर्म के अनुसार शिक्षा दिलाई है। उस समय औरंगजेब ने दुर्गादास के महान आदर्शों और नैतिक मूल्यों के समक्ष नतमस्तक होते हुए उनके प्रति अपनी दिली कृतज्ञता प्रदर्शित की थी।

राजस्थानी भाषा में एक दोहा है जिसके अनुसार राजस्थान में लोग प्रार्थना करते हैं कि .... 'मायाड ऐडा पुत जाण, जेड़ा दुर्गादास भार .... मुंडासा धामियो, बिन थम्ब आकाश'। जिसका भावार्थ है कि "मां मुझे दुर्गादास जैसा ही पुत्र देना, जिसने मुगलों के महाविपत्तिकारी बढ़ाव को अकेले ही रोक दिया"

Durgadas Rathore - The Warrior, Who is a Desire of Every Mother

Durgadas Rathore (1638 – 1718) is the warrior who single-handedly preserved the rule of the Rathore dynasty over Marwar after the death of King Jaswant Singh in the 17th century. He saved the child-heir Ajit Singh from Aurangzeb. He fought valiantly against Aurangzeb and at the end, fulfilled the promise he had given to the king Jaswant Singh, when he seized Jodhpur and eventually evicted the occupying Mughal forces after the death of Aurangzeb in 1707. Ajit Singh was proclaimed Maharaja of Jodhpur.

Durgadas arranged for rebuilding all the temples that had been desecrated by the occupying Muslims.

According to the *Cambridge History of India*, "but for the twenty-five years of unflagging exertion and skilful contrivance of Durgadas, Ajit Singh could not have secured his father's throne. Fighting against terrible odds, he kept the cause of his nation triumphant, without ever looking to his own gain."

Aurangzeb's rebel son Mohd.Akbar, while dying in exile had left his children in the custody of Durgadas. Aurangzeb - the man who forced Hindus to convert into Muslim - gained the custody of his granddaughter in 1694 and grandson in 1698. He was surprised to find that Durgadas had arranged for his grandchildren to be schooled in the Muslim faith. He could only salute Durgadas for his great ideals and moral values.

There is a couplet in Rajasthani language according to which people in Rajasthan pray that – *Mayaad eda poot jan jeda Durgadas bhaar...mundasa dhamiyo bin thamb aakash.* *(Mother, give birth to a son just like Durgadas,who stopped the flooding dam of Moghuls without any support).

* "मायाड ऐडा पुत जाण, जेड़ा दुर्गादास भार...मुंडासा धामियो, बिन थम्ब आकाश"

पाई, अनंत श्रृंखला – जिसके लिये दुनिया भारत की कृतज्ञ है

'पाई' के प्रतीक को सबसे पहले केरल के संगमग्राम के 'माधव' द्वारा विवेचित एवं प्रस्तुत किया गया था। किसी भी गणितीय और ज्यामितीय अभिव्यक्ति के अंतर्गत यह प्रतीक अब व्यापक रूप से प्रयोग किया जाता है। माधव ने 1340 के दशक में इसकी खोज की और फिर इसको पेश किया। केरल में अपने स्कूल को 'पाई' नामक इस अत्यंत विशेष परिवर्ती अनंत श्रृंखला से माधव ने परिचय कराया। इन गणनाओं को उन्होंने काफी आसान एवं बहुत उपयुक्त बनाया।

ई.पू. नौवीं शताब्दी में भारतीय खगोल विज्ञानी 'याज्ञवल्क्य' ने 'शतपथा ब्राह्मण' में एक खगोलीय गणना दिया जिसने कि $\pi \approx 339/108$ के भिन्नात्मक सन्निकटन तक पहुँचाया। 1000 ईस्वी तक π 10 से कम दशमलव अंकों तक के लिए ही जाना जाता था। 'पाई' एक गणितीय स्थिरांक है जो कि व्यास से विभाजित एक वृत्त की परिधि के अनुपात के बराबर है। 'पाई' के दशमलव प्रतिनिधित्व कभी समाप्त नहीं होते हैं।

499 ईस्वी में गणितज्ञ 'आर्यभट' ने अपने खगोलीय ग्रंथ 'आर्यभटीय' में π के मूल्य की गणना पांच महत्वपूर्ण अंकों ($\pi \approx 3.1416$) से की। उन्होंने इन अंकों का इस्तेमाल पृथ्वी की परिधि के एक बहुत करीबी सन्निकटन को समझने के लिए किया। उनके समकालीन द्वारा ऐसा माना जाता था कि हो सकता है 'आर्यभट' ने यह भी निष्कर्ष निकाला हो कि π एक अपरिमेय संख्या थी।

आज गणितज्ञों की एक पूरी जमात और कुछ वैज्ञानिक भी अपने संबंधित क्षेत्रों में 'पाई' के संख्यात्मक मूल्य की मदद ले रहे हैं। अंकगणितीय समस्याओं के समाधान को प्राप्त करने के लिए 'पाई' का बड़े पैमाने पर इस्तेमाल किया जा रहा है। यह अब गणित की एक नियमित भाग या शाखा है। अगर 'पाई' का यह मूल्य उपलब्ध नहीं होता तो विज्ञान और गणित अधूरा ही रह गया होता।

दुनिया 'याज्ञवल्क्य' और 'आर्यभट' के दिमाग को प्रणाम करती है।

Pi, Infinite Series – The World Owes it to India

The symbol of 'Pi' was first thought and introduced by the 'Madhava' of Sangamagrama in Kerala. This symbol is now widely used under any mathematical and geometrical expression. Madhava Introduced and discovered it way back in the 1340's. Madhava introduced the infinite series of this very special variable named 'Pi' in his school in Kerala. He made these calculations easier and very appropriate.

In the 9th century BC, the Indian astronomer *Yajnavalkya* gave astronomical calculations in the *Shatapatha Brahmana* that led to a fractional approximation of $\pi \approx 339/108$. Until the year 1000 CE, π was known to fewer than 10 decimal digits only. 'Pi' is the mathematical constant that is equal to the ratio of a circle's circumference divided by its diameter. Pi's decimal representation never ends.

Mathematician 'Aryabhata' calculated the value of π to five significant figures ($\pi \approx 3.1416$) in his astronomical treatise in 'Aryabhatiya' in 499 AD. He used these figures to work out a very close approximation of the earth's circumference. It was also believed by his contemporary that 'Aryabhata' might have even concluded that π was an irrational number.

Today, the entire communities of mathematicians are taking the help of the numerical value of 'Pi' as also some scientists in their respective fields. 'Pi' is used extensively to derive solutions out of arithmetical problems. It is a regular part or branch of mathematics. If this value of 'Pi' did not exist, Science and Mathematics would have remained incomplete.

The world salutes the brain of 'Yajnavalkya' & 'Aryabhata'.

विनोद धाम – दुनिया जिन्हें 'पेंटियम चिप का पिता' संबोधित करती है

विनोद धाम एक अविष्कारक, उद्यमी और उद्यम पूंजीपति हैं। इन्होने 'इंटेल' के अत्यधिक सफल पेंटियम प्रोसेसर को विकसित किया है और इसलिए इन्हें 'पेंटियम चिप का पिता' भी कहा जाता है।

लोग बताते हैं कि वह अपनी जेब में सिर्फ 8 डॉलर के साथ अमेरीका पहुंच गये और आज वह 'सिलिकान वैली' के एक अत्यधिक अमीर निवेशक हैं।

वॉशिंगटन डी.सी. में स्मिथसोनियन के राष्ट्रीय प्राकृतिक इतिहास संग्रहालय में लगी प्रदर्शनी में विनोद धाम की उपलब्धियों को 'पेंटियम के पिता' और सिलिकॉन वैली के एक अग्रणी भारतीय मूल के अमेरिकी प्रौद्योगिकी के रूप में उल्लेखित किया गया। यह अमेरिका के उन भारतीय मूल के अमेरिकीयों के उपलब्धियों को उजागर करता है जिन्होंने अमेरिका देश के निर्माण में मदद की है।

एक संरक्षक, सलाहकार और निवेशक के रूप में वो कई कंपनियों के निदेशक मंडल में हैं। विनोद धाम को कई प्रतिष्ठित सम्मान और पुरस्कार प्राप्त हुए हैं जिनमें से कुछ प्रमुख हैं:

1993: अमेरिकी कंप्यूटर उद्योग के शीर्ष 25 अधिकारियों में शामिल।

1999: दशक के सबसे प्रभावशाली 100 शीर्ष एशियाई अमेरिकियों में गिनती।

2000: राष्ट्रपति क्लिंटन द्वारा वह एशियाई अमेरिकियों और प्रशांत द्वीपवासियों हेतु राष्ट्रपति के सलाहकार आयोग में सेवा करने के लिए नियुक्त किये गये।

2007: 'इंडिया अब्रॉड' द्वारा 50 सबसे प्रभावशाली भारतीय अमेरिकियों के बीच रूपरेखित किये गये।

चीन के दैनिक 'बी.बी.एस' द्वारा उन्हें जे.सी. बोस, अमर बोस, और एस. चंद्रशेखर जैसे महान लोगों के साथ एक भारतीय आदर्श और एक नायक की दृष्टिकोण से रूपरेखित किया गया था।

स्मिथसोनियन भारतीय अमेरिकी विरासत परियोजना के एशियाई प्रशांत अमेरिकी कार्यक्रम में उन्हें एक अग्रणी और उल्लेखनीय भारतीय अमेरिकी उपलब्धि हासिल करने वाले प्रमुख लोगों में से एक माना गया। इस कार्यक्रम में भारत से आये प्रवासीयों और अमेरिका में उनके वंशजों की कहानी को लिपिबद्ध किया गया था।

विनोद धाम के सबसे बेहतरीन उद्धरणों में से एक उद्धरण है: 'मेरे साथ ये सबसे अच्छी बात हुई कि मैंने 'इंटेल' में कार्य आरम्भ किया, और मेरे साथ सबसे अच्छी बात हुई कि मैंने 'इंटेल' को छोड़ दिया'

Vinod Dham - The World Calls Him the 'Father of the Pentium Chip'

Vinod Dham is an inventor, entrepreneur and venture capitalist who developed the highly successful Pentium processors from Intel and is therefore, called the father of the Pentium Chip.

He is said to have reached the USA with just $8 in his pocket and today he is the richest investor in Silicon Valley.

The first-ever exhibition on South-East Asians in the National Museum of Natural History at the storied Smithsonian in Washington DC has celebrated the Vinod Dham's accomplishment as the "Father of Pentium" and as an Indian-American technology pioneer from Silicon Valley. It aims to highlight those Indian-Americans who have helped shape America

As a mentor, advisor and investor, he sits on the boards of many companies including promising startups funded through the 'Indo-US Venture Partners', his India based fund, where he is the founding M.D.

He has received many prestigious honours and awards, a few of which are:

1993: Top 25 executives in the US computer industry.

1999: Top 100 most influential Asian-Americans of the decade.

2000: He was appointed to serve on the President's advisory Commission on Asian-Americans and Pacific Islanders by President Clinton.

2007: He was profiled by 'India Abroad' among the 50 Most Influential Indian-Americans.

He was also profiled by China Daily BBS among Indian Role Models and Heroes along with the greats like J.C. Bose, Amar Bose, and S. Chandrashekhar etc.

Dham has been considered among the first and notable Indian-American achievers by the Asian Pacific American Program established Homespun: Smithsonian Indian-American Heritage Project. This program will chronicle the story of immigrants from India and their descendants in America.

One of Dham's best quotes is: *"The best thing that happened to me was joining 'Intel' and the best thing that happened to me was leaving Intel."*

'चिपको आंदोलन' ने दुनिया को पर्यावरण के बारे में सोचने के लिये प्रेरित किया

चिपको आंदोलन एक ऐतिहासिक सामाजिक पारिस्थितिक (इकोलॉजी) आंदोलन था जो कि गांधीवादी सत्याग्रह और अहिंसक प्रतिरोध पर आधारित था। इस आन्दोलन में लोग पेड़ों को कटने से रोकने के लिए उनसे चिपक गये थे।

इस संघर्ष की ऐतिहासिक घटना 26 मार्च 1974 को हुई जब चमोली, उत्तराखंड के रैणी गांव में किसान महिलाओं के एक समूह ने पेड़ों की कटाई को रोकने के लिए यह कदम उठाया। उन्होंने वन विभाग द्वारा बड़े पैमाने पर वनों की कटाई की उस व्यवस्था के खिलाफ लड़ाई लड़ी जिससे पारिस्थितिकी संतुलन गड़बड़ होने के अलावा उनकी आजीविका भी खतरे में पड़ गई थी। उनके इस साहसिक कार्य से धीरे–धीरे यह आंदोलन पूरे भारत में फैल गया और इसने सरकार को लोगों के प्रति संवेदनशील वन–नीतियों को तैयार करने के लिए मजबूर किया।

ऐतिहासिक दृष्टि से देखें तो चिपको की ऐसी घटना 17 वीं सदी के राजस्थान में बिश्नोई समुदाय से संबंधित है जब अमृता देवी के नेतृत्व में वहां की महिलाओं ने अपने हरे 'खेजरी' पेड़ों से चिपक कर वहां के राजा से उनकी रक्षा करते हुए अपने जीवन का बलिदान कर दिया। उनका ये कार्य 1970 के दशक में गढ़वाल में शुरू हुए चिपको आंदोलन का एक अग्रदूत माना जाता है।

चिपको आंदोलन ने दुनिया के कई अन्य लोगों को पर्यावरण मुद्दों पर विरोध प्रदर्शन और आंदोलनों का नेतृत्व करने की प्रेरणा दी और अहिंसक विरोध करने की एक मिसाल कायम की। यह आन्दोलन उस समय हुआ था जब शायद ही दुनिया में कहीं पर्यावरण के प्रति कोई जागरूकता या कोई आंदोलन था। भारतीय 'चिपको आंदोलन' ने तुरंत दुनिया का ध्यान आकर्षित किया और लोग तेजी से हो रहे वनों की कटाई से उत्पन्न खतरे तथा बुरे प्रभाव को समझने लगे और लोगों में पारिस्थितिक जागरूकता भी बढ़ी।

इंडिया टुडे पत्रिका ने भारत के निर्माण में योगदान देने वाले 100 लोगों के जिक्र में 'चिपको आंदोलन' के लोगों का उल्लेख किया है। अन्य लोगों के साथ गौरा देवी एवं सुंदरलाल बहुगुणा इस आंदोलन के अग्रिम पंक्ति के नेता थे।

1987 में 'चिपको आंदोलन' को 'सम्यक जीविका पुरस्कार' से सम्मानित किया गया। इस आंदोलन ने ही वर्तमान में दिख रहे पर्यावरण के प्रति जागरूकता के परिदृश्य को संभव किया है।

'CHIPKO Movement' Galvanised the World into Thinking about Environment

The "Chipko Andolan" (to stick) was a historic social-ecological movement based upon the Gandhian methods of Satyagrah and non-violent resistance wherein people hugged trees to protect them from felling.

The landmark event in this struggle happened on 26th March 1974, when a group of peasant women in Reni village of Chamoli, Uttarakhand took action to prevent the cutting of trees. They fought against the contractor system which was causing deforestation, disturbing the ecological balance and was jeopardising their livelihood. Their actions inspired others in the region at the grassroots level and the movement became stronger. Gradually, the movement spread throughout India and forced the Governments to formulate people-sensitive forest policies.

Historically, such event of 'Chipko' relates to the 17th century Bishnois of Rajasthan when women led by Amrita Devi sacrificed their lives while protecting their green 'Khejri' trees by hugging them. It is considered a precursor for the Chipko movement of Garhwal in the 1970s.

The Chipko movement led to many future environmental protests and movements in the world and created a precedent for non-violent protest. It occurred at a time when there was hardly any kind of environmental awareness or movement in the world. The Indian Chipko Movement caught the attention of the world which immediately took notice of this non-violent Tree hugging movement. With ecological awareness, people became aware about the ill-effects and danger of the rapid deforestation.

'India Today' magazine mentioned the people of the Chipko movement as amongst '100 people who shaped India'. Among others, Gaura Devi and Sunderlal Bahuguna were a frontline leader of this movement.

In 1987 the 'Chipko Movement' was awarded the 'Right Livelihood Award'. This movement changed the scenario of the environmental awareness as we see it now.

पुनर्जन्म लेकर भारत को स्वतंत्र कराने का सपना देखने वाले क्रांतिकारी राजेंद्र नाथ लाहिड़ी

राजेंद्र लाहिड़ी (1901–1927) के जन्म के समय भारतीय स्वतंत्रता संग्राम के क्रांतिकारियों की सहायता के आरोप में उनके बड़े भाई और पिता क्षिति मोहन पहले से ही जेल में बंद थे। मात्र नौ वर्ष की उम्र में ही लाहिड़ी बनारस चले आये और उनकी शिक्षा बनारस में ही हुई। 9 अगस्त 1925 को घटित प्रसिद्ध काकोरी ट्रेन डकैती घटना में वह सहभागी थे। इस लूट में चन्द्रशेखर आजाद, राम प्रसाद बिस्मिल और अशफाकउल्लाह खान भी शामिल थे और लाहिड़ी ही वह व्यक्ति थे जिन्होंने ट्रेन की चेन खींची थी। बी.एच.यू. में एम.ए. (इतिहास) के छात्र लाहिड़ी बनारस के क्रांतिकारियों द्वारा हस्त–लिखित समाचार–पत्रिका 'अग्रदूत' के प्रवर्तक थे।

काकोरी की घटना के बाद उन्हें बम बनाने का प्रशिक्षण प्राप्त करने के लिए बंगाल भेजा गया। उन्होंने दक्षिणेश्वर नामक जगह पर बम बनाने के लिए सामग्री एकत्रित किया। वहां एक नौसिखिये प्रशिक्षु की गलती से एक बम फट गया और पुलिस ने वहां पहुँच कर राजेंद्र लाहिड़ी को सहयोगियों के साथ गिरफ्तार कर लिया और उन्हें 10 साल के सश्रम कारावास की सजा हुई। काकोरी ट्रेन डकैती मामले में भी उन्हें एक षड्यंत्रकारी के रूप में शामिल कर लिया गया और उन्हें दोषी ठहराया गया। 17 दिसंबर 1927 को निर्धारित तिथि से दो दिन पहले ही उनको गोंडा जिले के जेल में फांसी पर लटका दिया गया।

राजेंद्र लाहिड़ी का हिंदू धर्म और पुनर्जन्म के सिद्धांत पर बड़ा कट्टर विश्वास था। फांसी वाले दिन जब जेलर ने उन्हें कसरत करते देखा तो उनसे पूछा – जिस दिन तुम मरने वाले हो उस दिन कसरत करने का क्या मतलब है? लाहिड़ी मुस्कराए और बोले – मैं एक हिंदू हूं और पुनर्जन्म में विश्वास रखता हूँ। मैं एक स्वस्थ शरीर के साथ फिर से पैदा होना चाहता हूँ ताकि अंग्रेजों से अपने देश को मुक्त कराने के लंबित कार्य को पूरा कर सकूँ। यही कारण है कि मैं अपना दैनिक व्यायाम रोज करता हूँ। आज का दिन मेरे जीवन का सबसे महान दिन है, तो आज मैं इस व्यायाम को कैसे छोड़ सकता हूँ ?'

उनकी फांसी वाले जेल परिसर के शिलालेख पर उनका अंतिम संदेश कुछ इस प्रकार से लिखा हुआ है.... 'मै मरने नहीं जा रहा, अपितु भारत को स्वत्रंत कराने के लिए पुनर्जन्म लेने जा रहा हूँ'

गोंडा जिले में हर वर्ष 17 दिसम्बर एक 'महान दिवस' के रूप में सांस्कृतिक कार्यक्रमों के साथ मनाया जाता है।

Rajendra Nath Lahiri – The Martyr Who Dreamt of Liberating India in His Reincarnation

Rajendra Nath Lahiri (1901–1927), came to Benares at the tender age of nine and his education was done in Benares only. At the time of his birth, his elder brother and father Kshiti Mohan were already in the jail for assisting the Indian independence revolutionaries. He was a student of M.A. (History) in BHU and was the promoter of 'Agradoot', the hand written News-Letter of the revolutionaries of Benares.

After the Kakori incident, he was sent to Bengal to take training in the bomb making. He assembled the materials for making bomb at a place called Dakshineswar. Due to the mistake of a novice learner, a bomb exploded. The police reached there and arrested Rajendra along with his colleagues. He was sentenced to 10 years rigorous imprisonment. In the Kakori train robbery case he was included as a conspirator and was found guilty in a biased trial. He was hanged in Gonda on 17 December 1927, two days before the scheduled date.

When the Jailor saw him exercising on the day of his scheduled hanging, he asked – 'what is the purpose of exercise on the day on which you are going to die?' Lahiri smiled and said – "I am a Hindu and I strongly believe in reincarnation. I wish to be born again with a healthy body so that I could complete my pending works and liberate my country from the British. This is the reason why I do my daily exercises. Today is the greatest day of my life, so, how can I break this practice?"

His last message on the rock-inscription of the jail premises where he was hanged, reads as follows: *"I am not going for death; rather I am going to take re-birth for the independence of India"*

On 17th December every year, the Gonda district and the Gonda jail celebrates his martyrdom as a great day with cultural programs everyehere.

बृहदेश्वर मंदिर – दोपहर में भी छाया रहित एक दुर्लभ ऊँचा मंदिर

तंजावुर स्थित बृहदेश्वर मंदिर या पेरुवुदइयार कोविल या बिग टेम्पल यूनेस्को के विश्व विरासत स्थलों में से एक है। ये 'महान चोला मंदिर' के नाम से जाना जाता है। 216 फुट की ऊंचाई वाला यह मंदिर दुनिया के सबसे ऊँचे मंदिरों में से एक है। मंदिर का विमान (कुम्भम या कलश) जो कि 80 टन वजन का है, एक ही चट्टान को काट कर बनाया गया है। एक बहुत ही आश्चर्यजनक बात ये है कि वर्ष के किसी भी दिन दोपहर के समय यहाँ मंदिर की छाया ज़मीन पर नहीं पड़ती। बृहदेश्वर मंदिर विश्व का पहला सम्पूर्ण ग्रेनाइट मंदिर है जो 2010 में 1000 साल पुराना हो गया। नक्काशी व संरेखण सहित मंदिर का निर्माण सिर्फ सात सालों में पूरा कर लिया गया। इसके निर्माण के लिए हर दिन लगभग 50 टन चट्टानों को लाया जाता था और कहा जाता है कि मंदिर लगभग 60,000 टन बलुआ पत्थर और ग्रेनाइट से निर्मित है।

यह मंदिर भारत के उन दुर्लभ मंदिरों में से एक है जिसमे 'अष्ट–दिक्पाल' (दिशाओं के अभिभावक) यानी इन्द्र, अग्नि, यम, नैर्भृत, वरुण, वायु, कुबेर और ईशान की मूर्तियां हैं।

मंदिर के बारे मे प्रचलित एक और व्यापक धारणा यह है कि गोपुरम (प्रवेश द्वार के ऊपर पिरामिड टॉवर) की छाया कभी भी जमीन पर नहीं पड़ती है। इसके प्रवेश द्वार पर एक ही चट्टान को काट कर बनाई गई नंदी की लगभग 16 फुट लंबी और 13 फुट ऊंची बड़ी प्रतिमा है। मंदिर के इष्टदेव 'लिंगम' की लंबाई 3.7 मीटर है।

भारतीय डाक विभाग द्वारा मंदिर के सहस्त्राब्दी उत्सव के उपलक्ष्य में 26 सितंबर 2010 को 216 फुट लंबे इस मंदिर के चित्र के साथ एक विशेष 5 रूपये का डाक टिकट जारी किया गया। एक 5 रूपये का सिक्का जारी करके भारतीय रिजर्व बैंक ने इस उत्सव को मनाया और मुंबई टकसाल ने 5 रुपये के सिक्के पर जारी चित्र के प्रतिरूप के साथ एक 1000 रुपये का स्मारक सिक्का भी जारी किया। भारत गणराज्य में जारी होने वाले सिक्कों मे यह पहला 1000 रुपये का सिक्का था हालाँकि यह सिक्का एक गैर–संचलन कानूनी निविदा (एन.सी.एल.टी.) था। बृहदेश्वर मंदिर के सांस्कृतिक विरासत और महत्व को अंकित करने के उद्देश्य से भारतीय रिजर्व बैंक ने मंदिर के मनोरम दृश्य के साथ 1 अप्रैल 1954 को 1000 रूपये का एक विशेष करेंसी नोट जारी किया था।

Brihadeshwara Temple – The Rare Tallest Temple with No Shadows at Noon

Brihadeshwara Temple or Peruvudaiyar Kovil or the Big Temple in Thanjavur is one of the UNESCO World Heritage Site known as the 'Great Living Chola Temples'. The Brihadeshwara Temple is one of the tallest temples in the world standing at 216 feet. It is so amazingly designed that the *Viman* (Kumbam, Kalash or Capstone), that weighs 80 tons, is carved out of a single rock and it does not cast a shadow at noon during any part of the year. Brihadeshwara Temple is the first complete granite temple in the world and it has turned 1000 years old in 2010. The temple was completed in just 7 years including the carving and aligning works. Almost 50 tons of rock was moved each and every day for its construction. The temple is said to be made up of about 60,000 tons of sandstone and granite.

This temple is one of the rarest temples in India which has idols for *'Ashta-dikpal'* (guardian of the directions) i.e. Indra, Agni, Yama, Nirrti or Nairbhrit, Varuna, Vâyu, Kubera and Îsâna.

Another widely held belief is that the shadow of the Gopuram (pyramidal tower over the gateway) never falls on the ground. There is a big statue of Nandi, carved out of a single rock, at the entrance measuring about 16 feet long and 13 feet high. The presiding deity of 'Lingam' is 3.7 m tall.

On its millennium celebration, a special Rs 5 postage stamp featuring the 216-feet tall temple was released by India Post on 26 September 2010. The Reserve Bank of India commemorated the event by releasing a 5 coin. The Mumbai Mint issued Rs 1000 Commemorative Coin with the same picture as over the Rs 5 coin. It was the first 1000 Rupees coin to be released in the Republic of India coinage. This coin was a Non Circulative Legal Tender (NCLT). On 1st April 1954, RBI had released a Rs 1000 currency note featuring a panoramic view of the Brihadeshwara Temple marking its cultural heritage and significance.

प्रफुल्ल चंद्र रे – हिन्दू रसायन विज्ञान के इतिहासकार

प्रफुल्ल चंद्र रे भारत में रसायन–शास्त्र के जनक के रूप में जाने जाते हैं। उनका विख्यात शोध कार्य 'हिंदू रसायन विज्ञान का इतिहास' 1902 में प्रकाशित किया गया था। यह शोध कार्य प्राचीन संस्कृत पांडुलिपियों और प्राच्यविदों के कार्यों पर कई वर्षों की खोज का परिणाम था। प्राचीन भारतीय रसायन और धातुकर्म ज्ञान की महानता को उनकी पुस्तकों के माध्यम से पूरी दुनिया द्वारा स्वीकारा गया है। आधुनिक भारत के पहले रासायनिक कारखाने 'बंगाल केमिकल और फार्मास्युटिकल वर्क्स' को रे द्वारा 1892 में स्थापित किया गया था। कई अंतर्राष्ट्रीय परिसंवाद और सम्मेलनों मे प्रफुल्ल चन्द्र रे ने विभिन्न भारतीय विश्वविद्यालयों का प्रतिनिधित्व किया।

उनके छात्र विश्व प्रसिद्ध वैज्ञानिक बन गये, यह उनका सबसे बड़ा योगदान है। उनके छात्रों में कुछ प्रमुख नाम हैं : ज्ञान घोष – अवमिश्रण का नियम, धर – नाइट्रोजन उर्वरक के अविष्कारक, ससिर कुमार मिश्रा – रेडियो संचार और इलेक्ट्रॉनिक्स, प्रो. साहा – खगोलीय वैज्ञानिक और सत्येन्द्र बोस – परमाणु भौतिकविद् जिन्होंने आइंस्टीन के साथ काम किया। प्रफुल्ल चन्द्र रे ने 'मर्क्युरस नाइट्रेट' की खोज की और इस नए स्थिर रासायनिक यौगिक के संपाक पर 1896 में एक पत्र प्रकाशित किया। उन्होंने नाइट्रोजन गैस के उत्पादन का सबसे आसान तरीका खोजा।

अपने 60 वें जन्मदिन पर रासायनिक अनुसंधान को प्रोत्साहन देने के लिए और शिक्षा को आगे बढाने के उद्देश्य से उन्होंने कलकत्ता विश्वविद्यालय को अपनी समस्त तनख्वाह भेंट कर दी।

वह कई प्रतिष्ठित राष्ट्रीय और अंतर्राष्ट्रीय पुरस्कार और डिग्री से सम्मानित किये जा चुके हैं। रसायन विज्ञान की समस्त विधाओं में वर्ष 1920 तक वो 107 पत्र लिख चुके थे।

प्रफुल्ल चन्द्र जीवन भर अविवाहित रहे। उन्होंने स्वतंत्रता आंदोलन में भी सक्रिय भागीदारी की थी। वे ब्रह्म समाज के साथ दृढ़ता से जुड़े थे।

Prafull Chandra Ray – The Historian of Hindu Chemistry

Prafull Chandra Ray is known as the father of chemistry in India. His research work 'The History of Hindu Chemistry' was published in 1902. The work was the result of a search of many years through ancient Sanskrit manuscripts and through works of Orientalists. The greatness of the ancient Indian Chemical and Metallurgical knowledge was acknowledged by the whole world through his books. The first chemical factory of modern India 'The Bengal Chemical and Pharmaceutical Works' was established in 1892 by Ray. At many international seminars and congresses Ray represented many Indian Universities.

His greatest contribution is in moulding his students into world-renowned scientists. Few of them are: Gyan Ghosh - the laws of dilution; Dhar – inventor of Nitrogen Fertilizers; Sasir kumar Misra - Radio Communications and Electronics; Prof. Saha - Astronomical Scientist; and Satyendra Bose - Nuclear Physicist who worked with Einstein.

He found Mercurous Nitrate, and published a paper on preparation of this new stable chemical compound in 1896. He discovered the easiest method to produce the Nitrogen Gas.

On his 60th birthday, he gifted his entire salary to the Calcutta University for the furtherance of chemical research and encouraging education.

He had written 107 papers in all branches of Chemistry by 1920. He has been honoured with many prestigious national and international awards and degrees.

He remained a bachelor throughout his life who took active participation in the freedom movement. He was strongly associated with Brahmo Samaj.

महात्मा मंदिर – विकास का एक अनूठा मंदिर

कहने को तो ये एक मंदिर है लेकिन गांधी नगर, गुजरात का 'महात्मा मंदिर' तत्कालीन मुख्यमंत्री श्री नरेन्द्र मोदी के नेतृत्व में गुजरात सरकार की जबरदस्त कल्पना–शक्ति का एक अनूठा उदाहरण है। यह भारत को सिर्फ विश्व स्तर पर ही नहीं लाता है अपितु उससे भी कहीं आगे ले जाता है। इस मंदिर को एकता और विकास के स्थान के रूप में बनाया गया है। यह एक सम्मेलन केंद्र, एक प्रदर्शनी केन्द्र और महात्मा गांधी के जीवन और दर्शन से प्रेरित एक स्मारक है।

लगभग 34 एकड़ जमीन पर निर्मित यह भारत के सबसे बड़े सम्मेलन केंद्रों में से एक है। इस केंद्र में स्तंभ–मुक्त वातानुकूलित हॉल हैं जिसमें 15,000 से अधिक लोगों को एक ही समय में व्यवस्थित स्थान दिया जा सकता है। इस सम्मेलन हॉल में 6000 लोगों की दर्शक दीर्घा के साथ अविभाजित बैठने की क्षमता है। इसमें 500 और 1000 लोगों के बैठने की क्षमतायुक्त 4 संगोष्ठी हॉल, 3 कॉलम–मुक्त प्रदर्शनी हॉल, फूड कोर्ट, ट्रैवल डेस्क, ए.टी.एम, फोटो गैलरी, 7 उच्च–तकनीक सम्मेलन हॉल और एक आधुनिक बैठक कक्ष है।

पूरे परियोजना की परिकल्पना और योजना 'ग्रीन निर्माण प्रौद्योगिकी' के अनुसार बनाई गई है। स्ट्रीट लाइट हाइब्रिड अक्षय ऊर्जा पर चलते हैं और सभी अपशिष्ट जल का संशोधन कर के सिंचाई और सम्प्रवाहन के लिए उनका इस्तेमाल किया जाता है।

एक 'सेंट्रल विस्टा' गुजरात विधानसभा को महात्मा मंदिर से जोड़ता है जो कि एक 162 मीटर चौड़ा और 3 कि.मी. लम्बा पथ है। इसके दोनों ओर 3–लेन सड़क है और बीच में भव्य सुंदर उद्यान एक सड़क विभाजक के रुप में चलती है। यह पथ एक बहुत ही चौड़ा विश्वस्तरीय मार्ग है। मंदिर परिसर में एक ठोस गुंबद संरचना है जो प्रसिद्ध 'दांडी मार्च' के मशहूर 'नमक के टीले' का प्रतिनिधित्व करता है। इसके अन्दर एक पुस्तकालय, एक संग्रहालय और एक अनुसंधान केंद्र है। एक सुंदर झूला–पुल टीले को मुख्य भवन से जोड़ता है।

गुजरात के सभी 18,066 गांवों के प्रतिनिधियों ने कलशों में अपने गाँव की मिट्टी को लाकर मंदिर की नींव में डाला। गुजरात के इतिहास से युक्त एक 'समय–कैप्सूल' मंदिर के नीचे गाड़ी गई है।

'वाइब्रेंट गुजरात ग्लोबल इन्वेस्टर शिखर सम्मेलन' यहीं पर आयोजित किया गया था। महात्मा मंदिर श्रद्धा व विकास के सम्मिश्रण का एक अप्रतिम उदाहरण है।

Mahatma Mandir - A Unique Temple of Development

Although it is called a temple, but 'Mahatma Mandir' in Gandhi Nagar, Gujarat is an example of tremendous vision of the Govt. of Gujarat - under the leadership of the then C.M. Sri Narendra Modi - to bring India at par with best in the world and even exceed them. It is built as a place of unity and development. It is a convention center, an exhibition center and a memorial inspired by the life and philosophy of Mahatma Gandhi.

It is one of the biggest convention centers of India which covers an area of nearly 34 Acres. The convention center has column-free A.C. halls which can accommodate over 15,000 people at a time. The convention hall has seating capacity of 6000 seats undivided with viewing gallerias. It has 4 seminar halls with 500 & 1000 seating capacities, 3 column-free exhibition halls, food courts, Travel Desk, ATMs, Photo-Gallery, 7 hi-tech conference halls and one modern meeting room.

The planning & design of the entire project is done as per Green Construction Technology. The street lights run on Hybrid Renewable Energy. All the waste water is treated and recycled for irrigation and flushing etc.

There is a Central Vista which is 162 meter wide and a 3 km long road that connects Mahatma Mandir to the Gujarat Assembly. It has 3 lanes on both the sides with beautiful gardens between them. It is a very broad world class avenue. The Mandir has a concrete dome structure representing the 'Salt Mound' of the famous 'Dandi March'. It houses a library, a museum and a research center. A beautiful suspension bridge connects it to the main building.

Sand was reportedly brought in urns by the representatives of all the 18066 villages of Gujarat and put into the foundation of the temple. A Time Capsule containing the history of Gujarat has been buried under the temple.

The 'Vibrant Gujarat Global Investor Summit' was held here only. Mahatma Mandir is an unparalleled example of devotion with development.

सिंधुताई सपकाल – मातृत्व और जीवन–लक्ष्य को नया अर्थ देने वाली महिला

क्या कोई भी महिला सिर्फ उसके कोख के बच्चे और उसके द्वारा गोद लिए बच्चों के बीच पक्षपात की भावना को खत्म करने के उद्देश्य से अपना बच्चा ट्रस्ट को दान कर देने के बारे में सोच सकती है ..? जवाब है हाँ...सिंधुताई ने यह किया है। वह 9 माह की गर्भवती थी जब उसके पति ने उसे घर से निकाल दिया। घर के बाहर अंधेरी रात में उसने एक गोशाला में अपनी बच्ची को जन्म दिया और गर्भनाल को भी पास पड़े एक नुकीले तेज धार पत्थर से स्वयं काटा। किसी प्रकार वह अपनी माँ के घर पहुंची लेकिन उसकी माँ ने भी उसे आश्रय देने से इन्कार कर दिया और यहीं से उसके जीवन के अस्तित्व की लड़ाई शुरू हुई।

भोजन के लिए अत्यधिक हताशा के कारण एक दिन वह आत्महत्या के बारे में सोचने लगी थी, लेकिन अचानक उसकी निगाह उस पेड़ के तने पर पड़ी जिसको बुरी तरीके से काट दिया गया था परन्तु उसके बावजूद वो उसको छाया दे रहा था। और तभी उसने यह निश्चय किया कि वह आत्महत्या नहीं करेगी। उसके दिमाग में एक बात और कौंधी कि ऐसे कई बच्चे हैं जिनको उनके अपने माता–पिता ने ही छोड़ दिया है। ऐसे बच्चों को अपनाकर उन्हें अपने बच्चों की तरह पालने–पोसने का एक अनोखा विचार उसी समय उसके मन में आया और वहीं से उनके इस बेमिसाल जीवन–लक्ष्य की शुरुआत हुई। उनके जीवन में जो भी बच्चा एक अनाथ के रुप मे आया उन्होंने उन सभी की माँ बनने का फैसला कर लिया। उन विषम कष्टकारी परिस्थितियों में ऐसे मिशन की कल्पना एक असाधारण बात थी।

और जैसा कि कहा जाता है.... बाकी सब इतिहास बन गया ... मानवीय प्रयत्नों का सबसे उत्कृष्ट इतिहास। तब से अब तक इस अप्रतिम महिला ने एक हजार से अधिक अनाथ बच्चों का पालन पोषण करते हुए उन्हें इंजीनियर, चिकित्सक, प्रबंधक, वकील आदि जैसे अनेक सफल पेशे में लगाया।

आज उनके भव्य परिवार में 200 से अधिक दामाद, 35 से अधिक बहुएँ, 1000 से ज्यादा पोता–पोती हैं। और वह अब भी इस मिशन पर उसी तन्मयता के साथ लगी हुई हैं। उनकी अपनी जन्मी बेटी ममता सहित उनके गोद लिये तमाम बच्चों के अपने स्वयं के स्वतंत्र अनाथालय चल रहे हैं। उनका एक बच्चा उनके जीवन पर ही शोध (पीएच.डी.) कर रहा है। सिंधुताई लगभग 300 पुरस्कारों से सम्मानित हैं। 54 वें लंदन फिल्म महोत्सव में शामिल मराठी फिल्म 'मी सिंधुताई सपकाल' उनकी सच्ची कहानी पर बनी फिल्म है।

सिंधुताई किसी को कभी भी कोई दोष नहीं देतीं हैं।

Sindhutai Sapkal – Giving New Meaning to Motherhood & Mission

Can anyone think of donating her own child to a Trust just to eliminate the feelings of partiality between her biological child and her adopted children…? Yes, Sindhutai has done it. Her husband abandoned her when she was 9 months pregnant, and she gave birth to a baby girl in a cow shelter outside their house all by herself in a dark night, cutting the umbilical cord with a sharp-edged stone lying nearby. She walked to her mother's house and when she refused to shelter her, Singhutai's fight for survival began.

One day while thinking about suicide, the stem of the tree under which she was standing, suddenly caught her attention. She noticed that it had been axed badly but it was still giving her shade. She decided that she will not die, and in the process, she realised that there are so many children abandoned by their parents. An idea to adopt them as her own child hit her mind then only; and that was the beginning of her unmatched mission. She decided to become a mother to anyone and everyone who came across to her as an orphan. Facing such dreaded conditions of life, she thought of a mission no one would think of.

As they say, the rest is history…the most outstanding history of Human Endeavour. Since then, she has nurtured more than one thousand orphaned children and transformed them into engineers, doctors, managers and lawyers etc. she has fought for the poor tribal against big and powerful people.

As of today, she has a grand family of more than 200 sons-in-law, over 35 daughters-in-law and over 1000 grandchildren. She still continues her work on this mission. Her adopted children including her biological daughter Mamta, are running their own independent orphanages. One of her children is doing a Ph.D. on her life. She has been honoured with nearly 300 awards.

A 2010 Marathi film *'Mee Sindhutai Sapkal'* is a biopic on her true story. The film was selected for world premiere at the 54th London Film Festival.

She has absolutely no negative emotions and never blames anybody.

ताश का खेल ... एवं भारतीय कड़ी

ताश के खेल का जन्म प्राचीन भारत में ही हुआ था और इसने दुनिया भर में व्यापक तरीके से पत्तों पर आधारित खेल के निर्माण को प्रभावित किया। प्राचीन भारत में यह खेल क्रीड़ा–पत्रम के नाम से जाना जाता था। ये ताश के पत्ते कपड़े और चित्रित रूपांकनों से निर्मित होते थे तथा रामायण, महाभारत आदि की घटनाओं से सम्बन्धित भावों को दर्शाते थे। मध्य युग में इसे गंजिफ़ा के नाम से जाना जाता था और लगभग सभी शाही दरबारों में ये खेला जाता था। कुछ विद्वानों का मत था कि मुगलों ने भारत को इस खेल से परिचित किया, लेकिन आइना–ए–अकबरी के लेखक अबुल फ़ज़ल के अनुसार ताश के पत्तों का खेल वास्तविकता में मुगलों के भारत आगमन के पहले से ही हिन्दुओं के दरबार में एक बहुत लोकप्रिय शगल था, और यह भारत मे पहले से ही खेला जाता था।

अबुल फ़ज़ल द्वारा किये गये खेल के वर्णन के अनुसार निम्न प्रकार के पत्तों का इस्तेमाल किया जाता था।

सबसे पहले अश्वपति जिसका अर्थ है 'घोड़ों के भगवान'। अश्वपति उस गड्डी का उच्चतम पत्ता है और घोड़े की पीठ पर राजा की तस्वीर का प्रतिनिधित्व करता है। घोड़े की पीठ पर सेनापति यानी कि एक जनरल दूसरे सर्वोच्च पत्ते का प्रतिनिधित्व करता है। इस पत्ते के बाद घोड़ों के चित्र के साथ 1 से 10 तक के दस अन्य पत्ते आते हैं।

अबुल फ़ज़ल के अध्ययन के आधार पर हम यह कह सकते हैं कि भारतीय ऋषियों द्वारा प्राचीन काल में ताश के खेल का आविष्कार किया गया था। उन्होंने 12 पत्तों का एक समूह बनाया था और हर राजा के 11 अनुयायी थे। इस प्रकार एक समूह में कुल 144 पत्ते होते थे। मुगलों ने 12 के समूह वाले 96 पत्तों को बनाये रखा।

अगर हम पत्तों में दिखने वाली चित्रकला के आकृति व रचना की जांच करें तो इस खेल का मुगल–पूर्व उद्‌भव स्व–स्पष्ट होता है। कहा जाता है कि अकबर ने पहली बार 8 के समूह वाली गड्डी को प्रस्तुत किया था हालाँकि पहले के भारतीय (हिन्दू) दरबारों में भी सामान्य 12 नंबरों के अलावा 8, 9 और 10 के समूह वाली गड्डियां होती थीं। ये सभी संख्याएँ आठ प्रमुख दिशाओं पर आधारित किए गये थे। अष्टदिक्पला 8 के समूह वाली गड्डी के लिए। नौ ग्रहों से 9 के समूह के लिए नवग्रहः और 10 के समूह वाली गड्डी के लिए विष्णु का दशावतार।

Playing Cards....The Indian Connection

The game of playing cards originated in ancient India. It influenced the creation of a plethora of card based games which are played the world over. This game was known in ancient times as *Krida-patram*. These cards were made of cloth and depicted motifs from the Ramayana, Mahabharata, etc. In the middle ages, it was known as *Ganjifa* which were played in practically all royal courts. Some scholars say that the game was introduced into India by the Mughals. But according to Abul Fazal, author of the *Ain-e-Akbari*, the game of cards was indeed of Indian origin and by the time Mughals arrived in India, it was already a very popular pastime in the Hindu courts.

According to Abul Fazal's description of the game, the following cards were used. The first was *Ashvapati* which means 'lord of horses'. Ashvapati, the highest card in the pack, represented the picture of the king on horseback. A General i.e. Senapati on the horseback represented the second highest card. After this card come ten other cards from 1 to 10, with pictures of horses.

Based upon Abul Fazal's study, one can say that the Indian sages in ancient times invented the game of playing cards and made a set of 12 cards. Every king had 11 followers, thus a pack had 144 cards. The Mughals retained 12 sets having 96 cards.

The pre-Mughal origin of the game of cards is evident if we examine the pattern of painting in the cards. Akbar is said to have introduced the pack with 8 sets. In the earlier Indian (Hindu) courts also we have packs with 8, 9 and 10 sets apart from the usual 12. The numbers were derived from the eight cardinal directions *Ashtadikpala*, for the pack with 8 set; from the nine planets *Navagraha* for the one with 9 sets; and from the *Dashavatara* of Vishnu for the pack with 10 sets.

कृष्ण बिहारी वाजपेयी .... पिता+पुत्र+शिक्षालय

हमारे पूर्व प्रधानमंत्री श्री अटल बिहारी वाजपेयी जी के पिता स्व. कृष्ण बिहारी वाजपेयी की सोच मे शिक्षा के निरंतर अनुसरण के प्रति अटूट आस्था थी। वह शिक्षा ग्रहण करने के कार्य को उम्र की सीमा से नहीं बांधते थे।

ग्वालियर के एक विद्यालय से अवकाश प्राप्त करने के पश्चात उन्होंने कानपुर के डी. ए. वी. कॉलेज में कानून की पढाई हेतु दाखिला ले लिया। इसी महाविद्यालय में अटल बिहारी वाजपेयी भी कानून की पढ़ाई कर रहे थे।

पिता–पुत्र का एक ही कक्षा में होना अपने आप में एक अनोखा दृश्य था और स्वाभाविक रुप से ये एक चर्चा का विषय बन गया। कहा ये भी जाता है कि बाप–बेटे दोनों काफी समय तक उस कक्षा के एक ही वर्ग में पढ़ते रहे पर बाद मे उनके कक्षा के वर्ग अलग–अलग कर दिये गये थे।

उक्त शैक्षणिक घटना के परिप्रेक्ष्य में एक बात बखूबी उभर कर सामने आती है कि स्व. कृष्ण बिहारी जी का शिक्षा व ज्ञान प्राप्ति की निरंतरता पर अटूट विश्वास था। और शायद यही वो घरेलू माहौल और वो कारण है कि हिंदी विषय में किसी भी प्रकार की उच्च शिक्षा या डॉक्टरेट की उपाधि न होने के बावजूद अटलजी इतने उच्च श्रेणी के कवि और लेखक बन गये।

हिंदी भाषण कला के क्षेत्र में वह आज भी एक अविस्मरणीय नाम हैं।

Krishna Bihari Vajpayee and the Father-Son-College

Late Krishna Bihari Vajpayee, the father of our ex-P.M. Atal Bihari Vajpayee had an unending faith in the pursuit of education. He never believed that age can be a bar in acquiring education. After retiring from a school in Gwalior, he enrolled himself as a law student in the DAV College, Kanpur from where his son Atal Bihari was also doing the Law course.

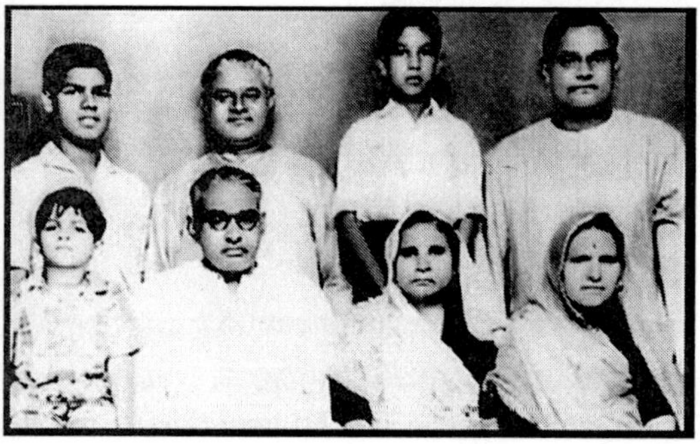

Father and Son learning in the same class was a unique scene and obviously created immense curiosity for the people. It is said that for some time, they were also put into the same section of the class which was changed later on. All said, it highlighted the tremendous commitment of late Krishna Bihari Vajpayee to education and the educational atmosphere he provided to his family members.

This might probably be the reason that Atal Bihari Vajpayee who had not done any Ph.D in Hindi, has turned out to be such a fine Poet in the Hindi language.

His art of speech in the Hindi language is still remembered as a milestone in the art of lecture.

कार्बन डाइऑक्साइड लेज़र : एक भारतीय का महान अविष्कार

सी. कुमार एन. पटेल ने 1964 में बेल लेबोरेटरीज में कार्य करते हुए कार्बन डाइऑक्साइड लेज़र यानी CO_2 लेजर का अविष्कार किया। यह सबसे पहले अविष्कारित एवं विकसित गैस लेजरों में से एक है।

CO_2 लेज़र काटने और वेल्डिंग कार्य के लिए औद्योगिक अनुप्रयोगों में काफी निरंतरता के साथ इस्तेमाल किया जाता है। उत्कीर्णन के प्रयोजनों के लिए कम शक्ति स्तर के लेजरों का इस्तेमाल किया जाता है।

कार्बन डाइऑक्साइड लेज़र सर्वोच्च शक्ति के निरंतर तरंग लेजर हैं। इसको सबसे उपयोगी और बहुमुखी प्रकार का लेजर माना जाता है क्योंकि यह लगभग 9 और 11 माइक्रोमीटर के बीच के लहर–तरंग बैंड के अवरक्त (इन्फ्रारेड) विकिरण का उत्सर्जन करता है। ये काफी सक्षम भी हैं क्योंकि इसमें आउटपुट पॉवर से पंप पॉवर का अनुपात 20 प्रतिशत जितना बड़ा भी हो सकता है।

CO_2 लेज़र से उच्च विघटन और संतृप्तिकरण स्पेक्ट्रोस्कोपी में काफी सुधार हुआ है। इसने लेजर प्रेरित फ्यूजन और गैर–रेखीय ऑप्टिक्स के क्षेत्र में भी योगदान दिया है। ऑप्टिकल पम्पिंग के लिए इसके इस्तेमाल से नये प्रकार के उपयोगी लेजरों का बनना संभव हो पाया है।

जैविक ऊतकों में मौजूद पानी बहुत अच्छी तरह से CO_2 लेज़र को सोख लेता है। इसलिए वे शल्य–चिकित्सा प्रक्रिया, जैसे लेज़र सर्जरी, लेज़र फेसलिफ्ट – जिसमे अनिवार्यतः त्वचा का वाष्पीकरण कोलेजन गठन को बढ़ावा देने के लिए किया जाता है – में अत्यधिक उपयोगी हैं। इसका इस्तेमाल कुछ त्वचा–रोगों के इलाज़ जैसे, त्वचा पर लज्जादायक तथा कष्टप्रद उभार या पोडुल्स आदि को हटाने के लिए किया जा सकता है।

भारतवंशी (बारामती) पटेल ने स्वयं–निर्मित इस यन्त्र के कई उपयोग खोज निकाले हैं। इसीलिए CO_2 लेज़र की अन्य किसी भी प्रकार के लेज़र की तुलना में आज अधिक व्यावहारिक अनुप्रयोगिकता है।

Carbon Dioxide Laser : The Great Invention of an Indian

C. Kumar N. Patel of Bell Labs invented the CO_2 laser i.e. the Carbon dioxide laser in 1964. It is considered as the most useful and versatile type of laser as it emits infrared radiation with a wave length bands between 9 and 11 micrometers approximately. It was one of the earliest gas lasers to be invented and developed.

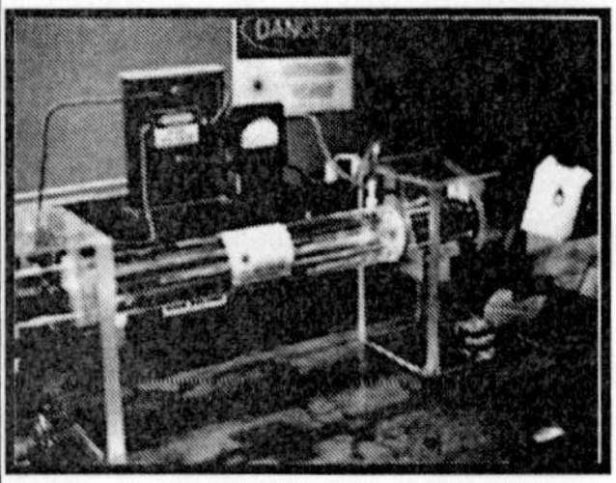

Carbon dioxide lasers are the highest-power continuous wave lasers which are also quite efficient as the ratio of output power to pump power can be as large as 20%.

CO_2 lasers are quite frequently used in the industrial applications for the cutting and welding works. For the purposes of engraving, the lower power level lasers are used.

It has improved high resolution and saturation spectroscopy. It has contributed to laser induced fusion and non-linear optics. The use of it for optical pumping has made possible newer types of lasers

Water present in biological tissues absorbs CO_2 lasers very well. Hence they are very useful in surgical procedures such as laser surgery and laser facelifts, which essentially consist of vaporising the skin to promote collagen formation. It could also be used to treat certain skin conditions by removing embarrassing or annoying bumps, podules etc.

Many uses were found by Patel (who belongs to Baramati, India) for the pioneer device he had created. So, the CO_2 has more practical applications today than any other type of laser.

"हॉटमेल" : दुनिया की पहली ई–मेल सेवा एक भारतीय की देन है

कैलिफोर्निया इंस्टीट्यूट ऑफ टेक्नोलॉजी के स्नातक सबीर भाटिया ई–मेल सेवा 'हॉटमेल' के संस्थापक हैं। 'हॉटमेल' 'रॉकेट मेल' (बाद में याहू मेल) के साथ इंटरनेट पर उपलब्ध पहली वेब–मेल सेवाओं में से एक है। भाटिया ने अपने सहयोगी जैक स्मिथ के साथ मिलकर 4 जुलाई 1996 को 'हॉटमेल' की स्थापना की जिसने आई.एस.पी. आधारित ई–मेल से लोगों को छुटकारा दिलाया। इसके आने से एक उपभोगकर्ता हॉटमेल सेवाओं के माध्यम से दुनिया में कहीं से भी अपने इनबॉक्स पर पहुंच सकता था। इससे आकर्षित हो कर दिसम्बर 1997 तक 85 लाख से अधिक ग्राहक 'हॉटमेल' सेवा से जुड़ गये थे।

37 करोड़ से अधिक पंजीकृत उपभोक्ताओं के साथ हॉटमेल दुनिया के दो सबसे बड़े ई–मेल सेवा प्रदाताओं में से एक रही है। केवल जी–मेल सेवा ही हॉटमेल से आगे थी। 1998 में माइक्रोसॉफ्ट ने हॉटमेल का अधिग्रहण कर लिया। इसके बाद कुछ समय तक माइक्रोसॉफ्ट कंपनी में काम करने के पश्चात भाटिया ने 1999 में 'माइक्रोसॉफ्ट' को छोड़ दिया तथा एक ई–वाणिज्य फर्म 'आरजू इंक' शुरू किया।

एम.आई.टी. ने उन्हें "100 युवा अभिनव अविष्कारकों में से एक" के रूप में चुना और 'टी.आर.100' से उन्हें सम्मानित किया। उद्यम पूंजी फर्म ड्रेपर फिशर जुरवेत्सन द्वारा वर्ष 1997 में उन्हें 'वर्ष के उद्यमी' नाम से नवाज़ा गया। सैन जोस मर्करी न्यूज और पीओवी पत्रिका ने वर्ष 1998 की दस सबसे सफल उद्यमियों की सूची में उनको चुना। अपसाइड मैगज़ीन की 'एलीट 100' की सूची में वह एक प्रमुख शीर्ष ट्रेंड–सेटर्स में गिने गये थे और 2002 में टाइम पत्रिका की 'पीपुल टू वाच' सूची में उन्हें नामित किया गया था।

वह कई कंपनियों के निदेशक मंडल में शामिल हैं और 'नैनो सिटी' के समर्थक हैं।

Hotmail: An Indian Created One of the First e-mail Services of the World

Sabeer Bhatia, the California Institute of Technology graduate founded the Hotmail email service, which was one of the first webmail services on the Internet along with Rocket Mail (later Yahoo! Mail). He, along with his colleague Jack Smith, set up Hotmail on 4th July 1996, symbolising freedom from ISP-based email. A user could now access his inbox from anywhere in the world through the Hotmail services. More than 8.5 million subscribers joined the Hotmail by Dec.1997.

Hotmail has been the world's 2nd largest e-mail service provider with over 370 million plus registered users. Only Gmail service was ahead of Hotmail. Microsoft acquired Hotmail in 1998. Bhatia worked at Microsoft for some time and then he left Microsoft in 1999 to start an e-commerce firm 'Arzoo Inc'.

MIT selected him as one of 100 young innovators and awarded him 'TR100'. He was named 'Entrepreneur of the Year' in 1997 by the venture capital firm Draper Fisher Jurvetson. San Jose Mercury News and POV magazine selected him as one of the ten most successful entrepreneurs of 1998. He was one of the top trend setters in the Upside magazine's list of 'Elite 100'. He was named by TIME in 2002 in the list of 'people to watch'.

He is in the board of directors of many companies and supporting 'NANOCITY'.

सारंगी : विश्व में कंठ–स्वर के सबसे करीब भारतीय वाद्य–यन्त्र

सारंगी भारतीय शास्त्रीय संगीत के वाद्य–यंत्रो में सौ प्रकार की धुनों को निकालने वाला एक प्रमुख वाद्ययंत्र है। प्रख्यात वायलिन वादक येहुदी मेनुहिन इस वाद्य–यन्त्र के बारे में अपने विचार कुछ इस प्रकार से व्यक्त करते हैं। "ये बहुत ही मर्मस्पर्शी और बहुत ही प्रकट तरीके से विचारों एवं भावनाओं की अंतरात्मा को अभिव्यक्त करता है"।

सारंगी वो वाद्य–यन्त्र है जिससे निकलने वाली धुन गायक के मुख से निकलने वाले स्वरों की मधुरता और समृधि से कुछ इस प्रकार से जुड़ जाती है जैसे कि 'शरीर से आत्मा' का जुड़ाव होता है।

सारंगी बजाना सीखना एक अत्यंत कठिन कार्य है जिसके कारण इसकी लोकप्रियता ढलान पर है। परंपरागत तरीके से यह वाद्य–यन्त्र कत्थक नृत्य तथा ठुमरी, दादरा व ख़याल गायकी अंग से सम्बद्ध है। पारम्परिक 'गीशा' पद्धति के भारतीय स्वरुप के साथ भी यह वाद्ययंत्र प्रमुखता से संबद्धित रहा है, जो 'तवायफ' नाम से जाना जाता है।

सारंगी शब्द हिंदी के 'सौ' और 'रंग' शब्दों से मिलकर बना है जिसका मतलब है सौ रंगों वाला। यह संगीत की ज्यादातर शैलियों के साथ सहज सामंजस्य स्थापित कर लेती है। सुरों के साथ सामंजस्य बिठाने में इस वाद्य के लचीलेपन की क्षमता एवं सुरों के विभिन्न रंगों के साथ भावनात्मक अंतरंगता तथा बृहद थापी उत्पन्न करने की इसकी विलक्षण क्षमता ही इसको विशेष बनाती है।

सारंगी में धातु के 4 मोटे तार तथा तीस से चालीस बारीक तार होते हैं। जिनकी खिंचाई घुड़च पर होती है। सारंगी सामान्यतया चिकारा, सारिन्गदा व कमंचा आदि वाद्य यंत्रों को भी समाहित करता है।

सारंगी नेपाल का भी एक प्रमुख शस्त्रीय संगीत वाद्य–यन्त्र है। यहाँ पर सारंगी का शाब्दिक अर्थ दो नेपाली शब्दों 'सौ' यानि सात एवं 'रंग' से मिलकर बना माना जाता है। ऐसा इसलिए माना जाता है क्योंकि सारंगी की आवाज़ सात रंगों जैसी अभिव्यंजनात्मक एवं आह्वाहन करने वाली होती है।

Sarangi : The Closest to Vocal Cord Indian Instrument of the World

The *Sarangi* is the premier bowed instrument of North Indian music. Eminent violinist, Yehudi Menuhin describes it as that instrument which *"most poignantly and most revealingly expresses the very soul of feeling and thought"*.

This is an instrument which has the unique distinction of being the closest to the human voice in its richness and melodiousness.

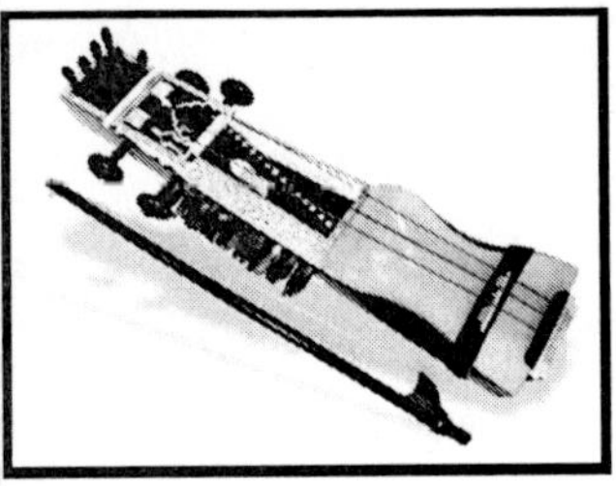

Sarangi is extremely difficult to play; as a consequence, its popularity is on the decline. This instrument has traditionally been associated with the *kathak* dance and the vocal styles of *thumri*, *dadra* and *khayal*. It was also greatly associated with an Indian version of the *geisha* tradition, known as the *tawaif*.

Sarangi is widely believed to mean "a hundred colours" indicating its adaptability to a wide range of musical styles, its flexible tunability, and its ability to produce a large pallette of tonal colour and emotional nuances.

The *Sarangi* has three to four main playing strings and a number of sympathetic strings. The general use of the term encompasses instruments such as the *saringda*, *chikara*, and the *kamancha*.

In Nepal, where *Sarangi* is an important classical instrument, it is believed that the word *sarangi* is derived from two Nepali words: *Sau* (meaning "seven") and *Rang* (meaning "colour"). This is because the sound of the *Sarangi* is said to be as expressive and evocative as seven colours.

ठाकुर रोशन सिंह : देशभक्त निशानेबाज़

रोशन सिंह एक जबरदस्त निशानेबाज स्वतंत्रता संग्राम सेनानी थे जिनको कि 1921–22 के असहयोग आन्दोलन के दौरान बरेली गोलीकांड हेतु सजा दी गई थी। जेल से छूटने के बाद 1924 में वो हिन्दुस्तान रिपब्लिकन एसोसिएशन में शामिल हो गये।

जिस समय वो जेल में थे तब वहां के जेलर ने उनके साथ ये कहकर बहुत कठोर व अपमानजनक व्यवहार किया कि तुम्हारे जैसे लोग तो ऐसे ही व्यवहार के लायक हैं। एक आत्मसम्मानी ठाकुर रोशन ने उसी समय प्रतिज्ञा ली कि ऐसे बर्बर अंग्रेज सरकार से वो बदला जरूर लेंगे। जेल से छूटने के बाद उन्होंने पंडित रामप्रसाद बिस्मिल से संपर्क किया और क्रान्तिकारी संगठन एच.आर.ए. में शामिल होने वाले नए लोगों को निशानेबाजी की कला सिखाने की जिम्मेदारी उन्हें तुरत दे दी गई।

संगठन के लोगों ने उन चरित्रहीन धनाढ्य लोगों से धन व हथियार लूटने की योजना बनाई जो कि इनके आन्दोलन में सहयोग नहीं कर रहे थे। बमरौली का प्रमुख चीनी व्यापारी और सूदखोर धनाढ्य बलदेव सिंह एक ऐसा ही व्यक्ति था जिसके घर पर रोशन सिंह ने क्रांतिकारी कार्यों के लिए धन और हथियार इकठ्ठा करने हेतु अपने दल के साथ हमला बोल दिया। इस दौरान गाँव के एक पहलवान मोहनलाल ने उनको ललकारा और गोली चलाना शुरू कर दिया। परन्तु रोशन सिंह जैसे निशानेबाज के एक ही निशाने पर वो ढेर हो गया और रोशन ने उसकी बन्दूक छीन ली।

हालाँकि रोशन सिंह काकोरी लूट कांड में शामिल नहीं थे फिर भी अंग्रेजी सरकार ने उन्हें गलत तरीके से आरोपी बनाया और फिर मोहनलाल की हत्या के जुर्म में फांसी की सजा सुना दी। जब रोशन ने ये सुना कि उनको भी बिस्मिल की तरह फांसी की सजा सुना दी गई है तो वो अदालत में अपनी कुर्सी से खुशी के मारे उछल पडे और जोश से कहा– "पंडितजी...मै आपका साथ फांसी के फंदे पर भी नहीं छोडने वाला हूँ..." वो इसलिए खुश थे कि उन्हें रामप्रसाद बिस्मिल आदि से कम श्रेणी का क्रान्तिकारी देशभक्त नहीं माना गया था।

रोशन सिंह के शहीद होने के बाद उनके परिवार वालों को काफी गंभीर सामाजिक व आर्थिक कष्टों का सामना करना पड़ा व पुलिस की धमकियों के कारण उनकी लड़की की शादी भी एक अति गंभीर समस्या बन गई। रोशन सिंह ने अपने परिवार के भविष्य तक को देश प्रेम में निछावर कर दिया।

Thakur Roshan Singh : The Sharp Shooter

Roshan Singh (1892-1927) was a sharp shooter and was sentenced in the Bareilly shooting case during the Non Cooperation Movement of 1921-22. He joined the Hindustan Republican Association in 1924 after he was released from the Bareilly jail.

Roshan Singh was born on 22 Jan 1892 in a Thakur family. He had been associated with the Arya Samaj of Shahjahanpur for a long time.

When he was in the jail, the Jailer behaved very rudely with him, saying that people like him deserved such harsh treatments. For a Thakur like Roshan Singh, this was too much of an insult and he decided to take revenge against the callous and inhuman behavior of the British Government. After his release from the Bareilly jail, he met Pandit Ram Prasad Bismil who was already in search of some sharp shooters for his revolutionary party HRA. Roshan Singh was allotted the task of teaching the art of shooting to the young recruits in the party.

They decide to forcefully take money and armaments from the immoral rich people of the society who were not contributing to their cause willingly. Baldeo, a money lender and sugar king in Bamrauli was attacked by Roshan Singh and others for arms and revolutionary money. A village wrestler Mohan Lal challenged them and opened fire. Thakur Roshan Singh being a sharp shooter killed him in a single shot and took his rifle.

Roshan Singh had not participated in the Kakori train robbery, but the British Govt. wrongly arrested and tried him in the Kakori case also and then sentenced him to death for the murder of Mohan Lal. When he learnt that he has been punished in the same grade as Pandit Ram Prasad Bismil, he jumped cheerfully from his chair and said, 'Panditji, I will not leave you even in your gallows'. He was happy that he was considered no less a freedom fighter.

His family had to face social and economic hardship after his death. Even marriage of his daughter became a problem because the police intimidated all the prospective grooms.

Roshan Singh risked everything including the welfare of his family, for the love of his country.

डा. रितु बियानी : एक अदम्य जीवट की महिला

कैंसर जैसे जानलेवा रोग से भी पार पाया जा सकता है.... इस विश्वास के साथ डॉ. रितु बियानी ने स्तन–कैंसर के रोग से एक सफल लड़ाई लड़ी। और इस सफल लड़ाई ने उन्हें वर्ष 2005 मे "हाइवेज इन्फाइनाईट" नामक परियोजना की शुरुआत करने की प्रेरणा दी। तब से वो लगातार एक अथक जोश के साथ लोगों को कैंसर के बारे में शिक्षित करने और इस रोग से जुड़े तमाम भ्रामक सोच और दाग को दूर भगाने का कार्य करती आ रहीं हैं।

वर्ष 2000 में डा. रितु बियानी को स्तन–कैंसर रोग की जानकारी हुई और इस कारण वह शारीरिक, मानसिक व भावनात्मक रुप से टूट गईं। इस विपत्ति से उनका पूरा परिवार अवसाद में आ गया और तभी "हाइवेज इन्फाइनाईट" परियोजना ने अपना रुप लिया। डॉ. रितु ने अपनी पुत्री के साथ 25 राज्यों से गुजरते हुए 177 दिनों में कुल 30,220 किलोमीटर की यात्रा संपन्न की और इस रोग से सफल संघर्ष हेतु लोगों की मदद की। 'लिम्का बुक ऑफ रेकॉर्ड्स' ने इसका ज़िक्र 'प्रथम बार किसी माँ–बेटी द्वारा चलाये गए कैंसर जागरूकता अभियान' के नाम से किया है।

यह परियोजना कैंसर रोगियों को आर्थिक मदद के साथ आवश्यक सलाह उपलब्ध कराता है और अब तक ये देश के विभिन्न शहरों एवं गाँवों के अलावा दूर दराज़ के पर्वतीय क्षेत्रों में लाखों लोगों के बीच तक पहुँच चुका है। माँ–बेटी की इस जोड़ी ने अभिनव तरीकों को अपनाते हुए कुछ मूलभूत सूचना और संचार यंत्रों, जैसे पी.पी.टी. प्रस्तुति, सामुदायिक माइक, एल.सी.डी. प्रोजेक्टर व एस.एम.एस. के माध्यम से लोगों तक अपनी बात पहुंचाई है। रितु व उनकी पुत्री तीस्ता ने हजारों गैर–जानकार रोगियों को तकनीकी से परिचय कराया और उनको ये भी सिखाया कि किस तरह से वे स्वयं ही अपने स्तन की जांच करके इस रोग का पता लगा सकती हैं। वर्ष 2008 में डॉ. रितु को स्वाथ्य के क्षेत्र में ई–कन्टेन्ट हेतु प्रतिष्ठित 'मंथन साउथ एशिया अवार्ड' प्रदान किया गया।

डा. बियानी के 'हाइवेज एडवेंचर' का उद्देश्य लोगों के अन्दर वो अभिवृत्ति जागृत करना है जिससे कि वो.......अपनी आन्तरिक शक्ति व जीवट का अन्वेषण करें व अपने क्षितिज को खोलें तथा विस्तारित करें, अपने जीवन–पथ पर मिलने वाले समस्त प्रतिकूल परिस्थितियों और चुनौतीपूर्ण समय का कुशलता से सामना करें, अदृश्य व अज्ञात के भय से बाहर निकलें, तमाम चीज़ों से ऊपर उठ जाने के उन् स्पन्दमान क्षणों को महसूस करें और इस पूरी सृष्टी के होने और खुद को इस सृष्टी में होने का उत्सव मनायें....

Dr Ritu Biyani : This Can Be Called the Indomitable Spirit of Life

Cancer can be overcome....Yes... A successful battle against breast cancer motivated Dr Biyani to initiate a project called *'Highways Infinite'* in 2005 and since then, she has worked tirelessly with unmatched zeal to educate people about the facts of cancer and to dispel many myths and stigma.

The 'Highways Infinite' project took shape after she was diagnosed with the breast cancer in 2000 and went through a tremendous amount of physical, emotional, and mental stress along with her family. She travelled through 25 states of the country along with her daughter and covered a distance of 30,220 km in 177 days. The Limca Book of Records mentioned it as the first mother-daughter cancer awareness expedition."

This project provides financial aid and counseling services to the cancer patients and has reached out to lacs of urban-rural people and also people from far-flung area. The mother-daughter duo innovatively used some basic information and communication tools such as PPT presentations, community mikes, LCD projectors and SMS to convey their messages. Ritu and her daughter Tista introduced technology to thousands of unaware patients and also taught them how to self-examine their breast to detect this illness. Dr Ritu has received the prestigious Manthan South Asia Award in 2008 for E Content in Health.

The Highways Adventure aims to inculcate an ATTITUDE to...

EXPLORE one's own inner strengths and spirit; To UNLOCK and EXPAND one's own horizons; STEER through all odds and challenging times on the Highway of Life; OVERCOME the fear of the unknown; EXPERIENCE those pulsating moments of going beyond; and To CELEBRATE the entire universal existence...

चंद्रयान–1 : चंद्रमा पर पानी की खोज करने वाला प्रथम अंतरिक्ष यान

भारतीय वैज्ञानिकों ने चंद्रमा पर पानी की खोज कर के वो कमाल कर दिखाया जिसके लिए दुनियाभर के वैज्ञानिक कई दशकों से असफल कोशिशें कर रहे थे।

लगभग 40 साल पहले अपोलो अंतरिक्ष यात्रीयों द्वारा चन्द्रमा से पृथ्वी पर लाये गए चट्टान के नमूनों के विश्लेषण के बाद वैज्ञानिकों ने चंद्रमा पर पानी मौजूद होने का दावा किया था। लेकिन वे निर्णायक तरीके से यह साबित नहीं कर पाये थे। 24 सितंबर, 2009 को 'नासा' के वैज्ञानिकों ने प्रथम भारतीय चंद्र मिशन चंद्रयान–1 द्वारा चंद्रमा की सतह पर पानी के अणुओं का पता लगाने के सफल खोज किये जाने पर आल्हादित हो कर 'इसरो' को धन्यवाद दिया। इस सफल खोज से वैज्ञानिकों में यह नई उम्मीद जगी कि भविष्य में पृथ्वी के इस प्राकृतिक उपग्रह पर बहुत सी अन्य बातों को जानने के लिए मार्ग प्रशस्त होगा।

चंद्रमा पर पानी की मौजूदगी के बारे में चार दशक से चले आ रहे कथन को 'चंद्रयान' द्वारा की गयी इस खोज ने विराम दे दिया। भारत के 'चंद्रयान –1 अंतरिक्ष यान' में शामिल एम–3 उपकरणों से उपलब्ध आंकड़ों (डेटा) का उपयोग करते हुए 'नासा' के शोधकर्ताओं ने चंद्रमा की सतह के नीचे दबे पड़े कुछ पिघले हुए जल पदार्थ/लावा का पता लगाया है। 'नासा' के शोधकर्ताओं के अनुसार ये निष्कर्ष चंद्रमा की आंतरिक भीतरी गहराईयों से निकलने वाले जल के इस रुप के पहले दूरस्थ अप्रकट परिणाम हैं।

इससे पहले शोधकर्ताओं का मत था कि चंद्रमा के चट्टान एकदम सूखे थे और अपोलो नमूने में पाये गए किसी भी प्रकार के जल वास्तविकता में धरती से संदूषित थे।

एक नासा प्रतिनिधि ने कहा, 'अब जबकि हमें संभवतः ऐसे पानी का पता चला है जो कि चंद्रमा की आंतरिक सतह से आया है, हम चंद्रमा की सतह की अन्य विशेषताओं के साथ इस पानी की तुलना शुरू कर सकते हैं'

इस खोज ने आधुनिक विज्ञान के क्षेत्र में भारतीयों के देदीप्यमान दिमागी प्रतिभा को पुनः साबित किया है।

Chandrayaan-1 is the 1st Spacecraft to Discover Water on Moon

The Indian scientists could accomplish what the scientists of the world were trying unsuccessfully for decades... They discovered water on moon.

About 40 years ago after the analysis of the rock sample brought to earth by Apollo astronauts, Scientist had claimed that water existed on moon. But they couldn't prove it conclusively. On 24th Sep. 2009, NASA scientists rejoiced and thanked ISRO for the discovery made by the Indian maiden lunar mission Chandrayaan-1 which traced the water molecules on the surface of the moon. The Scientists now hope that in future it will pave the way for knowing many things on earth's natural satellite.

The finding of the 'Chandrayaan' ends the four-decade long predication about the presence of water on moon. Using data from the M3 instrument aboard India's 'Chandrayaan-1 spacecraft', NASA has detected magmatic water locked under the surface of the Moon. The findings represent the first remote detection of this form of water that originates from deep within the Moon's interior, NASA researchers said.

Earlier, the researchers believed that the rocks from the Moon were bone-dry and any water detected in the Apollo samples had contamination from Earth.

"Now that we have detected water that is very likely from the interior of the Moon, we can start to compare this water with other characteristics of the lunar surface," said a NASA representative.

This discovery has again proven the brilliance of the Indian mind in the fields of the modern science.

कर्तव्य के प्रति समर्पण का अर्थ यही है

20 मार्च 1959 को बॉम्बे–कलकत्ता मेल अपने बंबई गंतव्य पर दौड रही थी जिसके ड्राइवर पर्सी कैरोल थे। रास्ते के सभी संकेत स्पष्ट थे और ट्रेन अपने अधिकतम गति तक पहुँच गई थी। तभी पर्सी ने अचानक अपनी ट्रैक पर दो टकराये हुए मालगाड़ीयों के कुछ हिस्से को को गिरे हुए देखा। उस समय एक त्वरित निर्णय अत्यावश्यक था। अपनी सुरक्षा के लिए पर्सी ट्रेन से कूद सकते थे लेकिन तब तमाम यात्रियों पर खतरा और गहरा जाता।

लोगों की सुरक्षा हेतु पर्सी अपने नैतिक कर्तव्य के प्रति जागरूक व प्रतिबद्ध इंसान थे। उन्होंने ट्रेन के ब्रेक को अपनी पूरी ताकत से खींच कर जाम कर दिया और उसे पूरी ताकत से दबाये रहे। उन्होंने चिल्ला कर कहा – 'मैं ट्रेन को बचा लूँगा... तुम लोग अपने जीवन रक्षा के लिए कूद जाओ।' पर्सी ने अपनी सारी ताकत ब्रेक पर झोंक दी और ट्रेन की गति को काफी कम कर लिया। इसके बावजूद अपनी तेज गति के कारण इंजन और मालवाहक पहला डब्बा पटरी से उतर गया लेकिन ट्रेन के बाकी डब्बे चमत्कारिक ढंग से पटरी पर ही बने रहे। उनका पैर स्टील पाद्पट्ट और गर्डरों के नीचे फंस गया। बचाव दल ने किसी तरह से उनको बाहर तो निकाला परन्तु उन्हें जीवित रखने के लिए उनके पैरों को तुरंत काटना पडा। वह जीवित तो रहे... मगर सिर्फ दो दिनों के लिए ही। फिर भी वो खुश थे, क्योंकि उनके ट्रेन के सभी यात्रीगण और चालक दल के सदस्य इस दुर्घटना में बाल–बाल बच गये थे।

हजारों लोग उनके अंतिम संस्कार में शामिल हुए और उनके शहर चक्रधरपुर में सभी दुकानें उस दिन स्वेच्छा से उनके सम्मान में बंद रखीं गईं। वह छह बच्चों के एक दु:खी परिवार को अपने पीछे छोड़ गये क्योंकि उनके जीवन में उनका कर्त्तव्य ज्यादा महत्व रखता था।

उनकी पत्नी के शब्दों में – "लगभग तीन साल पहले उन्हें कम तनाव और कम जोखिम भरे लोकोमोटिव इंस्पेक्टर के पद की पेशकश की गई थी, लेकिन उन्होंने यह कह कर मना कर दिया कि मैं अपने इंजन से प्यार करता हूँ और ड्राइविंग कभी नहीं छोडूंगा"।

पर्सी ने एक बार कहा था – 'मुझसे भगवान ने एक त्याग भरा जीवन माँगा है और मैं यह दूंगा'। कैसी सत्य निकली उनकी ये बात। पर्सी को अशोक चक्र श्रेणी–1 से सम्मानित किया गया।

This is Called Dedication to Your Duty

Percy Carroll was the driver of the Bombay-Calcutta Mail which was on its way to Bombay on 20th March 1959. On that eventful date all signals were clear and the train reached its maximum speed when Percy suddenly saw two collided goods train careen on to his track. A quick split-second decision was required. He could have jumped to safety, but that will cause death and injury to many passengers on his train. The man was committed and conscious of his moral duty for the safety of his passengers and crew.

He jammed the break with all his might and hung on while shouting to his firemen, 'jump for your lives... I will save the train.' He operated the break with all his powers and the speed of the train lessened considerably. However, due to its top speed, the train engine derailed with its first car of goods, but the rest of the train miraculously stayed on the track.

Percy had saved dozens of lives with his split-second decision. But his legs were trapped beneath the steel footplate and girders. He was pulled out somehow by the rescue team but his legs had to be amputated immediately to make him survive. He did survive...but for two days only. He was happy that all his passengers and crew members had survived the accident.

Thousands of people joined his funeral and all the shops in his town Chkradharpur were closed. He had left behind a grieving family with six children because his call of duty was more important in his life.

In the words of his wife, 'about three years ago he was offered Locomotive Inspector's job which had less stress and lesser risk but he refused, saying, I love my engine and will never give up driving.' Once Percy had remarked, 'God has asked me for a life of sacrifice. I will give it.' How true...

He was awarded the 'Ashok Chakra class II'

भारतीय कपड़ों के ऊपर बने 'जीवन वृक्ष' प्रतीक ने दुनिया को अभिभूत किया

जब भारत–निर्मित हाथ से रंगे 'पालमपुर' के चादरों को पश्चिमी दुनिया ने देखा तब वो उनकी बेजोड़ खूबसूरती और कपड़े के ऊपर की गई अभिनव कलाकारी से एकदम अभिभूत हो गए। इंग्लैंड, यूरोप और अमेरिका द्वारा भारत से 'पालमपुर' आयात किया गया। 17वीं सदी के इंग्लैंड में किये जाने वाले 'काशिदाकारी' के काम भी भारत के इन हाथ से रंगे जाने वाले सूती कपड़ों के कार्य से काफी हद तक प्रभावित रहे थे। 'पालमपुर' कपडों को भारत आने–जाने वाले पानी के जहाज अमेरिका ले गये जहां पर इनका इस्तेमाल रजाई बनाने के कार्य मे किया जाने लगा।

'पालमपुर' उन बड़ी पट्टीयों (पैनल) को नाम दिया गया था जिनमे 'जीवन वृक्ष' या समग्र पुष्प बनावट होते थे। शुरूआत में पश्चिमी देशों ने इनको 'इंडीयेनेस' कह कर बुलाया था, जो कि हल्के रंगों के कपड़े होते थे और जिनका उपयोग करना आसान होता था। उस दौरान आप इन वस्त्रों की मांग को इस बात से समझ सकते हैं कि जहाजों द्वारा वापस ले जाने वाले माल का 50 प्रतिशत इन कपड़ों के रूप में ही होता था।

'जीवन वृक्ष' प्रतीक भारतीय 'पालमपुर' से जोड़ कर देखे जाने लगे या उन छपाई वाले सूती चादर चादरों के साथ जोड़ कर देखे जाने लगे जो अक्सर मध्य में 'जीवन वृक्ष' चित्रित किया करते थे। 'पालमपुर' प्राकृतिक रंगों के साथ हस्त–निर्मित था, और इस प्रकार से बनाई गई रचना बहुत ही अनोखी और अपने आप मे एक अलग सी होती थी। 'जीवन वृक्ष' रचना में अनुगामी फूलों, पशुओं और पक्षियों आदि का चित्रण होता था।

'पालमपुर' इतना लोकप्रिय हो गया था कि परंपरागत फ्रांसीसी कपड़ों और अन्य यूरोपीय वस्त्र व्यापार को नुकसान होने लगा और इस कारण वो 'पालमपुर' पर प्रतिबंध लगाने के लिए दबाव डालने लगे। 1686 में 'राज्य परिषद' ने इनके ऊपर पूरी तरह से प्रतिबंध लगाने का फैसला कर लिया तथा उन लोगों ने निर्माण उपकरणों को जब्त करके उन्हें नष्ट कर दिया। लेकिन यह इतना लोकप्रिय था कि इसका भूमिगत व्यवसाय शुरू हो गया। कालांतर में इनके ऊपर से 1759 में प्रतिबंध हटा लिया गया और तब से ये भारतीय कपड़े हमेशा से खूब प्रचलन में रहे हैं।

भारतीय प्रतिभा को विदेशियों द्वारा बलपूर्वक दबाया नहीं जा सका।

The 'tree of life' Symbol Over the Indian Fabrics Overwhelmed the World

When 'Palampore' - the hand-painted bed covers from India, was discovered by the western world, it overwhelmed them with their sheer beauty and novelty of art work on fabrics. 'Palampore' was imported to England, Europe and America from India. The Crewel work of the 17th-century England was also influenced greatly by these hand painted cotton fabrics from India. Shipping vessels also took Palampore to America where it was used in quilting.

Palampore is the name given for big panels with Tree of life or All-over floral pattern. The western world initially called them 'Indiennes'. They were light, colored and easy to use fabrics. One can understand the demand for these fabrics in that period as 50% of the goods brought back by the ships were these fabrics.

The 'Tree of Life' symbol came to be associated with the Indian *Palampore* or printed cotton bed covering, which often featured the Tree of Life in its center field. Palampore was hand-created with natural dyes. The designs so created were very unique and one of its kind. The tree of life designs featured trailing flowers, animals and birds etc.

'Palampore' became so popular that the traditional French textiles and other European textile trade suffered. So, they put pressure to ban the Palampore. In 1686, 'the council of state' decided to ban it completely. They seized and destroyed the manufacturing equipments. But it was so popular that an underground circulation started, and in due course, the ban was lifted in 1759.

Since then, all these Indian fabrics are always in vogue. Indian talents could not be suppressed by force.

फाइबर ऑप्टिक्स प्रौद्योगिकी के जनक

आज दुनिया जिस उच्च–गति संचार सुविधा का आनंद ले पा रही है उस 'तंतु–प्रकाशिकी' यानि फाइबर ऑप्टिक्स प्रोद्योगिकी के अविष्कारक पंजाब के डॉ नरिन्दर सिंह कपानी हैं। इस अविष्कार ने ही 'एंडोस्कोपी' और 'लेजर सर्जरी' जैसी चिकित्सा प्रक्रियाओं को संभव बनाया। 1999 में फॉर्च्यून पत्रिका द्वारा सदी के व्यवसायी अंक में उन्हें बीसवीं सदी को प्रभावित करने वाले सात अप्रशंसित नायक के रूप में नामित एवं वर्णित किया गया था।

जब डॉ कपानी का नाम फाइबर ग्लास के माध्यम से प्रकाश के संचरण के लिए भौतिकशास्त्र में नोबेल पुरस्कार के लिए चयनित नहीं किया गया तब जानकार लोग हैरान रह गये। 1966 में नोबेल विजेता चार्ल्स के. काओ द्वारा पुरस्कृत खोज का सत्य ये है कि कपानी ने इंपीरियल कॉलेज ऑफ साइंस एंड टेक्नोलोजी, लंदन के भौतिकी विभाग में 1954 में ही यह प्रदर्शित कर दिया था कि प्रकाश मुड़े हुए ग्लास में यात्रा कर सकता है। इसी विषय पर हेरोल्ड हॉपकिंस के साथ मिल कर लिखे गये उनके शोध–पत्र को विज्ञानं पत्रिका नेचर ने 2 जनवरी 1954 के अपने अंक में प्रकाशित किया था। साइंटिफिक अमेरिकन पत्रिका के एक लेख में कपानी ने सर्वप्रथम 1960 में फाइबर ऑप्टिक्स शब्द को गढ़ा। यह डॉ कपानी का ही काम था जिससे एंडोस्कोप, गैस्ट्रोस्कोप और ब्रोंकोस्कोप जैसे चिकित्सा उपकरणों का विकास हो पाया। डॉ कपानी के उपरोक्त समस्त कार्य नोबेल पुरस्कार प्राप्तकर्ता चार्ल्स के. काओ के कार्यो से कहीं पहले किये गये थे।

अपने इस विशेष पुरोगामी कार्य के कारण डॉ कपानी पूरी दुनिया में फाइबर ऑप्टिक्स के जनक के रूप में जाने जाते हैं। मैसाचुसेट्स प्रौद्योगिकी संस्थान में स्थित 'अविष्कार की दीवार' पर फाइबर ऑप्टिक्स के अविष्कारक के रूप में डॉ कपानी को सूचीबद्ध किया गया है।

उनके अनुसंधान और अविष्कार में फाइबर ऑप्टिक संचार, लेजर्स, जैव–चिकित्सा उपकरण, सौर–ऊर्जा और प्रदूषण निगरानी सम्मिलित है। उनके पास एक सौ से अधिक एकस्व–अधिकार या 'पेटेंट' है और उन्होंने 100 से अधिक वैज्ञानिक शोध–पत्रों के अलावा ऑप्टो इलेक्ट्रॉनिक्स और उद्यमिता पर चार पुस्तकों को प्रकाशित किया है।

कला के प्रति डा. कपानी का बहुत रूझान है और उन्होंने 40 डाईनोप्टिक मूर्तियां भी बनाई है।

The Father of Fibre Optics Technology

Dr Narinder Singh Kapany is the person who made the path-breaking invention of 'Fibre Optics' that enabled the world today to enjoy the high speed communication. This invention has made the medical procedures such as endoscopy and laser surgeries possible. In 1999, he was named as one of the seven 'Unsung Heroes' by the Fortune Magazine in their 'Businessmen of the Century' issue, where he was written as a person who greatly influenced the 20th century.

When the name of Dr Kapany was not selected for the Nobel Prize in physics for transmission of light through fibre glass, Nobel watchers were surprised. Charles K. Kao, the Nobel winner, had made a discovery in 1966 that led to a breakthrough in fibre optics. But it was Kapany who in 1954 had first demonstrated at the Department of Physics, Imperial College of Science and Technology, London, that light can travel in bent glass. His research paper co-authored by Harold Hopkins, appeared in scientific journal 'Nature' in its issue of 2nd January, 1954. In 1960, Kapany coined the word 'fibre optics' in an article in the 'Scientific American'. It was the work of Dr Kapany which led to the development of medical devices such as endoscope, gastroscope and bronchoscope. All such works of Dr Kapany had preceded the work of Kao, who was awarded the Nobel Prize.

Dr Kapany has been widely regarded as the "father of fibre optics" for his this particular pioneering work. The Wall of Inventions at the Massachusetts Institutes of Technology lists Kapany as the inventor of fibre optics.

His research and inventions have encompassed fibre-optics communications, lasers, biomedical instrumentation, solar energy and pollution monitoring. He has over one hundred patents and has published over 100 scientific papers and four books on opto-electronics and entrepreneurship.

Kapany has great love for art and has created 40 "dynoptic" sculptures.

जिसने भगत सिंह को छुड़ाने की कोशिश की

भगवती चरण (1904 – 1930) हिन्दुस्तान सोशलिस्ट रिपब्लिकन एसोसिएशन के साथ जुड़े हुए एक संगठनकर्ता, वक्ता, सिद्धान्तकार एवं क्रांतिकारी आन्दोलनकारी थे। इन्होंने 1921 के सत्याग्रह आन्दोलन में भाग लिया और जब सत्याग्रह आन्दोलन स्थगित किया गया तो इन्होंने नेशनल कॉलेज, लाहौर में स्नातक (कला) की पढ़ाई करने हेतु दाखिला ले लिया। क्रान्तिकारी आन्दोलन में इनकी प्रथम दीक्षा वहीं से शुरू हुई। वो पढ़ाई के बहुत ही शौक़ीन थे और उन्होंने भगत सिंह एवं राजगुरु के साथ मिल कर रसियन सोशलिस्ट रेव्यूलुशन के प्रतिमानों के अनुसार एक अध्ययन समूह बना लिया।

भगवती चरण वोहरा जात–पात व धार्मिक भेद–भाव से कभी ग्रसित नहीं रहे और इन्होंने हिन्दू–मुस्लिम एकता के लिये काफी कार्य किया। इनकी कार्य सूची में समाजवादी सिद्धांतो के अनुरूप गरीबों की स्थिति में सुधार लाना प्रमुख स्थान रखता था। 1926 में नवजवान भारत सभा की स्थापना होने के बाद वोहरा को इसका प्रचार सचिव बनाया गया। वोहरा व उनके साथी भगत सिंह ने 6 अप्रेल 1928 को नवजवान भारत सभा का घोषणा–पत्र तैयार किया और भारत के नवयुवकों से अनुरोध किया कि सेवा, पीड़ा व त्याग के त्रि–उद्देश्य को वो आज़ादी पाने के लक्ष्य का एकमात्र मार्गदर्शक बना लें।

सितम्बर 1928 में चन्द्र शेखर आज़ाद के नेतृत्व में एच.आर.ए. का पुनर्गठन कर के उसको हिन्दुस्तान सोशलिस्ट रिपब्लिकन एसोसिएशन बना दिया गया और वोहरा को इसका प्रचार–सचिव बनाया गया। उन्होंने इसका घोषणा–पत्र बना कर उसे कांग्रेस के लाहौर बैठक मे सब लोगों को बांटा।

जे.पी. सौन्डर्स की हत्या की योजना बनाने वाले दल के वो अहम् सदस्य थे और भगत सिंह व बटुकेश्वर दत्त द्वारा सेंट्रल हॉल में बम फेंकने की योजना को इन्होने मिलकर बनाया। लाहौर में रावी नदी के किनारे बम परीक्षण के दौरान दुर्भाग्यवश बम के फट जाने से वोहरा 28 मई 1930 को शहीद हो गये। यह बम भगत सिंह व अन्य क्रांतिकारियों के लाहौर षड़यंत्र केस की सुनवाई के दौरान उन्हें छुड़ाने के लिए बनाया जा रहा था।

उनके ये अन्तिम वाक्य देश की आज़ादी के प्रति उनके अटूट भावनात्मक लगाव, प्यार, समर्पण व बलिदान की भावना को परिलिक्षित करते हैं।

"अगर मेरी मृत्यु दो दिन विलम्ब से आई होती तो मैं मृत्यु पूर्व कुछ और अधिक सफलता हासिल कर लेता परन्तु दुर्भाग्यवश मेरी ये इच्छा अधूरी ही रह गयी"।

अपने क्रान्तिकारी साथियों को न बचा पा सकने की उनकी पीड़ा उनके लिए मृत्यु की पीड़ा से भी कहीं ज्यादा कष्टदायक थी।

Bhagwati Charan Vohra – Who Missed Rescuing Bhagat Singh & Others

Bhagwati Charan (1904 - 1930) was an organiser, orator, ideologue and a revolutionary campaigner who was associated with Hindustan Socialist Republican Association. He joined the Satyagraha movement in 1921, and when the movement was called off, he joined the National College, Lahore for graduation in Arts. He was initiated into the revolutionary movement in Lahore College. He was an avid reader and on the model of the Russian Socialist Revolution, he started a study circle in the company of Bhagat Singh & Rajguru.

He worked for Hindu-Muslim unity because he was not affected by the caste or religion prejudices. Amelioration of the plights of the poor through the use of socialist principles was high on his agenda.

He was appointed the propaganda secretary of the Naujawan Bharat Sabha in 1926 on its formation. Vohra and his comrade Bhagat Singh prepared the manifesto of Naujwan Bharat Sabha on 6th April 1928 and urged the young Indians to have the triple motto of "*service, suffering, sacrifice*", as their one and only guide to achieve the goal of independence. In Sep. 1928, the Hindustan Republican Association was reorganized and converted into the Hindustan Socialist Republican Association (HSRA) under the leadership Chandrashekhar Azad. Vohra was appointed its Propaganda Secretary and prepared the HSRA manifesto which was distributed among all at the time of the Lahore Session of the Congress.

Vohra was part of the group which planned to kill J. P. Saunders and planned the throwing of bombs in the Central Assembly Hall by Bhagat Singh and Batukeshwar Dutt.

Vohra died in Lahore on the banks of Ravi on 28 May 1930 while testing a bomb which unfortunately exploded. The device was required for the proposed rescue of Bhagat Singh and other undertrials in the Lahore Conspiracy Case.

His last words express the depth of his extremely emotional involvement in the freedom struggle of our country.

"Had this death been late by two days I would have attained more success before dying. Now that desire of mine remained unfulfilled." The pain of not being able to rescue his comrades was greater than his pain of death.

शैम्पू.....चाम्पो...चापयती

'शैम्पू' शब्द हिन्दी के शब्द 'चाम्पो' से लिया गया है जो कि मूलतः संस्कृत के शब्द 'चापयती' से लिया गया है। जिसका अर्थ है गूंधना या प्रशमित करना। यह 1762 के समय की चीज़ है।

शैम्पू की उत्पत्ति भारत में मुगल साम्राज्य युग की कही जा सकती है। बंगाल के नवाब के समय में इसे एक सिर के मालिश के रूप में पेश किया गया था, जिसमें क्षार, प्राकृतिक तेल और एक अलग किस्म की सुगंध होती थी।

'शैम्पू' शब्द का इंग्लैंड से परिचय सन 1814 में शेख़ दीन महमूद ने कराया जो कि बिहार से आया हुआ एक बंगाली उद्यमी था। उसने तुर्की स्नान की तरह एक स्नान शुरू किया जिसमें कि ग्राहकों को एक भारतीय उपचार 'चम्पी' यानी 'शैंपू' या 'चिकित्सीय मालिश' सेवा प्रदान की जाती थी। उन्नीसवीं सदी में ब्राइटन, इंग्लैंड में काम करते हुए तुलसी कोक्रेन के वाष्प स्नान के साथ पहले पहल उन्होंने शैम्पू को प्रचलित किया। उनकी इंग्लैंड में विशिष्ट जनों के बीच बेहद मांग हो गई थी और वो जॉर्ज–चतुर्थ और विलियम–चतुर्थ के विशेष सेवा में लगाये गये।

जड़ी बूटी और उनके सत्वों की तमाम किस्में शैंपू के रूप में भारत में सदियों से इस्तेमाल की जाती रही हैं। पुरातन समय के एक बहुत ही प्रभावी शैम्पू 'रीठे' को सूखे 'आमला' और कुछ अन्य औषधियों के साथ उबालकर तैयार किया जाता था। बालों की सफाई के लिए इस्तेमाल किये जाने वाले अन्य उत्पादों में शिकाकाई, बबूल, जपाकुसुम का फूल, रीठा और कुछ अन्य जड़ी बूटियां थीं।

पुराने समय में भारत में आने वाले औपनिवेशिक व्यापारी अपने दैनिक स्नान के समय शरीर की मालिश या जिसे 'चम्पी' कहा जाता है, वो कराते थे। यहाँ से यूरोप वापसी पर उन लोगों ने अपने लोगों को ये कला सिखाई साथ ही में उन्होंने 'शैम्पू' नामक बालों के उपचार को भी अपने लोगों के बीच प्रचलित किया।

भारत में शरीर–स्वास्थ्य के देखभाल के तरीकों का एक बेहतरीन उदाहरण 'शैम्पू' है, जिसे आज पूरी दुनिया ने अपनाया है और यह आज के समय में अत्यधिक प्रचलित है।

Shampoo....Champo....Chapayati

The word 'Shampoo' is derived from the Hindi word 'Champo' which is further derived from the Sanskrit word 'Chapayati', meaning to knead, to soothe. It dates back to 1762.

The origin of Shampoo can be traced back to the Mughal Empire era of India. During the time of Nawab of Bengal it was introduced as a head massage which contained alkali, natural oils and fragrances of different variety.

The term 'Shampoo' was introduced in Britain by Shaikh Din Mohamed in 1814. He was a Bengali entrepreneur from Bihar. His baths were like Turkish baths where clients received an Indian treatment of 'Champi' i.e. shampooing or therapeutic massage. While working in Brighton, England in the early 19th century, he first familiarised the shampoo in Basil Cochrane's vapour baths. He was an immensely sought after guy in England by the VIPs including George IV and William IV.

A variety of herbs and their extracts were used in India, as shampoos. A very effective early shampoo was made by boiling *Sapindus* (soapnuts) with dried *Aamla* (gooseberry) with few other herbs. Other products used for hair cleansing were *Shikakai* (Acacia Concinna), Hibiscus flowers, *Ritha* and *Arappu* (Albizzia amara).

The early colonial traders in India indulged in hair and body massage (called Champi) during daily strip wash. Upon their return to Europe, they introduced it to their people including the hair treatment they called 'Shampoo'.

Shampoo is another fine example of knowledgeable body care systems in India which the world adopted.

खेल के सभी श्रेणीयों में राष्ट्रीय चैम्पियन खिलाड़ी

वह भारत के प्रथम खिलाड़ी हैं जिन्होंने बैडमिंटन खेल के सभी श्रेणीयों में राष्ट्रीय चैम्पियनशिप जीती है। यानी उन्होंने मिनी, सब–जूनियर, कनिष्ठ वर्ग (दो बार) और वरिष्ठ वर्ग (दो बार) में चैम्पियनशिप जीती है। अभिन्न श्याम गुप्ता वर्ष 2004 में 'लिम्का बुक ऑफ रिकार्ड्स' में स्थान बनाने वाले एक खिलाड़ी बन गये।

अभिन्न श्याम गुप्ता पेरिस के 10,000 डॉलर इनामी फ्रेंच ओपन बैडमिंटन चैम्पियनशिप का ख़िताब जीत चुके हैं। वह दो बार पूर्व में भी फ्रेंच ओपन के क्वार्टर फाइनल तक पहुंचे थे। फ्रेंच ओपन में पहली बार 5 अंक खेल प्रारूप के स्थान पर 7 अंक खेल का प्रारूप लागू किया गया था और अभिन्न के मूल रूप से एक रक्षात्मक खिलाड़ी होने के कारण यह बदलाव उनके लिए मुश्किल माना जा रहा था, लेकिन उन्होंने शानदार ढंग से खेल को खेला और विजय प्राप्त किया।

वर्ष 1998 में कुआलालंपुर में हुए राष्ट्रमंडल खेलों में अभिन्न ने गोपीचंद के साथ मिलकर टीम चैम्पियनशिप का रजत पदक जीतने में एक गज़ब भूमिका निभाई थी। उन्होंने वर्ष 1997 में आयोजित थॉमस कप के प्रारंभिक दौर में शानदार खेल दिखाते हुए अपने सभी तीन मैच जीत लिये थे जिसके कारण भारत फाइनल राउंड में पहुँच पाया था।

उन्होंने कॉमनवेल्थ खेल कुआलालंपुर – 1998; विश्व चैम्पियनशिप, कोपेनहेगन – 1999; एशियाई खेल, बुसान – 2002; विश्व ओलंपिक एथेंस ओलिंपिक – 2004 और संयुक्त राज्य अमेरिका में 2005 के विश्व चैम्पियनशिप में भारत का प्रतिनिधित्व किया।

अभिन्न को भारत में बैडमिंटन के खेल में उनके द्वारा दिये गये शानदार योगदान के लिए अर्जुन पुरस्कार द्वारा सम्मानित किया जा चुका है।

A National Champion in All Categories

He is the first badminton player of India who has won the National Championship in all the categories of the game i.e. mini, sub-junior, junior (twice), and senior (twice). Abhinn Shyam Gupta became a record holder in the Limca Book of Records in the year 2004.

Abhinn Shyam Gupta has won the $10,000 French Open badminton championships in Paris. He had reached the quarter-finals of the French Open twice. The French Open had implemented the 7 points over 5 games format for the first time and it was considered difficult for Gupta as he is basically a defensive player, but he played brilliantly and won it.

In thc Commonwealth Games in Kuala Lumpur in the year 1998, Abhinn along with Gopichand, had played a stellar role in winning the silver medal in the Team Championships. He had also won all his three matches in a very brilliant manner which took India to the final rounds of the Thomas Cup during the preliminaries held in the year 1997.

He has played in Common Wealth Games, Kuala Lumpur – 1998, World Championship, Copenhagen – 1999, Asian Games, Busan – 2002, World Olympics, Athens Olympic – 2004, and qualified for the World Championship in U.S.A. in 2005.

Abhinn received Arjuna Award for his contribution to the Indian badminton.

बंदूक–हिंसा की संस्कृति के खिलाफ एक महिला

अपने गृह राज्य मणिपुर में बंदूक हिंसा की संस्कृति से गहराई तक प्रभावित हजारों महिलाओं के मदद करने के उद्देश्य से बीनालक्ष्मी नेपराम ने 'मणिपुर विमेन गन सर्वाइवर्स नेटवर्क' की स्थापना की और बुद्धि–विवेकहीन हिंसा के खिलाफ उस क्षेत्र से सबसे सशक्त सुवक्ता एवं सेनानी के रूप में उभरीं हैं। मणिपुर में हिंसा से प्रभावित अवशिष्ट महिलाओं की दुर्दशा उनके कार्य का मुख्य संकेन्द्रण है। वह देश में एक महिला–नेतृत्व वाले निरस्त्रीकरण आंदोलन की दिशा में काम करती हैं। बारूदी सुरंगों, क्लस्टर बम और अंतर्राष्ट्रीय हथियार व्यापार संधि जैसे मुद्दों पर भारत में काम करने वाली वह एक अग्रणी योद्धा हैं। उनके कार्य का किरण–केंद्र छोटे हथियारों के वितरण व प्रसार के वो मुद्दे हैं जिन्होंने भारत के पूर्वोत्तर राज्य के क्षेत्रों के हजारों निर्दोष लोगों के जीवन को नष्ट कर दिया है। एम.डब्ल्यू.जी.एस. एन. विवेकहीन हिंसा से परिवार के सदस्यों को खो देने वाली महिलाओं को सलाह तथा सहायता के साथ विभिन्न व्यवसायों के लिए छोटे ऋण प्रदान करता है।

नेपराम पूछती हैं, जहाँ सशस्त्र बलों की 60 बटालियनें मणिपुर के हर इंच पर गश्त करती हैं और जहाँ लगभग 32 विद्रोही समूह हैं, वो एक युद्ध क्षेत्र कैसे नहीं हैं ? उनके निष्कर्षों के अनुसार 50 वर्षों से अधिक पुराने इस युद्ध में हर दिन 3–4 युवा मणिपुरी पुरुषों को इस व्याप्त संघर्ष में गोली मार दी जाती है जो अपने पीछे छोटे बच्चों के साथ युवा महिलाओं को छोड़ जाते हैं। नई दिल्ली के जे.एन.यू. में दक्षिण पूर्व एशियाई विषय की पढ़ाई कर रहीं नेपराम को जब पता चला कि 57 विभिन्न प्रकार के अवैध छोटे हथियार चीन, म्यांमार, पाकिस्तान, रूस, अफगानिस्तान, अमेरिका, बेल्जियम, और इजराइल से पूर्वोत्तर क्षेत्रों में प्रवेश कर रहे हैं तो उन्होंने इस बंदूक संस्कृति के खिलाफ लड़ने का फैसला किया।

2013 में ब्रिटेन स्थित एक संगठन ने सशस्त्र हिंसा में कमी लाने के मिशन पर काम कर रहे दुनिया के 100 सबसे प्रभावशाली लोगों में नेपराम का वर्णन किया है। 2006 में नेपराम को दलाई लामा फाउंडेशन ने 'विस्कोम्प स्कॉलर ऑफ पीस' पुरस्कार प्रदान किया। वह एक लेखक भी हैं। उग्रवाद के बारे में नेपराम लिखती हैं कि... "उग्रवाद का जन्म होता है.....शासन में गन्दी मानसिकता, गंदी नीतियों और राजनीति से... उग्रवाद का जन्म होता है मासूम की मौत के साक्षी होने, गलत गिरफ्तारी और यातना से... उग्रवाद का जन्म होता है...भूखे शरीर और भूताविष्ट भविष्य से..."

The Lady Against The Culture of Gun-Violence

In order to help the thousands of women who are deeply affected by the culture of gun violence in her home state of Manipur, Binalakshmi Nepram established the 'Manipur Women Gun Survivors Network' and emerged as one of the region's most eloquent speaker and fighter against the mindless violence. Her core work is to connect the infiltration of small arms into the North-East region with the plight of women who have survived violence in Manipur. She works towards a women-led disarmament movement in the country. She is a leading crusader in India working on the issues of anti-personnel landmines, cluster bombs and International Arms Trade Treaty. Her focus is on the issue of proliferation and distribution of small arms which have destroyed the lives of thousands of innocents in the North-East regions of India. MWGSN counsels and provides support to women who have lost family members. It offers small loans to the unfortunate and poor women for different occupations.

She says that when 60 battalions of the Armed Forces patrol every inch of Manipur and there are about 32 insurgent groups, how can you still not call it a war zone? This war is more than 50 years old, says Nepram. According to her findings, 3-4 Manipuris, mostly men between the ages of 19 and 40, are shot dead almost every day because of the ongoing conflict which leaves behind young women with young children. Pursuing south-east Asian studies at New Delhi's JNU, she discovered that 57 different types of illegal small arms were entering the North-East regions from China, Myanmar, Pakistan, Russia, Afghanistan, USA, Belgium, and Israel. She decided to fight against this gun culture

In 2013, a UK-based organisation described her as among the 100 most influential people in the world working on armed violence reduction. In 2006, Nepram received the WISCOMP Scholar of Peace award from the Dalai Lama Foundation. She is a writer also. About the insurgency, Nepram writes... "The birth of insurgency is in...damaging govern mentality and dirty policies and politics. The birth of insurgency is in... witnessing innocent deaths, wronged arrests and torture. The birth of insurgency is in...hungry bodies and haunted futures."

कुष्ठ रोग – अथर्ववेद में इसका इलाज वर्णित किया गया है

वर्ष 2009 में राजस्थान के किसी 'बालाथल' नामक स्थान के निकट एक 4000 साल पुराना कंकाल पाया गया जिसमे कुष्ठ रोग के निशान परिलिक्षित हुए हैं। पूर्व में कभी भी इस रोग के पाये जाने का यह सबसे पुराना प्रमाण माना जा रहा है। इस रोग का पिछला सबसे पुराना मान्यता प्राप्त प्रमाण छठवीं सदी के मिस्र देश से प्राप्त हुआ था। इसका मतलब ये है कि राजस्थान में हुई यह खोज मिस्र से 1500 साल ज्यादा पुरानी है। दूसरे शब्दों में, कुष्ठ रोग सर्वप्रथम भारत में ही पाया गया और भारत में ही उसका इलाज़ भी हुआ, मिस्र में नहीं।

उक्त खुदाई में पाया गया यह कंकाल लगभग 30 साल के आसपास का एक पुरुष है और आहर चाल्कोलिथिक संस्कृति का प्रतीत होता है। पुरातत्वविदों के अनुसार यह कंकाल न केवल कुष्ठ रोग के पाये जाने वाले सबसे पुराने साक्ष्य का परिचायक है बल्कि यह इतिहास–पूर्व भारत से सम्बंधित इस तरह का पहला उदाहरण भी है। एक पुरानी मान्यता के अनुसार कुष्ठ रोग या तो भारत या अफ्रीका में जन्मा है, और बाद में यह रोग सिकंदर द ग्रेट की सेनाओं में हुए संक्रमण के कारण पूरे यूरोप में फैल गया था। 2009 की खोज का निष्कर्ष उपरोक्त मान्यताओं को ही बल प्रदान करता है।

द ऑक्सफोर्ड इलस्ट्रेटेड कम्पैनियन टू मेडिसिन के अनुसार कुष्ठ रोग का ज़िक्र हिंदू धार्मिक पुस्तक 'अथर्ववेद' में पहले से ही मिलता है, और इस पुस्तक में अच्छी तरह से इस रोग का इलाज भी वर्णित है। कीयर्न्स व नैश एनसाइक्लोपीडिया ब्रिटानिका 2008 में लिखते हैं कि कुष्ठ रोग का पहला उल्लेख भारतीय चिकित्सा ग्रंथ सुश्रुत संहिता में मिलता है जो ईसा पूर्व छठवीं शताब्दी की पुस्तक है।

द कैंब्रिज एनसाइक्लोपीडिया ऑफ ह्यूमन पैलियोपैथोलॉजी (1998) के विचार में भारत की सुश्रुत–संहिता काफी अच्छी तरह से रोग की हालत का वर्णन करती है और 600 ई.पू. में ही इसका चिकित्सीय सुझाव भी दे देती है।

'काशी' वह शहर था जहां पर महानतम शल्य–चिकित्सक 'सुश्रुत' ई.पू. छठवीं शताब्दी में रहते थे।

Leprosy – Atharva-veda Had Described The Cure

In the year 2009, somewhere near a site called 'Balathal' in today's Rajasthan, a 4,000-year-old skeleton was uncovered that was shown to contain traces of leprosy. This is believed to be the oldest case of the disease ever found. The previous earliest recognised case dates back to 6th-century Egypt. It means that the discovery in Rajasthan pre-dates Egypt by 1,500 years. In other words, Leprosy was found and cured in India not Egypt.

The excavated skeleton is a male in his late 30s and belonged to the *Ahar Chalcolithic* culture. According to the Archaeologists, not only does the skeleton represent the oldest case of leprosy ever found, but it is also the very first such example that dates back to pre-historic India. An old theory believed that Leprosy originated either in India or Africa, and then it was subsequently spread to Europe by the armies of Alexander the Great. This finding supports the above theories.

The Oxford Illustrated Companion to Medicine holds that the mention of leprosy was already made in the Hindu religious book Atharva-veda, and it described its cure as well. Kearns & Nash state in the Encyclopaedia Britannica 2008 that the first mention of leprosy is in the 6th century BC Indian medical treatise *Sushruta Samhita.*

The Cambridge Encyclopedia of Human Paleopathology (1998) holds that: "The *Sushruta Samhita* from India describes the condition quite well and even offers therapeutic suggestions as early as about 600BC".

Kashi was the city where the greatest surgeon 'Sushrut' lived in the 6th century BC.

छवि राजावत – ग्रामीण विकास के लिए एक एम.बी.ए. सरपंच

ऋषि वैली स्कूल, मेयो कॉलेज, और दिल्ली वि.वि. के लेडी श्रीराम कॉलेज की एक पूर्व छात्रा तथा पुणे से एम.बी.ए. होने के नाते उसे एयरटेल, कार्लसन समूह होटल और टाइम्स ऑफ इंडिया आदि कंपनियों में एक उच्च स्तरीय नौकरी प्राप्त होना कोई मुश्किल कार्य नहीं था। लेकिन इस महिला ने यह सब मिलने के बाद यह सब छोड़ दिया। उनके जीवन का संशोधित लक्ष्य था राजस्थान के अपने गांव के ग्रामीण लोगों की सेवा करना। वह गांव सोड़ा के सरपंच पद के लिए चुनाव लड़ीं और चुनाव जीतीं।

इस अद्वितीय महिला का नाम है छवि राजावत और भारत में ये संभवतः प्रथम एम.बी.ए. महिला सरपंच हैं। छवि किसी भी राजनीतिक दल से सम्बन्धित नहीं हैं और एक करिअर के रूप में वह राजनीति में शामिल होने का इरादा रखती भी नहीं हैं।

ग्रामीण भारत के विकास में मदद करने के लिए राजावत ने कंपनी क्षेत्र की नौकरीयों और शहर के जीवन को छोड़ दिया। उनके दादा ब्रिगेडियर रघुवीर सिंह पूर्व में इसी गांव के सरपंच रह चुके थे। गांव के सरपंच के रूप में निर्वाचित होने के बाद उन्होंने वर्षा जल संचयन, बिजली उपलब्ध कराना, सड़क निर्माण और मकानों में शौचालय की सुविधा, व्यावसायिक प्रशिक्षण की व्यवस्था और ग्रामीण रोजगार के अवसर पैदा करने जैसे कई परियोजनाओं को सफलतापूर्वक कार्यान्वित करवाया है। उन्होंने अपने ध्यानपूर्वक एवं सचेत निगरानी से सरकारी धन का विकास के लिए उचित उपयोग सुनिश्चित किया।

25 मार्च 2011 को संयुक्त राष्ट्र में आयोजित 11 वें 'इन्फो–पावर्टी विश्व सम्मेलन' में राजावत ने वहां पर प्रतिनिधियों को संबोधित किया और अपनी एक सशक्त मौजूदगी दर्ज कराई। नई दिल्ली में भारत के पूर्व राष्ट्रपति ए. पी. जे. अब्दुल कलाम ने प्रौद्योगिकी–दिवस समारोह में उन्हें सम्मानित किया। आईबीएन लाइव ने छवि राजावत को 'यंग इंडियन लीडर' सम्मान से नवाज़ा है।

Chhavi Rajawat – The MBA Sarpanch for Rural Development

Being an alumnus of Rishi Valley School, Mayo College, and Lady Sriram College of DU and also an MBA from Pune was enough to land her a top class job in companies like Airtel, Carlson Group of Hotels and TOI etc. But this lady left all this after getting all this. The revised goal of her life was serving the rural people of her village in Rajasthan. She fought and won the Sarpanch election of the village Soda. She is Chhavi Rajawat, probably the only MBA lady Sarpanch in India. Chhavi is not affiliated to any political party. She doesn't intend to join politics as a career.

Rajawat left her corporate job and city life to help develop rural India. Brig. Raghubir Singh, her grandfather had been Sarpanch of the same village in the past. After being elected as the Sarpanch of the village, she has implemented many projects successfully like Rain Water Harvesting, Building Roads and Toilet facilities in most of the houses, providing for Electricity, arranging Vocational Training and generating Rural Job Opportunities etc. She ensured proper utilisation of the government funds for development through her careful and smart monitoring of the works.

Rajawat addressed the delegates at the 11th 'Info-Poverty World Conference' held at the United Nations on 25th March 2011 and made an impression. Former President of India APJ Abdul Kalam honoured her at the Technology Day function at New Delhi. Chhavi Rajawat has also received the IBN Live honour called 'Young Indian Leader'.

फ्रुगल इंजीनियरिंग : भारत ही विश्व गुरु है

तेजी से विकसित हो रही दुनिया लगातार कार्य संपन्न कराने के नये–नये तरीकों का पता लगा रही है। 'फ्रुगल इंजीनियरिंग' या 'मितव्ययी अभियांत्रिकी' इस तरह के प्रयासों का ही नतीज़ा है। इस विज्ञान में पहले ज़टिल इंजीनियरिंग प्रक्रियाओं को विघटित कर उसे उनके बुनियादी घटकों में ले आया जाता है और फिर प्रत्येक घटक को सबसे किफायती ढंग से पुनर्निर्मित किया जाता है। इस प्रक्रिया का अंतिम परिणाम काफी सरल, आसानी से करने योग्य तथा ज्यादा संतुलित, मजबूत व खरा होता है। इसका अंतिम उत्पाद बहुत सस्ता होता है और यह गुणात्मक और परिमाणात्मक रूप में वही काम करता है जो कि एक ज्यादा महंगा व ज़टिल अभियंत्रण से निर्मित उत्पाद करता है।

भारत और अन्य दक्षिण एशियाई देशों के लोगों को मितव्ययी अभियांत्रिकी में सबसे निपुण माना जाता है क्योंकि आम तौर पर इन क्षेत्रों में संसाधन और पूंजी दुर्लभ रहते हैं। पश्चिम देशों में वैज्ञानिकों द्वारा महंगे उपकरणों का उपयोग करते हुए नवाचार किया जाता है। लेकिन भारत में यह हर किसान, वाहक, व्यापारी तथा उद्योगपति और यहां तक कि एक गृहिणी के द्वारा भी किया जाता है। यहाँ उच्च व्यय वाले अनुसंधान एवं विकास विभागों की आवश्यकता नहीं है, यहाँ पर तो बस रचनात्मकता और कल्पनाशीलता की जरूरत है।

अनिल अंबानी ने एक बार कहा था, "रिलायंस अविष्कार से नहीं बल्कि नवपरिवर्तन के माध्यम से सफल रहा"

दुनिया की सबसे सस्ती कार 'टाटा नैनो' एक ऐसा ही उदाहरण है जिसको कि भारत में ''जुगाड़'' की तकनीकी के रुप में देखा जाता है। और इसी को प्रबंधन गुरु 'फ्रुगल इंजीनियरिंग' कहते हैं। भारत की दूरसंचार कंपनियां मात्र एक रूपये या उससे भी कम में एक टेलीफोन कॉल की सुविधा प्रदान करती हैं जो कि दुनिया में सबसे सस्ती कॉल दर है। पूरे विश्व में सबसे कम खर्च पर हृदय रोग और नेत्र रोगों का उपचार भारत के 'शंकर नेत्रालय' और 'नारायण हृदयालय' प्रदान करते हैं। भारतीयों द्वारा पेटेंट दवाओं की 'रिवर्स इंजीनियरिंग' भी फ्रुगल इंजीनियरिंग का ही एक शानदार उदाहरण है।

सत्य यही है कि भारत ने दुनिया को सबसे सस्ती और पूर्ण उपयोगी सेवायें, प्रौद्योगिकी और उत्पाद दिये हैं।

Frugal Engineering : India is Teaching The World

The fast developing world is continuously finding out newer ways to get things done. 'Frugal Engineering' is the outcome of such efforts. It is the science of breaking up complex engineering processes into its basic components and then re-building each component in the most economical manner. The end result is a simpler, easier to handle and more robust final process. The final product is much cheaper, and it does the same job qualitatively and quantitatively as a more expensive complexly engineered product does.

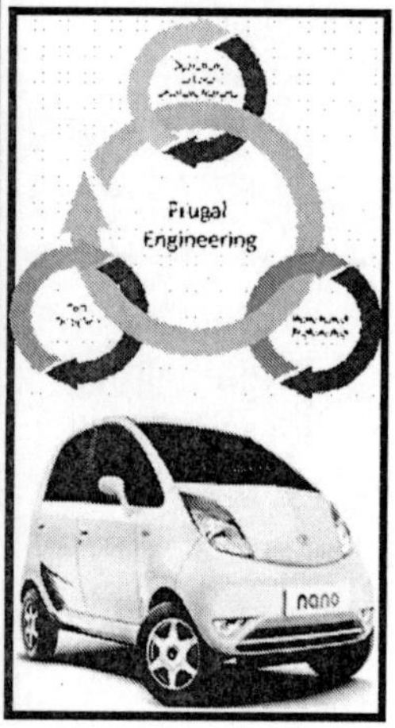

It is generally believed that Indians and other South Asians are the most adept in frugal engineering, because resources and capital are scarce in this region. Innovations in the West are done by the scientists using expensive equipments. But in India, it's done by every farmer, transporter, trader and industrialist and even by a housewife. It does not require high-spending R&D departments. It simply needs creativity and imagination.

Anil Ambani once said, 'Reliance succeeded through innovation, not invention.'

Tata Nano - the cheapest car in the world, is one example of what we call in India as "Jugaad", which is what management gurus call "Frugal Engineering". India's telecom companies provide calls at Re 1/- a minute or even less than that, which is the cheapest call rate in the world. In India, the 'Shankara Netralaya' and 'Narayana Hridayalaya' provide the cheapest heart and eye treatment in the world. The reverse-engineering of the patented drugs by Indians is also an example of frugal engineering.

All said, India has given the world the cheapest and equally useful technology, services and product etc.

ओनाके ओबव्वा : वह नारी जिसने एक मूसल के बल पर किले को बचाया

मदकरी नायक द्वारा शासित चित्रदुर्ग किले पर हैदर अली घेरा डाल कर उस पर कब्ज़ा करना चाहता था पर वह बार–बार असफल हो जाता था। यह किला लगभग अभेद्द था और इसीलिये इसको 'उक्किना–कोट' यानी एक स्टील निर्मित किला कहा जाता था। संयोग से एक बार हैदर अली ने चट्टानों में बने एक छिद्र के माध्यम से एक महिला को चित्रदुर्ग किले में प्रवेश करते हुए देख लिया और तभी उसने अपने सैनिकों को उस छिद्र के जरिये किले के अन्दर भेजने की साजिश रची।

'कलानायक' किले की मीनार में पहरेदारी करता था। एक दिन जब वह दोपहर का भोजन करने गया तब उसकी पत्नी 'ओबव्वा' उसकी जगह उस अत्यंत ही संकीर्ण गुप्त छिद्र के पास पहरेदारी करने लगी जिससे बमुश्किल एक आदमी ही अन्दर जा सकता था।

पानी लाने के दौरान ओबव्वा को कुछ दूरी से दुश्मन सैनिकों के फुसफुसाने की आवाज सुनाई पड़ी जो उस दरार के जरिये किले में प्रवेश करने का प्रयास कर रहे थे। किले पर आसन्न खतरे को भांप वो तुरंत दरार के पीछे छिप गई। दरार के माध्यम से घुसने की कोशिश कर रहे हर सैनिक को उसने अपने ओनाके (मूसल) से मारना शुरू कर दिया और बड़ी बहादुरी के साथ अकेले ही उसने कई दुश्मन सैनिकों को मार गिराया। परन्तु एक सैनिक ओबव्वा के उस छिद्र के पास आने से पहले ही किले के अन्दर प्रवेश कर चुका था और उस छिद्र के पास वापस आने पर उसने देखा कि ओबव्वा सैनिको को मार रही है। ओबव्वा पर उसने पीछे से एक तेज चाकू मारा और ओबव्वा घायल हो कर गिर पडी। लेकिन गिरते–गिरते उसने अपने पति को एक जोर की आवाज देकर खतरे से अवगत करा दिया। उसका पति जब वहां आया तो उसने ओबव्वा के हाथ में रक्तरंजित 'ओनाके' के साथ आसपास कई मृत दुश्मन सैनिकों को पड़े हुए देखा। तुरंत बिगुल बजाकर उसने अन्य सैनिकों को वहां बुलाया और तमाम दुश्मन सैनिकों को मार गिराया।

उस दिन गांव की एक साधारण महिला ओबव्वा के इस अदम्य साहस व बहादुरी ने हैदर अली के सैनिकों से चित्रदुर्ग किले को बचा लिया। ओबव्वा के इस अदम्य साहसिक कार्य ने उन्हें ओनाके ओबव्वा के नाम से ख्याति दिलाई। किले की वह संकीर्ण दरार अब ओबव्वा किंदी के नाम से विख्यात है।

Onake Obavva : The Lady Who Saved the Fort Using a Pestle

Hyder Ali wanted to besiege the fort of Chitradurga ruled by 'Madakari Nayaka' but failed repeatedly. The fort was so built that it was almost impregnable and was called "Ukkina Kote", i.e. a fort made of Steel. Hyder Ali once by chance sighted a woman entering the Chitradurga fort through an opening in the rocks and he plotted to send his soldiers through that hole.

One day when Kalanayak, the guard went for lunch his wife Obavva was guarding on his behalf at that secret opening at the Chitradurga Fort which was extremely narrow even for one person to squeeze through.

She went to fetch water. From a distance she heard the muted sounds of enemy soldiers attempting to enter the fort through the crevice. She sensed the danger to the fort and immediately hid behind the crevice. She hit each soldier with her Onake (a pestle or a wooden rod used for pounding paddy) who was trying to squeeze through the crevice. She bravely killed several enemy soldiers single handedly.

Unknown to Obavva one man had already escaped into the fort before she came to the hole. That soldier came back and when he saw Obavva striking the soldiers, he struck her from behind with a knife, Obavva fell, but not before raising the alarm and warning her husband. Her husband returned and saw the blood stained Onake in her hand and many dead enemy soldiers around her. He blew the bugle and other soldiers promptly joined him to kill all the enemy soldiers.

This brave act of a simple village woman Obavva saved the Chitradurga Fort from Hyder Ali's soldiers. Her courageous act earned her the epithet "Onake Obavva". The crevice in the fort where she showed her bravery is known as '*Obavvana Kindi'*.

चिन्ह का नियम भारत में शुरु हुआ

विद्वानों द्वारा चीन देश को 'व्यवकल्य' (सबट्राहेन्ड) के रूप में नकारात्मक संख्या के लिए संकेतन का प्रयोग सबसे पहले (200 ई.पू.) करने का श्रेय दिया जाता है। भारतीयों ने भी ऋणात्मक संख्याओं को 'व्यवकल्य' के रूप में इस्तेमाल किया, लेकिन सकारात्मक और नकारात्मक संख्या के गुणन के संबंध में 'चिन्ह के नियम' की स्थापना सर्वप्रथम भारतीयों ने ही किया था। और यह 1299 तक चीनी ग्रंथों में दिखाई नहीं पड़ा था।

भारतीय गणितज्ञ 7 वीं शताब्दी से नकारात्मक संख्या के बारे में जानकारी रखते थे। ऋण की गणितीय समस्याओं में ऋणात्मक संख्याओं की भूमिका को भारतीयों द्वारा अच्छी तरह से समझा गया था और उन्होंने नकारात्मक संख्या के साथ काम करने के लिए कुछ सुसंगत और सही नियमों को तैयार भी कर लिया था। अरबी लोगों के माध्यम से बाद में ये नियम यूरोप तक पहुँच गये।

ईसा पूर्व छठवीं शताब्दी में ब्रह्मगुप्त ने सकारात्मक और नकारात्मक के लिए 'ऐश्वर्य' (फार्चून) और 'कर्ज' (डेट या डेब्ट) के प्रत्यय का प्रयोग किया था। इस समय तक भारत में स्थान–मूल्य पर आधारित प्रणाली पहले से ही स्थापित हो चुकी थी। ब्रह्मगुप्त द्वारा नकारात्मक के लिए एक विशेष चिन्ह का इस्तेमाल किया गया, और उन्होंने निम्नलिखित प्रकार से सकारात्मक और नकारात्मक परिमाण को सुलझाने के लिए नियमों को निर्धारित किया।

एक ऋण से शून्य घटाने पर एक ऋण है

एक ऐश्वर्य से शून्य घटाने पर एक ऐश्वर्य है

शून्य से शून्य घटाने पर एक शून्य है

शून्य से ऋण घटाने पर एक ऐश्वर्य है

शून्य से ऐश्वर्य घटाने पर एक ऋण है

ऐश्वर्य या ऋण का शून्य से गुणाफल शून्य है

शून्य का शून्य से गुणाफल शून्य है

दो ऐश्वर्य का गुणाफल या भागफल एक ऐश्वर्य है

दो ऋण का गुणाफल या भागफल एक ऐश्वर्य है

एक ऋण व एक ऐश्वर्य का गुणाफल या भागफल एक ऋण है

एक ऐश्वर्य व एक ऋण का गुणाफल या भागफल एक ऋण है

Law of Signs Originated in India

The Chinese are credited by the scholars for the earliest use of notation (200BC) for negative numbers as '*Subtrahend*'. The Indians also used the negative numbers as subtrahend, but were the first to establish the *"Law of Signs"* with regards to the multiplication of positive and negative numbers, which did not appear in the Chinese texts until 1299.

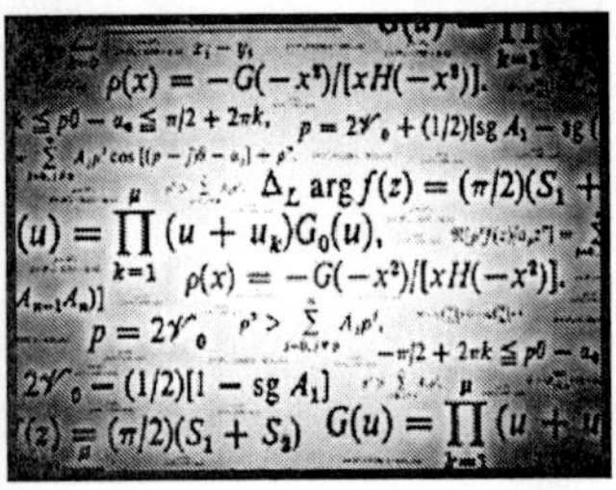

Indian mathematicians were aware of the negative numbers by the 7th century. The role of negative numbers in the mathematical problems of debt was well understood by the Indians, and they formulated some consistent and correct rules for working with negative numbers. The Arab intermediaries passed these rules on to Europe.

In the 6th century BC, Brahmagupta used the ideas of 'fortunes' and 'debts' for positive and negative. A system based on place-value was already established in India by this time. A special sign for the negatives was used by Brahmagupta and he settled the rules for dealing with positive and negative quantities as follows:

A debt minus zero is a debt.A fortune minus zero is a fortune.

Zero minus zero is a zero.

A debt subtracted from zero is a fortune.

A fortune subtracted from zero is a debt.

The product of zero multiplied by a debt or fortune is zero.

The product of zero multiplied by zero is zero.

The product or quotient of two fortunes is one fortune.

The product or quotient of two debts is one fortune.

The product or quotient of a debt and a fortune is a debt.

The product or quotient of a fortune and a debt is a debt.

चीन के लोग जिन्हें भगवान की तरह पूजते हैं

द्वारकानाथ शांताराम कोटनिस उन पांच भारतीय चिकित्सकों में से एक थे जो 1938 के द्वितीय चीन–जापान युद्ध के दौरान चिकित्सा सहायता प्रदान करने हेतु स्वेच्छा से चीन जाने के लिए तैयार हुए। डॉ कोटनिस भारत–चीन दोस्ती और सहयोग के एक शानदार प्रतिमूर्ति हैं। कनाडा के डॉ नॉर्मन बिथयून और डॉ कोटनिस चीन के लोगों के लिये इतने श्रद्धेय हैं कि अप्रैल 2005 में किन्गमिंग महोत्सव के दिन दोनों की समाधी चीन के लोगों द्वारा प्रदान फूलों से पूरी तरह से आच्छादित हो गई थी।

डॉ. कोटनिस लगभग 5 साल चीन में रहे और चल–निदानशालाओं में घायल सैनिकों का इलाज करते रहे। युद्धक्षेत्र के मोर्चे में उनका काम बहुत ही दबावपूर्ण व तनावपूर्ण था। 1940 में जापानी सैनिकों के खिलाफ लड़ाई के दौरान एक अवसर पर डॉ कोटनिस ने बिना सोये लगभग 72 घंटे तक लगातार शल्योपचार किया व लगभग 800 घायल सैनिकों का इलाज किया। 1940 में एक नर्स 'गुओ किन्लान' से डॉ कोटनिस की मुलाकात हुई और उन दोनों ने शादी कर ली। उनको एक बेटा हुआ जिसका नाम उन्होंने 'यिनहुआ' रखा। जिसका अर्थ है भारत (यिन) और चीन (हुआ)।

लगातार तनावपूर्ण काम से उनका स्वास्थ्य गंभीर रूप से प्रभावित हुआ और उन्हें मिर्गी रोग ने जकड़ लिया जिससे 9 दिसंबर 1942 को डॉ कोटनिस का निधन हो गया। डॉ कोटनिस को वीर नायकों के प्रांगण नन्जुआन गांव में दफनाया गया। माओत्से तुंग ने इन शब्दों के साथ उनकी मृत्यु पर शोक व्यक्त किया – 'सेना ने अपनी मदद का एक हाथ खो दिया है, और राष्ट्र ने एक दोस्त खो दिया है। आइये हम हमेशा अपने मन में उनकी अंतर्राष्ट्रवादी भावना को जीवित रखें।'

चीन में कई स्थानों पर डॉ कोटनिस की भव्य मूर्ति, संग्रहालय और स्मारक हैं। उनकी पत्नी किन्लान हमेशा चीन और भारत के बीच उच्च–स्तरीय कूटनीतिक कार्यक्रमों में एक सम्मानित अतिथि रहती हैं। उनके जीवनी पर'डॉ कोटनिस की अमर कहानी' और एक चीनी फिल्म 'की दी हुआ दाई फू' बनाई गई है।

1950 के बाद से चीन के तमाम राष्ट्रपति व प्रधानमंत्री जैसे झोउ एन लाई, जियांग जेमिन, ली पेंग से लेकर वर्तमान राष्ट्रपति शी जिनपिंग (2014) तक हमेशा उनके रिश्तेदारों (मुख्य रूप से बहनों) से जरूर मिले हैं। डॉ कोटनिस एक ऐसे दुर्लभ भारतीय हैं जिन पर चीनी सरकार द्वारा दो डाक टिकट जारी किये गये हैं।

Chinese Worship Him Like God

Dwarkanath Shantaram Kotnis (1910 - 1942) was one of the five Indian physicians who volunteered to go to China to provide medical assistance during the 2nd Sino-Japanese War in 1938. Dr Kotnis is regarded as an iconic example of Sino-Indian friendship and collaboration. He is revered by the Chinese people along with the Canadian Dr Norman Bethune. In April 2005, graves of both of them were fully covered with flowers donated by the Chinese people during the *Qingming* Festival when the Chinese commemorate their ancestors.

Dr Kotnis stayed in China for almost 5 strenuous years working in mobile clinics to treat wounded soldiers. On one occasion in 1940 during the battle against the Japanese troops, Dr Kotnis performed non-stop operations for nearly 72 hours without having any sleep, and treated nearly 800 wounded soldiers during the battle. Dr Kotnis met Guo Qinglan, a nurse in 1940, and they got married. They had a son who was named 'Yinhua', meaning India (Yin) and China (Hua).

The hardship of the stressful job as a front-line doctor severely affected his health and Epilepsy struck Dr Kotnis which proved fatal and he died on 9 December 1942. Dr Kotnis was buried in the Heroes Courtyard in Nanquan Village. Mao Zedong mourned his death with the words, *"The army has lost a helping hand, and the nation has lost a friend. Let us always bear in mind his internationalist spirit."*

There are great Statue Museum and Memorials of Dr Kotnis at many places in China. His wife Qinglan was always an honoured guest at high-level diplomatic functions between China and India. A Hindi movie *Dr Kotnis ki Amar Kahani* and a Chinese film *Ke Dì Huá Dài Fû* was made on his life.

The Chinese government continues to honour his relatives in India during every high-level official trip. Since 1950, the Presidents and P.M.s of China from Zhou En-lai, Jiang Zemin, Li Peng to Hu Jintao and the current President Xi Jinping have always met his relatives, mainly sisters.

Dr Kotnis is a rare Indian on whom two postal stamps have been issued by the Chinese Govt.

'पास्कल' का त्रिभुज वास्तव में 'वराह मिहिर' का त्रिभुज है

'पास्कल का त्रिकोण' फ्रांसीसी गणितज्ञ और दार्शनिक ब्लेज़ पास्कल (1623–1662) के नाम पर पड़ा है। उन्होंने इस बीजीय त्रिकोण का वर्णन अपनी पुस्तक 'ए ट्रीटिस ऑन द अरिथिमेटिकल ट्रैंगल' में किया था।

लेकिन 'पास्कल' पहले गणितज्ञ नहीं थे जिन्होंने इस त्रिकोण को बनाया था या इस त्रिकोण के अद्‌भुत गुणों को समझा व जाना था। 'पास्कल' से सदियों पहले, छठवीं और दसवीं सदी के भारतीय गणितज्ञों ने लघु और दीर्घ ध्वनियों का प्रतिनिधित्व करने के लिए छंदोबद्ध मापक में इन संख्याओं की सारणी के उपयोगी होने का वर्णन किया है।

छठवीं शताब्दी में 'वराह मिहिर' और 10 वीं शताब्दी में 'हलायुद्ध' ने पिंगल द्वारा 'मेरु–प्रस्तार' या 'मेरु पर्वत की सीढ़ियाँ' के द्वीसंज्ञक गुणांक के एक अस्पष्ट संदर्भ पर अपनी टिप्पणी के समीक्षा में यह समझाया था।

बीजगणित में 'पास्कल त्रिकोण' संख्याओं की एक त्रिकोणीय व्यवस्था है जो किसी भी द्वीसंज्ञक अभिव्यक्ति के विस्तार में गुणांक देता है। जैसे $(x+y)n$| 'पास्कल त्रिकोण' का प्रयोग कर के वास्तव में आप 'क' वस्तुओं के एक संयोजन से 'ख' वस्तु चुनने के कई तरीके पा सकते हैं। बस आपको त्रिकोण के 'क' की श्रृखला में 'ख' वाली प्रविष्टि को देखना होगा।

'संभाव्यता' में इस त्रिकोण के कई इस्तेमाल हैं। इस त्रिकोण का एक अच्छा इस्तेमाल द्वीसंज्ञक विस्तार में भी किया जा सकता है।

भारतीय गणितज्ञों के देदीप्यमान कार्य को पश्चिमी नाम देने क यह एक और दृष्टान्त है।

Pascal's Triangle is Actually Varaha Mihir's Triangle

The Pascal's triangle is named after the French mathematician and philosopher *Blaise Pascal* (1623-62). He had written a *Treatise on the Arithmetical Triangle* describing this algebraic triangle.

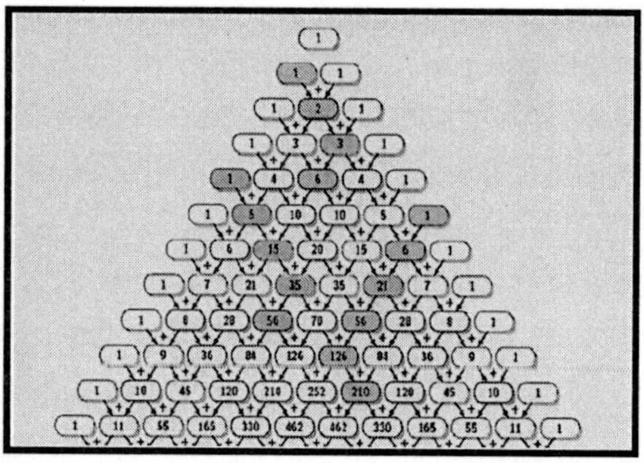

But Pascal was not the first mathematician to draw out this triangle or to understand its amazing properties. Centuries before Pascal, Indian mathematicians of the 6th & 10th century described this array of numbers as useful for representing the number of combinations of short and long sounds in poetic meters. In the 6th century Varaha Mihir and in the 10th century Halayudha had explained it commenting upon an obscure reference by Pingala to the 'Meru-Prastaara' or the 'Staircase of Mount Meru', in relation to binomial coefficients.

In algebra, Pascal's triangle is a triangular arrangement of numbers that gives the coefficients in the expansion of any binomial expression, such as $(x + y) n$. Using Pascal's triangle, one can in fact find the number of ways of choosing k items from a set of n items simply by looking at the kth entry on the nth row of the triangle.

This triangle has many uses in probability, and it can also be used in binomial expansions.

This is yet another example of the western world illegitimately taking the credits of the past brilliant works by the Indian mathematicians.

विश्व के प्रथम विश्वविद्यालय भारत में ही स्थापित थे

आधुनिक विश्व की तमाम महान उपलब्धियां पूरी दुनिया में शिक्षा के चतुर्दिक विकास के कारण ही संभव हो पाईं हैं। दुनिया के तमाम शीर्ष विश्वविद्यालय अपने द्वारा शीर्ष स्तर की शिक्षा उपलब्ध कराने के इतिहास का दावा करते हुए यह कहते हैं कि उनके कारण ही यह सब संभव हो पाया।

अब यहाँ पर ये सवाल प्रासंगिक है कि इस सभ्य दुनिया में शीर्ष स्तर की शिक्षा वास्तव में कब और कहाँ से शुरू हुई ? इसका जवाब इसमें ही निहित है। दुनिया का प्राचीनतम शिक्षा केंद्र भारत का तक्षशिला विश्वविद्यालय है जो कि नालंदा विश्वविद्यालय के साथ कम से कम पांचवीं शताब्दी ई.पू. का है, जो वर्तमान पाकिस्तान के रावलपिंडी जिले में है। यह बात श्रीलंका की 'जातक' कहानी (500 ई.पू.) में भी वर्णित है।

इस विशाल विश्वविद्यालय में बेबीलोन, ग्रीस, सीरिया और चीन सहित दुनिया भर से लगभग 10,000 छात्र अध्ययन करने के लिये आते थे। विश्वविद्यालय में कुल 68 संकाय मौजूद थे और चाणक्य तथा पाणिनी जैसे महाज्ञानी इस विश्वविद्यालय के शिक्षक थे। प्रसिद्ध यूनानी 'पाइथागोरस' तक्षशिला के ही छात्र थे।

बिहार का नालंदा विश्वविद्यालय दुनिया का पहला उच्च श्रेणी विश्वविद्यालय माना जाता है। यहाँ पर 2000 से अधिक शिक्षक और लगभग 10,000 छात्र अध्ययनरत थे। इतिहासकारों का मानना है कि नालंदा के पुस्तकालय में लगभग 20 लाख पांडुलिपियां अस्तित्व में रहीं हैं।

कुछ साल पहले 1995 में एक और प्राचीन विश्वविद्यालय (300 ईस्वी) ओडिशा के 'पुष्पगिरी' में पाया गया है।

काशी, कांची, विक्रमशिला आदि दुनिया में शिक्षा के वो सबसे प्राचीन केंद्र रहे हैं जहां पर दुनिया भर के अधिक से अधिक लोग सीखने व पढ़ने के लिए आया करते थे।

पढ़ने लिखने के ज़्यादातर महान केंद्र भारत में ही पाये गये हैं, इसलिए अगर कोई भारतीयों को 'विश्व गुरु' के रूप मे सम्बोधित करता है तो यह बात कोई अतिशयोक्ति नही है।

The First Universities Were Found in India Only

Great achievements of the modern world can be attributed to the development of education in the world. Top universities of the world boast of their history of providing top class education which made it happen. This brings us to the question, when and where the top class education in the civilised world actually began? Well, the answer lies within. Yes, the oldest education center known to the world is Takshila(Taxila) University of India in today's Rawalpindi district of Pakistan, which dates back to at least 5th century BC along with Nalanda University. It is described in the 'Jataka' tales (500BC)of Srilanka.

Nearly 10,000 students from all over the world including Babylon, Greece, Syria and China, used to study in this gigantic university. There were 68 faculties in the university. Greats like Chanakya and Panini were the teachers of this University. The famous Greek Pythagoras was a student of Taxila.

Nalanda University of Bihar is known as the first great university of the world. It had more than 2000 teachers and 10,000 students. Historians say that approximately two million manuscripts existed in the library of Nalanda.

As recently as 1995, another ancient university Puspagiri (3rd century AD) is found in Odisha.

Kashi, Kanchi, Vikramshila etc. are the other most ancient centers of learning in the world where people from world over came to learn.

Seat of all the great learning were found in India. So, if someone calls the Indians as 'World Guru', it may not be an exaggeration.

ई.सी.जी. सुदर्शन – कुछ चीज़ें प्रकाश से भी तेज गति से चल सकती हैं

पद्मविभूषण ई.सी. जॉर्ज सुदर्शन केरल में जन्मे वह भारतीय सैद्धांतिक भौतिकशास्त्री हैं जिन्होंने सबसे पहले प्रकाश से भी तेज चलने वाली 'टचयोंस' नामक अव–परमाणविक कणों को प्रतिपादित किया था।

उन्होंने 'क्वांटम ऑप्टिक्स' के क्षेत्र में व्यापक अनुसंधान कर के एक मील का पत्थर स्थापित किया है और ऐसा कार्य किया है जिसकी दुनिया भर में सराहना की गई है। सैद्धांतिक भौतिकी के क्षेत्र में उनके द्वारा कई उत्कृष्ट कार्य किये गये हैं जिनमे से कुछ उल्लेखनीय कार्य हैं: प्रकाशिक संसक्तिय वी–ए सिद्धांत, टचयोंस चक्रण–सांख्यिकी प्रमेय, क्वांटम–जेनो प्रभाव, विवृत–क्वांटम प्रणाली एवं गैर–निश्चरता वर्गीकरण इत्यादि।

उन्होंने बाद में एक क्वांटम–निरूपण विकसित किया जिसे 'सुदर्शन–ग्लाबर निरूपण' के रूप में जाना जाता है। सुदर्शन के योगदान की अनदेखी करते हुए 2005 में 'ग्लाबर' को विवादास्पद तरीके से भौतिकी के नोबेल पुरस्कार से सम्मानित किया गया था। सुदर्शन की योग्यता इस तथ्य से काफी कुछ प्रमाणित हो जाती है कि नोबेल पुरस्कार के लिए सुदर्शन के नाम को अन्यायपूर्ण तरीके से नज़रअंदाज करने की नोबेल पुरस्कार समिति के निर्णय का दुनियाभर में कई वैज्ञानिकों ने खुल कर विरोध किया था, क्योंकि पुरस्कृत कार्य का ज्यादातर काम सुदर्शन ने ही किया था। विशेषज्ञों के अनुसार पुरस्कार समिति द्वारा 1979 के नोबेल पुरस्कारों का चयन करते समय भी सुदर्शन के साथ ऐसा ही अन्याय किया गया था।

सुदर्शन ने दुनिया के शीर्ष स्तर के विश्वविद्यालयों और महविद्यालयों में शिक्षण कार्य किया है। कई प्रतिष्ठित और अतिविशिष्ट वर्ग के पुरस्कारों और सम्मान से उन्हें नवाज़ा गया है।

पूर्व और पश्चिम देशों के बीच संबंधों में सुधार लाने की दिशा में वह काफी कार्यरत रहे हैं तथा दर्शन और धर्म के क्षेत्र में भी उन्होंने काफी गुणतर कार्य किया है।

आधुनिक विज्ञानं की दुनिया में उन्होंने भारतीय दिमाग की सर्वश्रेष्ठता को सर्वश्रेष्ठ तरीके से प्रमाणित किया है।

E.C.G. Sudarshan – Something Can Travel Faster Than the Light

Padmvibhusan E.C. George Sudarshan is that Indian theoretical physicist from Kerala, who had first propounded the subatomic particles called "Tachyons" that travel faster than the light.

He has done extensive research and milestone work in the field of 'Quantum Optics' which has been applauded worldwide. His great works in the field of theoretical Physics include Optical Coherence, V-A theory, Tachyons, Spin-statistics theorem, Quantum Zeno effect, Open Quantum system, Non-invariance groups etc.etc.

He also developed a quantum representation of coherent light which was later known as Sudarshan-Glauber representation. Glauber was controversially awarded the 2005 Nobel Prize in Physics ignoring Sudarshan's contributions. His merit is established by the fact that many scientists in the world protested against the injustice of the Nobel Prize committee which had bypassed Sudarshan's name for the Nobel although most of the prize winning work was done by Sudarshan. According to experts, injustice to Sudarshan was done also while selecting the 1979 Nobel Prize.

He has taught in some of the top class universities and colleges of the world. Many prestigious and elite awards and honours have been given to him.

He has worked greatly in improving the relations between East & West, and in the fields of Philosophy and Religion too.

He has proven the brilliance of the Indian scientific mind in the world in the most brilliant manner.

जयपुर फुट – अधो अंग के लिए एक उत्कृष्ट अविष्कार जो निःशुल्क है

एक क्रांतिकारी नई तकनीक के साथ 'बी.एम.वी.एस.एस' व स्टैनफोर्ड विश्वविद्यालय द्वारा विकसित 'जयपुर फुट' (पैर) एक स्वतःचिकनाईकर्ता स्टैनफोर्ड–जयपुर घुटने हैं। घुटने के नीचे से विच्छेदित लोगों के लिए यह एक रबर आधारित कृत्रिम पैर है जो पालीयुरेथेन से बना है। 2009 में 'टाइम' पत्रिका द्वारा इसको उस वर्ष विश्व के 50 सबसे अच्छे अविष्कारों में से एक के रूप में मान्यता दी गई है।

वर्ष 1975 से आजतक करीब 13, 00,000 से भी अधिक विकलांगों को अंग लगाया जा चुका है, और ये संख्या बढ़ती ही जा रही है। उक्त के अलावा लाखों लाभार्थियों को परकार, बैसाखी या तिपहिया साइकिलें उपलब्ध कराई गई हैं। यह सभी सहायता बिना किसी शुल्क के प्रदान की गई हैं। व्यावहारिक एवं कम लागत के कृत्रिम पैर अंग लगाने के मामले में भारत दुनिया का अग्रणी देश बन गया है। इसकी मदद से एक विकलांग व्यक्ति चलना–फिरना, उठना–बैठना सब बड़े आराम से कर सकता है। जयपुर फुट पूरे भारतवर्ष के अलावा 26 अन्य देशों में भी उपलब्ध है।

इस कृत्रिम पैर का अविष्कार एक पारंपरिक शिल्पकार द्वारा जयपुर में 1968 में किया गया था। इस पैर को बनाने वाले मास्टर शिल्पकार पंडित राम चंद्र शर्मा हैं। इससे जुड़े आर्थोपेडिक सर्जन डॉ पी. के. सेठी को 1981 में रेमन मैगसेसे और पद्मश्री पुरस्कार प्राप्त है। जयपुर फुट योजना की कल्पना करने वाले व्यक्ति डॉ. डी.आर. मेहता को उनके योगदान के लिए वर्ष 2013 में राजस्थान सरकार द्वारा राजस्थान–रत्न पुरस्कार दिया गया।

'भगवान महावीर विकलांग सहायता समिति' अपने इस नेक काम के लिए सरकार द्वारा भी वित्तीय सहायता प्राप्त करती है। शारीरिक गतिविधि की पहुँच के दृष्टिकोण से अगर देखें तो 'जयपुर फुट' अपने समकक्ष एस.ए.सी.एच. (सॉलिड एंकल कुशन हील) से कहीं बेहतर है।

अभिनेत्री सुधा चंद्रन ने इस जयपुर फुट' को लगाकर एक बार फिर से नृत्य करना शुरू कर दिया। उनके जीवनी पर आधारित एक फिल्म 'नाचे मयूरी' बनी है जिसमें सुधा ने अपनी भूमिका खुद अभिनीत की है। यह 'जयपुर फुट' के करिश्मे का जीता जागता उदाहरण है।

Jaipur Foot - An Outstanding Invention for the Lower Limb; and a Free Service

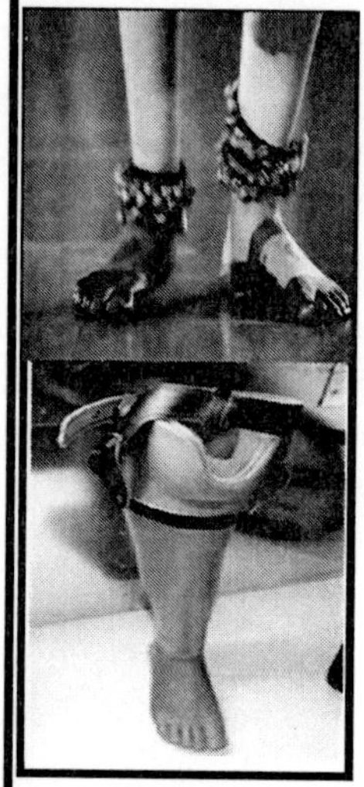

'Jaipur Foot' (Leg) is a self-lubricating Stanford-Jaipur Knee with a revolutionary new technology, developed by Stanford University working with BMVSS. It is a rubber based prosthetic leg for people who have below knee amputation. It is made of polyurethane. In 2009, it has been recognized by the *Time* magazine as one of the world's 50 best inventions of the year.

Since 1975, over 1.3 million limbs have been fitted to the handicapped, and the figure is increasing day by day. Lakhs of other beneficiaries have received calipers, crutches or tricycles etc. All of this has been given away for free. India has become the world leader in the practical low-cost foot prosthesis. A handicapped person can sit and stand up, walk and even dance by using it. The Jaipur foot is available throughout India and in as many as18 other countries.

This artificial foot was invented in 1968 in Jaipur by a traditional craftsman. The Master craftsman to make this leg is Pandit Ram Chandra Sharma. The concerned orthopaedic surgeon Dr P.K. Sethi got the Ramon Magsaysay Award in 1981and a Padmasri award. Dr D.R. Mehta, the person who conceived this idea, received the Rajasthan Ratna in 2013 by Rajasthan Govt.for his contribution to Jaipur Foot.

Bhagwan Mahavir Viklang Sahyata Samiti is supported by the Govt. of India with financial aid to carry out their noble work. From a certain point of view, like the range of movements it offers, the Jaipur Foot is superior to its counterpart SACH (Solid Ankle Cushion Heel).

Actress Sudha Chandran was fitted with the Jaipur Foot and started dancing once again. Her life journey is depicted in the movie *Naache Mayuri* where Sudha herself has enacted the role. This is a live example of the wonder called 'Jaipur Foot'.

आखिरी सांस तक वो अपने देश के लिए लड़ते रहे

4 कुमाऊं रेजिमेंट के अधिकारी मेजर सोमनाथ शर्मा 'परमवीर चक्र' पुरस्कार प्राप्त करने वाले देश के प्रथम फौजी हैं। नवम्बर 1947 के कश्मीर युद्ध में उनकी बहादुरी के लिए उन्हें ये पुरस्कार दिया गया था। 1947–48 के भारत–पाक युद्ध के दौरान श्रीनगर हवाई अड्डे से पाकिस्तानी हमलावरों को मार भगाने में वह शहीद हो गये।

जब मेजर शर्मा के हाथ में प्लास्टर लगा हुआ था उस समय उनकी कंपनी को श्रीनगर रवानगी का आदेश मिला। तकनीकी तौर पर वह युद्ध में सक्रिय ड्यूटी के लिए अयोग्य थे लेकिन उन्होंने बडी दृढ़ता से अपनी कंपनी का नेतृत्व मांगा और अंत में उनको इसकी अनुमति भी दे दी गई। युद्ध में लगभग 700 खूंखार दुश्मन समूहों ने उनकी कम्पनी पर आक्रमण करके उन्हें भारी क्षति पहुंचाई। मेजर शर्मा श्रीनगर शहर और हवाई क्षेत्र दोनों के ऊपर आसन्न खतरे को भांप गये थे और गोलाबारी की परवाह किये बगैर वह खुले मैदान में अपनी कंपनी की सहायता के लिए दौड़ पडे। दुश्मनों के लगातार आक्रमण के बीच भारतीय वायु सेना के विमानों को लक्ष्य तक मार्गदर्शन करने के लिए उन्होंने पैनल लगाये। भारी बाधाओं के बीच उनकी कम्पनी ने छह घंटे तक निरंतर जांबाज लड़ाई लड़ी। दाहिने हाथ में प्लास्टर के बावजूद मेजर शर्मा बड़ी बहादुरी के साथ खुद ही बंदूकों की मैगज़ीन भर कर अपने सैनिकों को देने लगे।

इस भयंकर लड़ाई के दौरान एक मोर्टार शेल उनके पास रखे गोला बारूद पर गिरा जिससे उसमे विस्फोट हो गया और इस विस्फोट में मेजर शर्मा शहीद हो गये। मृत्यु से कुछ पल पहले ब्रिगेड मुख्यालय को प्राप्त उनका अंतिम संदेश कुछ इस प्रक़ार से था... 'दुश्मन हमसे केवल 50 गज की दूरी पर है। हम संख्या बल मे बहुत कम रह गये हैं और हम विध्वंसकारी गोलाबारी का सामना कर रहे हैं। लेकिन मैं एक इंच भी पीछे नहीं हटूंगा और हम अपने आखिरी जवान व आखिरी गोली तक लड़ते रहेंगे...'

उनके जवान उनके नेतृत्व, शौर्य और दृढ़ रक्षा से पूर्णतया प्रेरित थे। संख्या–बल में वो 7–1 के अनुपात से कमजोर थे परन्तु मेजर शर्मा के शहीद होने के बाद भी ये जवान निर्णायक साबित हुए छह घंटे तक बडी बहादुरी से दुश्मन का सामना करते रहे जिससे भारतीय फौजी सहायता को वहां पहुँचने का समय मिल गया और दुश्मन की आक्रामक बढ़त को रोकना संभव हो पाया।

कश्मीर को बचाने के लिए एक युवा अधिकारी व युवा सैनिकों ने देश पर जान न्योछावर कर दिया....

He Defended His Country Till His Last Breath

Major Som Nath Sharma is the first recipient of the Param Vir Chakra award for his bravery in the Kashmir operations in November 1947. The 4th Kumaon Regiment officer martyred while evicting the Pakistani raiders from Srinagar Airport during the Indo-Pak war of 1947-48.

Major Sharma's arm was in plaster when his company was asked to move to Srinagar. Technically, he was 'unfit for active duty in war'. But he insisted strongly to lead his company and was ultimately allowed to join. About 700 strong enemy groups inflicted heavy casualties upon his company. He could see the imminent threat to both Srinagar town and the airfield. Exposing himself to enemy fire, he ran across the open ground towards his sections. He also laid out panels to guide IAF aircraft to their targets in the face of enemy fire. His company fought ceaselessly for six hours against heavy odds. With his right hand in plaster, Major Sharma bravely took upon himself the task of filling the magazines and giving it to his men.

During this fight, a mortar shell exploded on the ammunition near him and the explosion killed him. His last message to Brigade HQ, received a few moments before he was killed was as follows… *"The enemy are only 50 yards from us. We are heavily outnumbered. We are under devastating fire. I shall not withdraw an inch but will fight to our last man and our last round..."*

His men were inspired by his leadership, gallantry and tenacious defence. Even though they were highly outnumbered by 7 to 1, they fought the enemy valiantly for six hours after Major Sharma had martyred. These six hours became very crucial as it provided time to the Indian reinforcements to get into position, and stem the tide of the enemy advance.

A young officer and many young soldiers sacrificed their lives to save 'Kashmir'….and to protect our country.

रणजी : अंतर्राष्ट्रीय क्रिकेट खेलने वाले पहले भारतीय क्रिकेट खिलाड़ी

के.एस.रंजीत सिंह जी या 'रणजी' अंतर्राष्ट्रीय क्रिकेट खेलने वाले पहले भारतीय क्रिकेटर थे। उन्होंने 62 और अविजित 154 (फॉलो ऑन के बाद) के स्कोर के साथ 16 जुलाई 1896 को ऑस्ट्रेलिया के खिलाफ अपने टेस्ट करीअर की शुरुआत की। 'विज़डन' ने उनके बारे मे कुछ ऐसे लिखा – "उन्होंने ऑस्ट्रेलियाई गेंदबाजों की एक विशेष शैली मे पिटाई की, जैसा उस सीजन की उस अवधि तक किसी भी अन्य अंग्रेज बल्लेबाज ने नहीं किया था। वह बार–बार लेग–साइड पर अपने अद्‌भुत स्ट्रोक खेल रहे थे और काफी देर तक ऑस्ट्रेलियाई गेंदबाज उनके रहमो–करम पर ही थे"। खेल विशेषज्ञों की राय में वो सर्वकालिक महानतम बल्लेबाजों में से एक हैं और अब तक इस खेल को खेलने वाले सबसे मौलिक शैली के खिलाड़ियों में से एक चुने हुए खिलाड़ी हैं।

एन.कारडस ने उन्हें 'मध्य रात्रि के सपनों के क्रिकेट खिलाड़ी' के रूप मे वर्णित किया है।

रणजी वो खिलाडी थे जो क्रिकेट के खेल में नये स्ट्रोक और नई शैली लेकर आये। उन्होंने लेट–कट और लेग–ग्लांस की शुरूआत की और उसे लोकप्रियता दिलाई। क्रिकेट के खेल में 'बैक–फुट डिफेंस' और 'फ्रंट–फुट अटैक' की कला भी रणजी ही लेकर आये।

रणजी द्वारा लिखित 'द जुबली बुक ऑफ़ क्रिकेट' इस खेल के गौरव ग्रंथों में से एक मानी जाती है।

भारत में खेले जाने वाले प्रथम श्रेणी के क्रिकेट टूर्नामेंट 'रणजी ट्रॉफी' की शुरुआत वर्ष 1935 में उन्ही के सम्मान में की गई थी और आज भी यह सबसे लोकप्रिय और सबसे प्रतिष्ठित घरेलू क्रिकेट टूर्नामेंट है।

सर नेविल कारडस ने रणजी के बारे में लिखा है – 'जब रणजी क्रिकेट से चले गये, तब इस खेल से एक अचम्भा और एक गौरव भी हमेशा के लिये प्रस्थान कर गया।'

Ranji : The First Indian International Cricketer

K.S. Ranjit Singhji or Ranji was the first Indian cricketer to play international cricket. He made his Test debut against Australia on 16 July 1896 with a score of 62 & 154 not out, after follow-on. The *Wisden* wrote – 'he punished Australian bowlers in a style that, up to that period of the season, no other English batsman had approached. He repeatedly brought off his wonderful strokes on the leg side, and for a while had the Australian bowlers quite at his mercy.' The experts of the game consider him as one of the greatest batsmen of all time, and one of the most original stylists to have ever played the game.

N.Cardus described him as "the midsummer night's dream of cricket".

He was the player who brought new strokes and new style to the game of cricket. The late-cut and leg-glance was introduced and popularized by Ranji. The art of the back-foot defence and back-foot attack is also attributed to him.

The Jubilee Book of Cricket by Ranji is considered as one of the most classic works of cricket.

The first-class cricket tournament in India, the Ranji Trophy, was named in his honour and inaugurated in 1935, and till date, it is the most popular and most reputed domestic cricket tournament.

Sir Neville Cardus wrote - *"When Ranji passed out of cricket, a wonder and a glory departed from the game forever."*

'शौचालय' – स्वास्थ्य के लिए सफाई के प्रबन्ध की एक भारतीय परिकल्पना

प्राचीन काल से लेकर पिछली सदी के दौरान तक हैजा इत्यादि जैसी घातक बीमारियों के प्रसार के तमाम कारणों में से उचित स्वच्छता की अनुपलब्धता एक प्रमुख कारण माना गया था। घातक रोगों के प्रसार को काफी हद तक रोका जा सकता है यदि प्रभावी स्वच्छता प्रणाली और जल उपचार प्रणाली को अपनाकर पीने के पानी की आपूर्ति को मानव मल व गन्दगी द्वारा दूषित होने से रोका जा सके।

सिंधु घाटी सभ्यता (3000–1700 ईसा पूर्व) वह प्रथम सभ्यता थी जिसने परिष्कृत शौचालय प्रणाली को संबंधित नलकारी प्रणाली के साथ विकसित किया। हर घर में एक सीट सहित शौचालय और सूखी मिट्टी की ईंटों के साथ ढकी गई सीवर प्रणाली थी जो कि मल व गन्दगी को पानी के साथ बहा कर दूर ले जाती थी। गंदे पानी और कचरे को सिंधु नदी में बहा दिया जाता था। भारत में इस प्रणाली को सिंधु घाटी सभ्यता के अस्तित्व के अधिकांश समय के दौरान इस्तेमाल किया गया।

विश्व की पहली ज्ञात स्वच्छता प्रणाली मोहन जो दड़ो (मुअन जो दड़ो) और हड़प्पा के शहर–योजना में देखी जा सकती है। दोनों शहरों में शानदार ढंग की सोची समझी सीवर प्रणाली विकसित थी जो कि नालीयों के माध्यम से शहर के पूरे क्षेत्र से हो कर गुजरती थीं। कोई भी घर छोटा हो या बड़ा, शहर के मध्य से पास हो या दूर, हर घर सीवेज सिस्टम के साथ जुड़ा हुआ था। अधिकांश घरों में बाथरूम व ईंट की सीटों के साथ शौचालय होता था। इस शहर के निवासियों के लिये सफाई एक सर्वोच्च प्राथमिकता रही थी।

अच्छे स्वास्थ्य के लिए अच्छे सफाई का प्रबन्ध व स्वच्छता के मूल्यों को भारत ने ही दुनिया के लोगों को सिखाया है। और यह बात राखालदास बंदोपाध्याय (आर. डी. बैनर्जी) द्वारा 1922 में सिन्धु घाटी सभ्यता को खोज निकालने के बाद से पूरी तरह प्रमाणित हो गई है।

Flush Toilets – Indians Were the First to Design Sanitation for Hygiene

One of the major reasons for the spread of deadly diseases like Cholera etc. in the ancient times and even during the previous century was the lack of availability of a proper sanitation. Spread of deadly diseases could largely be prevented if there is an effective sanitation system and water treatment system which prevents fecal matter from contaminating drinking water supplies.

Indus valley civilisation which ran from about 3000 to 1700 BCE, was first to develop the sophisticated system of toilets which had a related plumbing system also. Every house had a toilet with a seat and the sewer-system covered with dry-clay bricks that took away the wastes which were flushed manually by water. The dirty water and the waste were emptied into the Indus River. This system was used in India for most of the existence of Indus valley civilisation.

World's first known sanitation systems can be seen in the city plan of Mohenjo-Daro and Harappa. Both the cities had a brilliantly thought out sewer system with drains that passed through the entire area of the city. Whether a house was small or big, far or near from the middle, each house was connected with the sewage system. Most of the houses had bathrooms and toilets with brick seats. Cleanliness was a top priority for the inhabitants of the city.

India taught the world about the value of good sanitation and hygiene for the good health of the people, and this fact is clearly established after the discovery of the Indus Valley civilisation by Rakhaldas bandopadhyay (or R.D. Bannerji) in 1922.

एक व्यक्ति जिसने 'सूरत' की सूरत बदल दी

तुम लोगों की मदद से चमत्कार कर सकते हो.... यह बयान सूरत के नगर आयुक्त सूर्यदेवरा रामचंद्र राव के लिए बैरल की एक गोली की तरह फिट बैठता है। राव ने नगर आयुक्त के रूप में मई 1995 में 'प्लेग' से बुरी तरह पीड़ित इस शहर का कार्यभार संभाला और प्लेग से प्रभावित इस शहर को एक आदर्श शहर के रुप में परिवर्तित कर दिया। उनकी इस दुर्लभ उपलब्धि ने उनको एक ऐसा दुर्लभ सेवारत नौकरशाह बना दिया जिसे सेवाकाल के दौरान ही पद्मश्री पुरस्कार से सम्मानित किया गया।

सूरत में सितंबर 1994 के प्लेग महामारी का मुख्य कारण मानसून की बाढ़ और शहर के जल भराव वाली गलियां थीं। लोग भयवश शहर से भाग रहे थे और पूरे भारत में पर्यटकों का प्रवाह इससे काफी प्रभावित हुआ था। नवंबर 1994 के 'इनटैक' सर्वेक्षण में सूरत को भारत के सबसे ज्यादा गन्दगी वाले एक प्रमुख शहर के रूप में घोषित किया गया। गुजरात में मलेरिया से होने वाली मौतों में से लगभग आधी मौतें अकेले सूरत में होतीं थीं लेकिन राव के आगमन के साथ ही ये परिदृश्य बदलने लगा और दो साल के अन्दर ही 'इनटैक' द्वारा चंडीगढ़ के बाद सूरत को भारत का दूसरा सबसे स्वच्छ शहर माना गया। सूरत में मलेरिया रोग के मामलों में काफी कमी आई और ये 1994 के 22,000 रोगियों की संख्या से काफी घटकर 1997 में मात्र 496 की संख्या तक आ गई। सूरत मेडिकल एसोसिएशन के अनुसार इसका कारण बेहतर स्वच्छता और बेहतर सार्वजनिक स्वास्थ्य उपायों के कारण जलजनित रोगियों की संख्या में तेजी से गिरावट होना था।

दैनिक कचरे का समाशोधन 40 प्रतिशत से बढकर 98 प्रतिशत, स्वच्छता विस्तार 63 प्रतिशत से बढकर 97 प्रतिशत व सुरक्षित पेय–जल पाने वाली जनसंख्या में 60 प्रतिशत से 90 प्रतिशत तक की वृद्धि हुई। प्रमुख सड़कें 92 कि. मी. तक चौड़ी हुईं और 300 कि.मी. नई सड़कें बनीं। सड़कों की रोशनी व्यवस्था में 98.2 प्रतिशत की वृद्धि हुई और यह सभी कुछ एस.आर. राव द्वारा कार्यग्रहण करने के 20 महीनों के भीतर ही संपन्न हुआ।

एस. आर. राव के अनुकरणीय व अद्वितीय कार्य ने भारत में सूरत की छवि को एक गन्दगी वाले शहर से एक अत्यंत ही साफ–सुथरे शहर में परिवर्तित कर दिया। यह बात लगभग 20 साल पुरानी हो चुकी है लेकिन उसका असर आज भी मौजूद है। उदाहरणार्थ, पिछले लगभग दस से ज्यादा वर्षों से सूरत में मलेरिया रोग से लगभग कोई भी मौत नहीं हुई है।

अगर हम ठान लें, तो सूरत अवश्य बदल सकती है।

The Man Who Changed the Face (Surat)

"You can do wonders with the help of the people"...This statement fits like a bullet in the barrel for Suryadevara Ramachandra Rao, the Municipal Commissioner of 'Surat' who took charge as M.C. in May 1995 when the city had been afflicted by a disease of the Middle Ages: Plague. Not only did he cleaned up the plague-hit city, but undertook a number of bold and brilliant initiatives to convert the diamond city into a model city. Because of his rare work, he became a rare serving bureaucrat to receive the Padmashri award.

Monsoon floods and the filth in Surat's waterlogged streets were said to be the main causes for the plague in September 1994. People were abandoning the city in fear. Tourist flow to India was affected. Surat was declared as one of the filthiest city in an INTACH survey in November 1994. Half of the malarial deaths in Gujarat came from Surat alone. But everything changed as Rao walked in. Within two years of Rao taking over, INTACH rated Surat as India's second cleanest city behind Chandigarh. Malaria cases in Surat came down from 22,000 in 1994 to 496 in 1997. The Surat Medical Association reported a considerable drop in the number of patients as public health measures improved through better sanitation and decrease in the incidences of waterborne diseases.

Clearing of daily garbage went up to 98% from the earlier volume of 40%. The sanitation coverage increased from 63% to 97%. The population covered by safe drinking water increased from 60% to 90%. 92 km of major roads were widened and 300 km of new roads were laid. 98.2 percentages of the streets were lighted up. All this was done within 20 months of S.R. Rao taking charge.

His milestone works and exemplary conduct in dealing with the problem and handling the civic behavior of the people of the Surat city changed the face of the city from a filthy city to one of the cleanest city in India. The matter is nearly 20 years old now, but the impact continues to this day. For example, since nearly ten plus years, there have been no malarial deaths according to the Surat municipality figures.

If we take a firm resolve; we can always change the face.

हीरा तो है हमेशा के लिए ...... जैसे भारतीय...

हीरे के पत्थर उन क्षेत्रों में पाये जाते हैं जहाँ पर जमीन में पर्याप्त जलोढ़ जमा हो। इस तरह के पत्थर कम से कम 3000 या उससे भी अधिक साल पहले से भारत में कृष्णा और गोदावरी आदि नदियों के तटीय क्षेत्रों में पाये जाते रहे हैं। हीरे प्राचीन मानव इतिहास के कई उपकरणों में उत्कीर्ण पाये जाते हैं। इस बात के सबूत मिलते हैं कि प्राचीन भारत में लोगों ने इसे धार्मिक प्रतीक के रूप में इस्तेमाल किया और कीमती मणि पत्थर के रूप में उन्हें संरक्षित किया।

हीरे का सन्दर्भ भारत के कई संस्कृत ग्रंथों में पाया जाता है। कौटिल्य द्वारा लिखित पुस्तक 'अर्थशास्त्र' में हीरे के व्यापार का उल्लेख मिलता है। प्रारंभिक बौद्ध शास्त्रों में भी भारत में हीरे का उल्लेख मिलता है। कई और भी अन्य भारतीय संदर्भ हैं जो इस कीमती पत्थर की गुणवत्ता के बारे में बात करते हैं।

प्राचीन भारतीय लोग हीरे के गुणों के बारे में अच्छी तरह से जानते थे और उन्होंने इसके कई गुणों जैसे इसके अपवर्तक गुण, इसके चमकने वाले गुणों का प्रभाव, इसके काट्य किनारों की क्षमता तथा एक चाकू या कैंची के रूप में इसके उपयोग तथा इसके स्थायित्व के गुण इत्यादि के बारे मे लिखा है।

हीरे अठारहवीं शताब्दी से पहले तक केवल भारत में ही खनन किये जाते थे। भारतीयों को बड़े पैमाने पर हीरे के गुणों के बारे मे मालूम था और इसके उपयोग के बारे में भी अच्छी जानकारी थी। उन्हें इसके पाये जाने वाले स्थानों के बारे में भी समुचित जानकारी थी।

भारत दुनिया की एकमात्र जगह थी जहाँ पर हजारों वर्षों से हीरे पाये जाते रहे हैं और उन्हें संसाधित एवं परिष्कृत किया जाता रहा है। भारत से ये जानकारी मिलने के बाद ही अन्य देशों ने इसकी खोज की।

भारतीयों के माध्यम से ही दुनिया ने हीरे को जाना और इस मणि के गुणों को पहचाना।

और तब से आज तक पूरे विश्व में सबके आभूषण खूब चमक रहें हैं।

Diamonds are Forever......Forever Indian

Diamonds are found in those areas where there are sufficient alluvial deposits of the stone. Such stones are found in India along the Krishna and Godavari rivers since at least 3000 or more years ago or so.

Diamonds are found engraved in many tools of the ancient human history. There are evidences that people in the ancient India used them as religious icons and treasured them as gem stones.

References to diamond are found in many Sanskrit texts, and the book *Arthshastra* by Kautilya mentions diamond trade. Early Buddhist works also make a mention of the Diamond in India. There are other Indian references also which talks about the quality of this precious stone.

The ancient Indians were well aware about the properties of diamond and have penned down many properties of diamonds such as its refractive property, its sparkling effect, its cutting edges and its use as a knife or scissors, and its durability.

Diamonds were first mined only in India till the18th century. Indians largely knew of the properties of diamonds and also knew its uses and the location where they were found.

India was the only place where diamonds were found, treated and refined since thousands of years. The whole world started searching for diamonds in other countries only after they came to know about it through the Indians.

The world found this gem only through the Indians and explored its qualities; and since then, their ornaments always glitter.

एक चौदह वर्षीय वास्तविक जीवन का 'रैंचो'

इलाहाबाद शहर के इस लड़के दिनेश द्विवेदी ने कभी भी किसी विद्यालय में नियमित पढ़ाई नहीं की है लेकिन यह लड़का आज शहर का एक आश्चर्य है। आज वह आई.आई.टी, ए.आई.ई.ई.ई, सी.पी.एम.टी. और अन्य प्रतियोगी परीक्षाओं के लिए छात्रों को अनुशिक्षण दे रहा है। यह अद्भुत लड़का लगभग 250 छात्रों को अनुशिक्षण प्रदान कर रहा है और ये छात्र बड़े विश्वास के साथ सफलता की उम्मीद करते हैं। इस बाल–गुरुजी ने विगत कई वर्षों में अपने छात्रों को अनुशिक्षित करने में एक शानदार उपलब्धि प्राप्त की है।

पिछले कुछ वर्षों के दौरान उसने अपने शिक्षण से 25 से ज्यादा छात्रों को आई. आई.टी, 15 को सी.पी.एम.टी. और 32 छात्रों को ए.आई.ई.ई.ई. में चयनित कराने में सफलता हासिल की है। दिनेश द्विवेदी के छोटे से किराए के कमरे में सिर्फ चार महीनों के अनुशिक्षण के बाद 12 में से 8 छात्रों ने ए.आई.ई.ई.ई. परीक्षा में सफलता पाई थी जबकि चार अन्य एस.एस.सी. की परीक्षा में सफल हुए थे। उनकी क्षमता पर शक करने वाले किसी भी शीर्ष संस्थानों के शिक्षकों को वह उनके कौशल व काबिलियत की परीक्षा लेने की चुनौती देते हैं।

वह जब पहली बार अपने गांव के प्राइमरी पाठशाला में पढ़ने गया तब अपने शिक्षक से डांट व दंड पाने पर उसने पाठशाला कभी नहीं जाने का फैसला कर लिया। वह अन्य छात्रों के अलावा सी.बी.एस.इ बोर्ड और ए.आई.ई.ई.ई के 6 बैचों को भी पढ़ाते हैं।

प्रारंभ में उसने 10 वीं और 12 वीं के ही छात्रों के अध्यापन का कार्य शुरू किया था लेकिन बाद में जब उसके छात्रों में से कुछ ए.आई.ई.ई.ई और एस.एस.सी के लिए चुन लिये गये तो लोगों को उसकी असाधारण प्रतिभा का पता होने लगा और तब उसने आई.आई.टी, सी.पी.एम.टी, ए.आई.ई.ई.ई और एस.एस.सी के उम्मीदवारों का अध्यापन भी शुरू कर दिया। धीरे–धीरे उसकी गणित, भौतिकी और रसायन–विज्ञान विषय पर मजबूत पकड़ बन गई और फिर उसने एक अनुशिक्षण संस्था खोल लिया।

दिनेश द्विवेदी कहते हैं – मैं कभी भी स्कूल नहीं गया और जो कुछ भी मैंने सीखा है वह घर पर सीखा है। उनको टाइम्स ग्रुप द्वारा दिये जाने वाले 'यंग अचीवर' पुरस्कार से सम्मानित किया गया है।

लोकप्रिय फिल्म 3 इडियट्स में आमिर खान के चरित्र का नाम 'रैंचो' अब शहर में दिनेश द्विवेदी का लोकप्रिय उपनाम बन गया है।

A Fourteen Year Old Real Life 'Rancho'

This boy of Allahabad who has never been to any school is being seen as the boy wonder of the city. He is coaching students aspiring for IIT, AIEEE, CPMT and other competitive exams. Nearly 250 students are taking the coaching under this wonder kid and are hoping to make it big. This Child-Guruji has a brilliant track record in training his students.

He has produced more than 25 IITians, 15+ CPMTians. And 32+ students from his coaching have been selected in the AIEEE during the last couple of years. After just four months of coaching in the small rented room of Dinesh Dwivedi, 8 out of 12 students have cleared the AIEEE exam, while four others have cleared the SSC exams. He challenges teachers of the top institutions to test his skill in case they doubt his capability.

He was reprimanded by his teacher and punished when he first went to the Primary School in his village. He then decided that he will never go to the school. He teaches 6 batches of CBSE board and AIEEE besides others.

Initially, he began teaching students of class 10th and 12th only. Afterwards, as the words of his exceptional talent spread and some of his students got selected to AIEEE and SSC, he started teaching aspirants of IIT, CPMT, AIEEE and SSC. Gradually, his command over Math, Physics and Chemistry became stronger and in due course he opened his own coaching classes in the city.

"I never went to school and whatever I have learnt I have learnt at home", says Dinesh Dwivedi, who has been awarded with the young achiever's award given by the 'Times group'.

'Rancho', the screen name of Amir Khan in the popular movie '3idiots' has now been popularly assigned to Dinesh Dwivedi as a nick name in the city.

वेद : परम ज्ञान की उत्कृष्टतम् किताब

वेद हिन्दू धर्म के, या और अधिक सही शब्दों मे कहें तो सनातन धर्म के सबसे पुराने ग्रंथ हैं। 'वेद' एक संस्कृत शब्द है जिसका अर्थ है 'ज्ञान/प्रज्ञा'। माना जाता है कि वेद ईश्वर द्वारा सीधे मानव जाति को सुनाया गया है और इसीलिये इन्हें 'श्रुति' (सुना) कहा जाता है, जो कि अन्य धार्मिक ग्रंथों से भिन्न है जिन्हें 'स्मृति' (स्मरण) कहा जाता है।

भारतीय पौराणिक कथाओं के अनुसार चार वेद हैं, अर्थात् ऋग्वेद, साम–वेद, यजुर्वेद और अथर्ववेद।

वेद सनातन धर्म के प्राथमिक ग्रंथों के रूप में माना जाता है जिनका अन्य धार्मिक विचारों और आंदोलनों के अलावा बौद्ध धर्म, जैन धर्म और सिख धर्म के आध्यात्मिक दर्शन पर भी एक व्यापक प्रभाव था।

परंपरागत रूप से वेदों के ग्रंथों को ब्रह्मांड के साथ हम–उम्र, यानी उसी युग का माना जाता है। दुनिया भर के विभिन्न विद्वानों ने ऋग्वेद को चारों वेदों मे सबसे पुराना वेद माना है जो कि शायद 1500 ई.पू. से अस्तित्व में आया और लगभग 600 ई.पू. में संहिताबद्ध किया गया था। हालांकि यह अभी भी अज्ञात ही है कि अंत में यह लेखन के लिए कब प्रतिबद्ध किया गया था।

वेदों मे प्राचीन भारत के स्तोत्र, मंत्र और अनुष्ठान होते हैं। वे अभी *बुक ऑफ द डेड, एनुमा एलिश, आइ चिंग,* और *अवेस्ता* के साथ अस्तित्व में होने वाले सबसे प्राचीन धार्मिक ग्रंथों में से एक हैं। आध्यात्मिक मूल्यों के अलावा, वेद हजारों–हजारों साल पहले के भारतीय समाज की रोजमर्रा की जिंदगी का एक अनूठा परिदृश्य प्रदान करते हैं। तुलनात्मक भाषा विज्ञान के अध्ययन के लिए भी वेद अमूल्य हैं क्योंकि भारतीय–यूरोपीय भाषा में वो सबसे प्राचीन व्यापक ग्रंथों मे से एक हैं।

ऐसा माना जाता है कि वेद अनादि–काल से मानव जाति के बीच में हैं।

Vedas : The Book of Ultimate Knowledge and Wisdom

Vedas are the oldest scriptures of the Hinduism, or to be more precise, the Sanatan Dharm. It is a Sanskrit word meaning 'knowledge/wisdom'. They are supposed to have been directly revealed to the mankind and that's why they are called *Sruti* (heard) as different from the other religious texts which are called *Smriti* (Remembrance).

There are four Vedas as per the Indian mythology, namely, *the Rig Veda, the Sama Veda, the Yajur Veda and the Atharva Veda.*

The Vedas are considered as the primary texts of the Hinduism. They also had a vast influence over the spiritual philosophies of Buddhism, Jainism, and Sikhism besides other religious thoughts and movements.

Traditionally, the texts of the Vedas are considered to be coeval with the universe (i.e. something of the same era or age). However, different scholars from all over the world have determined that the Rig Veda – which is the oldest of the four Vedas - was probably composed about 1500 BC, and codified about 600 BC. It is still unknown when it was finally committed to writing.

The Vedas contain hymns, incantations and rituals from the ancient India. They are among the most ancient religious texts still in existence along with the Book of the Dead, the Enuma Elish, the I Ching, and the Avesta. Besides their spiritual values, the Vedas provide a unique view of the everyday life in the Indian society thousands and thousands of years ago. The Vedas are also invaluable to the study of comparative linguistics because they are the most ancient extensive texts in an Indo-European language.

It is believed that Vedas are available to the humanity since time immemorial.

ब्रिटिश सरकार पर पहला बम फेंकने वाला जांबाज़ लड़का

भारत के स्वतंत्रता संग्राम में खुदीराम बोस (1889–1908) सोलह वर्ष की युवा उम्र वाले वो असाधारण नायक थे जिन्होंने ब्रिटिश सरकार पर पहला बम फेंका। वह भारत के पहले और सबसे कम उम्र के स्वतंत्रता सेनानीयों में से एक थे।

30 अप्रैल 1908 की रात को मुजफ्फरपुर के यूरोपीयन क्लब के बाहर खुदीराम और प्रफुल्ल चाकी एक रिवाल्वर और बम लेकर किंग्सफोर्ड की घोड़ा–गाड़ी के निकलने के साथ ही लक्ष्य साध के गाड़ी पर बम फेंक दिया। बम विस्फोट के बाद खुदीराम और प्रफुल्ल अलग–अलग दिशाओं में भाग गए। जिस गाड़ी पर खुदीराम ने बम फेंका किंग्सफोर्ड सौभाग्य से उसमें नहीं था बल्कि उसके मेहमान कैनेडी परिवार सहित उस गाड़ी में थे। कैनेडी की बेटी और नौकर की तो तुरंत मौत हो गई जबकि श्रीमती कैनेडी की बाद में। समस्तीपुर रेलवे स्टेशन पर पुलिस द्वारा घेरे जाने के बाद प्रफुल्ल ने स्वयं को गोली मार ली। खुदीराम को बाद में एक स्टेशन से चाय पीते समय गिरफ्तार कर लिया गया।

न्यायाधीश ने जब खुदीराम को मौत की सजा सुनाई तब खुदीराम सहजता से मुस्कराये। हैरान न्यायाधीश ने पूछा कि क्या वह उनके कहे गए वाक्य का स्पष्ट अर्थ समझ गया है? खुदीराम ने कहा 'हां'। न्यायाधीश द्वारा जब उनसे पुनः पूछा गया कि वह कुछ कहना चाहते हैं? तब खुदीराम ने उसी मुस्कान के साथ कहा – 'अगर उन्हें कुछ और समय दिया जा सकता हो तो वह न्यायाधीश को बम बनाने का कौशल सिखा सकते हैं।' अपमानित न्यायाधीश ने तुरंत उन्हें अदालत से बाहर ले जाने के निर्देश दिये।

शुरू में खुदीराम ने 7 दिनों के अन्दर उच्च न्यायालय में अपील करने के कानूनी समय के अन्दर अपील करने से इन्कार कर दिया, परन्तु बाद में लोगों ने उन्हें ये समझा कर कि वह अपील द्वारा देश की और अधिक सेवा कर सकता है, उन्हें अपील करने के लिये राजी कर लिया।

एकतरफा सुनवाई के बाद खुदीराम को मौत की सजा सुनाई गई और 11 अगस्त 1908 को उन्हें फांसी दे दी गई। तत्कालीन समाचार पत्रों के अनुसार जब फांसी की टोपी उनके सिर पर डाली जा रही थी तब वो बहुत प्रसन्नचित मुद्रा में मुस्कुरा रहे थे।

खुदीराम की शहादत ने तत्कालीन बंगाल के युवाओं में देश के लिए शहादत देने की मानसिकता प्रज्वलित कर दी।

The Boy Who Hurled the First Bomb on the British Government

Khudiram Bose (1889-1908) was the exceptional hero of India's independence struggle who hurled the first bomb on the British Govt. At the young age of sixteen, Bose planted bombs near police stations and targeted government officials.

It was on the night of April 30, 1908 that Khudiram and Profulla Chaki, carrying a revolver and a bomb, approached the European Club at Muzaffarpur and waited for the carriage of Kingsford. As the horse carriage came out, Khudiram aimed and threw the bomb at the carriage. After the bomb exploded, Khudiram and Profulla fled in different directions.

The British officer Kingsford was luckily not in the carriage on which Khudiram threw the bomb. His guests Kennedy & family were in that carriage. Kennedy's daughter and a servant died instantly, while Mrs. Kennedy died after a couple of days.

Profulla was cornered by the police at the Samastipur railway station, and he committed suicide. Khudiram was later arrested from a station. 'Khudiram Bose Pusa' is the new name of the railway station from where Khudiram was arrested while he was having tea.

When the Judge pronounced the death sentence for him, Khudiram just smiled. The surprised judge asked if he understood the meaning of the sentence just pronounced? Khudiram replied 'yes'. When the judge asked him again whether he had anything to say, Khudiram replied- 'if he could be given some time, he could teach the skill of bomb-making to the judge'. The insulted Judge instructed the police to immediately escort the boy out of the courtroom.

Khudiram had 7 days legal time to appeal to the High Court. But initially Khudiram refused to make an appeal. However, others convinced him to appeal so that he could serve the country more.

After a farcical trial, Khudiram was sentenced to death for the murder of the 3 people. He was hanged on 11th of Aug. 1908. It is reported that he was cheerful and smiling when the cap was put over his head for hanging. He was one of the first and the youngest freedom fighter of India.

The martyrdom of Khudiram ignited a new competition among the youth of Bengal – *"Kill the British and embrace martyrdom"*.

परखनली शिशु – क्या यह आधुनिक चिकित्सा विज्ञान का एक अविष्कार है ..?

चिकित्सा विज्ञान के आधुनिक इतिहास के अनुसार, लुई ब्राउन दुनिया की पहली परखनली शिशु हैं, जिनका जन्म 25 जुलाई 1978 को लंदन में हुआ था। और इसके सिर्फ 70 दिनों के बाद दूसरे परखनली शिशु 'दुर्गा' का जन्म भारत में कलकत्ता के डॉ. सुभाष मुखोपाध्याय के निजी फ्लैट मे 3 अक्तूबर 1978 को हुआ। इस तकनीक को 'इन विट्रो फर्टलाइजेशन' कहा जाता है और दुनिया इसे एक महान मानव चमत्कार मानती है।

उपरोक्त के संदर्भ में पहले हम ये जान लें कि हमारे 'ऋग्वेद' मे क्या कहा गया है। ऋग्वेद के अनुसार, अगस्त्य ऋषि मां के पेट में नहीं बल्कि एक बर्तन में निषेचित किये गये थे {ऋग्वेदः 7–33–13}.

महान भारतीय महाकाव्य 'महाभारत' मे गुरु द्रोणाचार्य का जन्म 'द्रोणी' नामक पात्र में किसी भी स्त्री अंडाणु के बिना मात्र पुरुष शुक्राणु से ही पैदा हुआ बताया गया है। द्रोण का जन्म भारद्वाज ऋषि के तकनीकी मार्गदर्शन एवं देख–रेख में हुआ था।

'महाभारत' मे ही गांधारी द्वारा जब स्व–गर्भपात किया गया था तब ऋषि व्यास ने उसके भ्रूण को 101 भागों मे विभक्त कर 101 हंडियों मे संरक्षित कर लिया था जिनसे बाद मे 100 कौरव भाई और एक बहन का जन्म हुआ।

ऋषि गौतम ने इसी प्रकार जुड़वाँ कृपा और कृपी की उत्पत्ति की थी। इस प्रकार के कई और उदाहरण भी हमारे इतिहास में मिलते हैं।

चूंकि ये प्रमाणित है कि महाभारत एक वास्तविक घटना है और यह इतिहास की एक सच्चाई है, अतः उक्त उदाहरणों के आधार पर यह अनुमान लगाना मुश्किल नहीं है कि परखनली शिशु के विज्ञान का जन्म सर्वप्रथम कहाँ पर हुआ था।

Test Tube Baby – Is It An Invention of the Modern Medical Science..?

According to the modern history of medical science, Louise Brown, the 1st Test Tube baby of the world was born on 25 July 1978 in London, and just 70 days after this, the 2nd test tube baby 'Durga' was born in India on 3rd Oct. 1978 in a private flat of Dr Subhas Mukhopadhyay in Calcutta. The technology is called *In Vitro Fertilisation* and it was called a human miracle.

In context of the above news, let us first examine what our *'Rigveda'* says. According to it, sage Agastaya was fertilized in a pot, not in a mother's womb.*{Rigveda:* 7-33-13}

If one goes through the great Indian epic 'Mahabharat', one can find that Dronacharya is said to have been born only from the sperm of a male without any female ovum, in a vessel called 'Droni'. Sage Bhardwaj had supervised Dron's birth with his technical guidance.

The story about the birth of 100 Kaurav brothers and one sister says that when Gandhari had undergone self-abortion, sage Vyasa had collected the foetus, split it in 101 parts, and preserved it in 101 pots which later produced the 100 Kaurav brothers with one sister.

The twins Kripa & Kripi were similarly created by the sage Gautam. There are many such instances.

'Mahabharat' has evidences to be called a real event and a truth of history. It is anybody's guess where the science of 'Test Tuby Baby' first originated.

पुर्तगाली आक्रमणकारियों को बार–बार हराने वाली रानी अब्बाक्का चौटा

पुर्तगाल के लोग रानी अब्बाक्का को कभी नहीं भूल सकते क्योंकि 16 वीं सदी के मध्यकाल में जब भी उन्होंने 'उल्लाल' की समृद्ध और रणनीतिक दृष्टिकोण से उपयोगी तटीय कर्नाटक क्षेत्र पर कब्जा करने की कोशिश की तब तब उनको रानी अब्बाक्का से हार का सामना करना पड़ा। वह एक ऐसी महान योद्धा थीं जिसने लगभग चार दशकों के लंबे समय तक अपने राज्य में पुर्तगालीयों को घुसने नहीं दिया था।

उनके क्षेत्र के लोगों ने उनकी बहादुरी के कारण उन्हें एक उप–नाम 'अभय रानी' दे दिया था। एक बार उन्होंने जंगल में छुप कर रहते हुए रातभर में मात्र 200 सैनिकों को इकठ्ठा कर पुर्तगालीयों के साथ युद्ध किया और पुर्तगालीयों को हरा दिया। वह औपनिवेशिक शक्तियों से लड़नेवाले प्रथम भारतीयों में से एक थीं। उन्हें कई लोग 'भारत की पहली महिला स्वतंत्रता सेनानी' भी मानते हैं।

रानी अब्बाक्का 'उल्लाल' के चौटा वंश की एक जैन रानी थीं जिनका तटीय कर्नाटक (तुल्लूनाडु) के कुछ हिस्सों पर शासन था। इस वीरांगना की कहानी को लोकप्रिय लोक–गीतों और लोकप्रिय लोक–थिएटर के माध्यम से पीढ़ी दर पीढ़ी लोगों को सुनाया जाता रहा है। प्रचलित दंतकथाओं के अनुसार लोग दावा करते हैं कि रानी अब्बाक्का पुर्तगालीयों के खिलाफ युद्ध में अग्निवाण का इस्तेमाल करने वाली आखिरी ज्ञात व्यक्ति थीं।

रानी अब्बाक्का को समुचित गौरवपूर्ण श्रद्धांजलि के रुप में भारतीय तटरक्षक बल ने अपने प्रथम पांच आई.पी.वी. (तटीय गश्ती पोत) के पहले पोत का नामकरण 'रानी अब्बाक्का' के नाम पर किया है, जो कि हिंदुस्तान शिपयार्ड लिमिटेड द्वारा विशाखापत्तनम में 28 मई 2009 को जलावतरित की गई। जनवरी 2012 में विशाखापट्टनम में यह पोत प्रवर्तन में लाई गई।

रानी अब्बाक्का जैनधर्मी थीं, फिर भी उनके प्रशासन और उनकी सेना में अन्य सभी संप्रदायों और जातियों के लोगों का प्रतिनिधित्व था।

Rani Abbakka Chowta Who Defeated the Portuguese Invaders Time and Again

The Potuguese will never forget Rani Abbakka who defeated them time and again whenever they tried to capture 'Ullal', the rich and strategically useful coastal Karnataka area, during the middle of the 16th century. She was such a great warrior that she kept the Portuguese away from her kingdom for as long as nearly four decades.

Due to her bravery, the people of the region had nick named her as "Abhaya Rani" (the fearless queen). Once she fought the Portuguese with just 200 soldiers assembled in one night during her hiding in jungle and still defeated the Portuguese. She was one of the earliest Indians to fight the colonial powers and is regarded by many as the 'first woman freedom fighter of India'. Rani Abbakka was the Jain queen of Ullal. She belonged to the Chowta dynasty who ruled over parts of coastal Karnataka (Tullu Nadu).

The queen's story has been retold from generation to generation through popular folk songs and popular folk theatre. Legends also claim that Rani Abbakka was the last known person who had used the fire-arrow in her fight against the Portuguese. In a fitting tribute, the first of the five IPVs (Inshore Patrol Vessel) for the Indian Coast Guard, launched on 28 May 2009 at Hindustan Shipyard Limited, Visakhapatnam, was named after "Rani Abbakka". The Vessel was commissioned in Vishakhapatnam in January, 2012.

Though Abbakka was a Jain by faith, her administration and her army was well represented by the people from all sects and castes.

एक साहसिक विचारों वाला मौलाना जो कृष्ण से प्यार करता था

भारतीय स्वतंत्रता सेनानियों का एक प्रसिद्ध नारा था 'इंकलाब जिंदाबाद'। इस नारे ने इसके रचयिता सैयद फज़ल उल हसन उर्फ हसरत मोहानी उर्फ इकबाल को अमर कर दिया। वह एक ऐसे व्यक्ति थे जिनको सचमुच मनमौजी कहा जा सकता है। नरमपंथियों की इच्छा के खिलाफ हसरत मोहानी ने सार्वजनिक रूप से 'तिलक' के कट्टरपंथी सोच का पुरजोर समर्थन किया। वह एक ऐसे विरल मौलाना हैं जिन्होंने कृष्ण के प्रति अपने गहरे प्रेम को व्यक्त करने वाले छंदों को लिखा है। इकबाल अक्सर कृष्ण जन्माष्टमी का जश्न मनाने के लिए मथुरा का दौरा किया करते थे।

राम प्रसाद बिस्मिल के साथ मिलकर हसरत मोहानी ने 1921 में कांग्रेस की साधारण सभा में 'पूर्ण स्वराज' के प्रस्ताव को पारित कराने में एक सक्रिय भूमिका निभाई। हसरत मोहानी ने स्वतंत्रता आंदोलन में भाग लिया था और उन्हें गिरफ्तार कर के कई वर्षों के लिये लिए जेल में भी बंद किया गया था। वह भारतीय इतिहास के शायद पहले व्यक्तियों में से थे जिन्होंने 1921 में 'आज़ादी–ए–कामिल' यानी पूर्ण स्वतंत्रता का आह्वाहन किया।

उन्होंने खुले तौर पर ब्रिटिश विरोधी विचारों को बढ़ावा दिया और मिस्र के विरुद्ध ब्रिटिश नीतियों के खिलाफ एक लेख प्रकाशित किया। उनके ऊपर राजद्रोह का आरोप लगाया गया लेकिन वो अपने विचारों से डगमग नहीं हुए, और इस कारण उनको 12 महीने के सश्रम कारावास का सामना करना पड़ा। कुछ उर्दू कविगण और कई मुसलमान आज़ादी के बाद पकिस्तान चले गये, लेकिन ऐसे नेताओं के व्यवहारों के विपरीत वह आज़ादी के बाद भी भारत में ही रहे।

उनको भारतीय संविधान का मसौदा तैयार करने वाली संविधान समिती का सदस्य बनाया गया था लेकिन यह कह कर उन्होंने इस पर हस्ताक्षर करने से इन्कार कर दिया कि उनकी समझ के अनुसार इसमें उन्होंने कुछ मिथ्याचार देखा है और उस विषय पर वो न्याय के लिए लड़ाई लड़ेंगे।

उनके द्वारा लिखित एक बहुत ही लोकप्रिय गज़ल है 'चुपके चुपके रात दिन', जिसे 'निकाह' फिल्म में फिल्मांकित किया गया है और जिसको गुलाम अली की गायकी ने काफी लोकप्रिय बनाया है।

The Man with Courageous Opinion... and the Maulana Who Loved Krishna

The famous slogan of the Indian freedom fighters 'INQUILAB ZINDABAD' coined by Syed Fazl-ul-Hasan alias Hasarat Mohani alias Iqbal, made him immortal. He was a kind of person who can be called a true maverick. Hasarat Mohani publicly championed the radical thinking of 'Tilak' against the wishes of the moderates. He is a rare Maulana who wrote verses expressing deep love for Krishna. He frequently visited Mathura to celebrate Janmashthmi.

In1921, Hasrat Mohani along with Bismil, played an active role in the Congress to get the most debated proposal of *Poorn Swaraj* passed in the General Body meeting. Hasrat Mohani participated in the freedom movement and was arrested and jailed for many years. He was one of the very first person in the Indian History who in 1921, called for 'Azadi-e-Kaamil' i.e. Complete Independence.

He openly promoted anti-British ideas and published an article against British policies in Egypt. He was charged with sedition but did not budge and faced 12 months Rigorous Imprisonment. Unlike some Urdu poets and many Muslim leaders who moved to Pakistan, he stayed in India after the independence. He was made a member of the constituent assembly which drafted the Indian constitution. But he never signed it, because he saw some hypocrisy in it, and promised to fight for justice.

A very popular ghazal 'Chupke Chupke Raat Din' made popular by Ghulam Ali, was written by him. It featured in the film 'Nikaah'.

कोनेरू हम्पी – दिमाग के खेल में एक तेज़ दिमाग

वर्ष 2002 में कोनेरू हम्पी विश्व में सबसे कम उम्र की महिला शतरंज ग्रैंडमास्टर बन गईं थीं। उनकी उम्र थी मात्र 15 वर्ष। अक्टूबर 2007 में उन्होंने 2606 की FIDE रेटिंग हासिल की और इस प्रकार वह जुडिट पोल्गर के बाद दुनिया की दूसरी महिला खिलाड़ी बनीं जिसने 2600 इलो निशान को पार किया। वह चार विश्व चैम्पियनशिप जीत चुकी हैं।

उन्होंने वर्ष 2000 में एशियाई जूनियर गर्ल्स चैम्पियनशिप जीती और वर्ष 2002 में विश्व जूनियर गर्ल्स चैम्पियनशिप का खिताब जीता।

कोनेरू ने FIDE महिला ग्रां प्री 2009–2011 में भाग लिया और वहां पर वो समग्र रुप से दूसरे स्थान पर रहीं। उक्त श्रेणी प्राप्त करने के कारण वह 2011 की महिला विश्व शतरंज चैम्पियनशिप के लिए चुनौती पेश करने की हकदार बन गईं। FIDE महिला ग्रां प्री 2013–14 के अंतिम चरण में हू यिफान के साथ मुकाबले में वह उपविजेता रहीं।

वह सिर्फ 5 साल की थीं जब उन्होंने शतरंज खेलना शुरू किया। कोनेरू कई भारतीय, एशियाई और विश्व युवा चैम्पियनशिप जीत चुकी हैं। 2000 के ब्रिटिश शतरंज चैम्पियनशिप में महिला खिताब जीतने के साथ ही उन्होंने 61 साल पुराने सबसे कम उम्र में ब्रिटिश महिला खिताब के विजेता बनने के रिकॉर्ड को तोड़ दिया।

कोनेरू 2004 में एलिस्ता में आयोजित FIDE महिला विश्व चैम्पियनशिप में सबसे ज्यादा अनुमोदन प्राप्त रेटिंग वाली खिलाड़ी थीं, और उन्होंने सेमीफाइनल तक का सफ़र तय किया। उन्होंने 2012 का FIDE महिला ग्रां प्री जीता, और फिर अंकारा में भी ग्रां प्री जीता।

भारत की प्रथम महिला ग्रैंड मास्टर एस. विजयलक्ष्मी के शब्दों में – 'भारतीय शतरंज में उन्होंने इससे अधिक नैसृंगिक प्रतिभा नहीं देखी है। कौन जानता है, वह दूसरी आनंद हो सकती हैं।'

Koneru Humpy – The Brilliant Mind in a Mind Game

Koneru Humpy became the youngest ever Women Chess Grandmaster in 2002 at the age of 15 years. In Oct 2007, she achieved a FIDE rating of 2606, thus becoming the second female player in the world after Judit Polgár, to exceed the 2600 Elo mark. She has won four World Championships.

She won the Asian Junior Girls Championship in 2000 and the World Junior Girls Championship in 2002.

Koneru participated in the FIDE Women's Grand Prix 2009–2011 and was placed 2nd overall, which entitled her to become the challenger for the Women World Chess championship in 2011. She was runner-up in the FIDE Women's Grand Prix 2013-14, losing to Hou Yifan in the final stage.

She began playing chess when she was just 5 years old. She has also won a number of Indian, Asian and World Youth Championships. She has won the Women's title in the 2000 British Chess Championships to break a 61-year old record by becoming the youngest winner of the British Ladies title.

Koneru was the rating favourite in the FIDE Women's World Championship 2004, held in Elista, and progressed as far as the semi-final. She won the FIDE Women's Grand Prix-Kazan in 2012, and also won the Grand Prix in Ankara.

In the words of India's 1st women grand master S. Vijaylaxmi - "She is the most natural talent she has seen in Indian chess. Who knows, she could be second Anand."

'परम वीर चक्र' से सम्मानित देश के एकमात्र फ्लाइंग ऑफिसर

फ्लाइंग ऑफिसर निर्मल जीत सिंह सेखों, 18 स्क्वाड्रन 10877 एफ (पी) "परम वीर चक्र" से सम्मानित भारतीय वायु सेना के एकमात्र स्टाफ सदस्य हैं। 1971 के भारत–पाक युद्ध के दौरान उन्होंने पाकिस्तानियों द्वारा श्रीनगर हवाई अड्डे पर किये गए हवाई हमले से रक्षा के लिए अकेले ही सफलता पूर्वक जान की बाजी लगा दी। परम वीर चक्र पुरस्कार के प्रशस्ति पत्र के वाक्य हमें उनकी वीरता की एक झलक देते हैं–

"फ्लाइंग ऑफिसर निर्मल जीत सिंह सेखों श्रीनगर में स्थित फोलैंड ग्नैट टुकड़ी के एक पायलट थे। अंतर्राष्ट्रीय समझौते के अनुसार पाकिस्तान के साथ युद्धस्थिति के प्रादुर्भाव तक कोई भी हवाई–रक्षा विमान श्रीनगर हवाई अड्डे पर स्थापित नहीं थे इसलिए सेखों इलाके के ऊँचाइयों, तीखी सर्द हवाओं व जलवायु के साथ अभ्यस्त नहीं थे। फिर भी युद्ध के शुरू से ही वो और उनके सहयोगी बड़ी वीरता के साथ पाकिस्तानी विमानों के लगातार घुसपैठों से लड़ रहे थे। 14 दिसंबर 1971 को श्रीनगर एयरफील्ड के ऊपर दुश्मन के छह 'सेबर' विमानों की एक लहरियों ने हमला किया था। फ्लाइंग ऑफिसर सेखों उस समय वहां पर तत्पर ड्यूटी पर थे। वह सिर्फ इसलिए वहां से तुरत उड़ान नहीं ले सके क्योंकि उसी समय पर उड़े एक और विमान के कारण वहां धूल के बादल मंडरा रहे थे। हवाई–पट्टी के उड़ान भरने लायक होने तक वहां कम से कम छह दुश्मन विमान ऊपर मंडरा रहे थे और गोलाबारी जारी थी। इन गंभीर विपरीत परिस्थितियों व जानलेवा खतरे के बावजूद फ्लाइंग ऑफिसर सेखों ने उड़ान भरी और हमलावर 'सेबर' की एक जोड़ी से पेड़ के बराबर की ऊंचाईयों पर जबरदस्त युद्ध करने लगे। लेकिन अंत में वो दुश्मनों के संख्याबल के मुकाबले में कमजोर पड़ गये। उनका विमान दुर्घटनाग्रस्त हुआ और वह शहीद हो गये। श्रीनगर की रक्षा के लिए खुद का बलिदान करते हुए सेखों ने अपना लक्ष्य प्राप्त किया। दुश्मन के विमान शहर और हवाई क्षेत्र में हमला किये बगैर वहां से भाग लिये। निश्चित मौत का सामना करते हुए और अपने कर्तव्य के आह्वाहन से भी ऊपर उठते हुए फ्लाइंग ऑफिसर सेखों द्वारा प्रदर्शित उत्कृष्टतम् वीरता, सर्वोच्च बहादुरी, उड़ान कौशल और दृढ़ संकल्प ने वायु सेना की परंपराओं को नई ऊंचाइयां प्रदान की है।"

सेखों के साथ लड़ने वाले पाकिस्तानी वायु सेना के विंग कमांडर सलीम बेग मिर्जा ने 30 साल के बाद सेखों की वीरता की प्रशंसा लिखी है। दुश्मन द्वारा की गई प्रशंसा किसी के वीरता का निर्णायक व श्रेष्ठतम् प्रमाण होता है।

The One and Only Param Vir Chakra Awardee Flying Officer

Flying Officer Nirmal Jit Singh Sekhon, 18 Squadron 10877 F (P), is the recipient of the only "Param Vir Chakra" awarded to an Indian Air Force Personnel. He undertook a lone and fatal defence of the Srinagar Air Base when it was attacked by the PAF during the 1971 Indo-Pak War. The highlights of his citation for the "Param Vir Chakra" award give us a glimpse of his valour. It reads:

"Flying Officer Nirmal Jit Singh Sekhon was a pilot of a Folland Gnat detachment based at Srinagar. In accordance to the international agreement, no air defence aircraft were based at Sirinagar. Flying Officer Sekhon was, therefore, unfamiliar with the terrain of Srinagar, especially its bitter cold and biting winds. Nevertheless, he and his colleagues fought successive waves of intruding Pakistani aircraft with valour and determination. On 14th December 1971, Srinagar Airfield was attacked by a wave of six enemy Sabre aircraft. Sekhon was on readiness duty at the time. However, he could not take off at once because of the clouds of dust raised by another aircraft. Soon, no fewer than six enemy aircraft were overhead, and strafing of the airfield was in progress. Nevertheless, in spite of the mortal danger of attempting to take off during an attack, Flying Officer Sekhon took off and immediately engaged a pair of the attacking Sabres. In the fight that followed, at tree top height, he all but held his own, but was eventually overcome by sheer weight of numbers. His aircraft crashed and he was killed. In thus, sacrificing himself for the defence of Srinagar, Flying Officer Sekhon achieved his object, for, the enemy aircraft fled from the scene of the battle without pressing home their attack against the town and the airfield. The sublime heroism, supreme gallantry, flying skill and determination, above and beyond the call of duty, displayed by Flying Officer Sekhon in the face of certain death, set new heights to Air Force traditions."

Wing Commander Salim Baig Mirza (Rtd.) of the Pakisatani Air Force who fought with Sekhon wrote highly about Sekhon's valour after 30 years. Praise by enemy is the ultimate proof of one's valour.

गन्ने से चीनी बनाना गुप्त वंश के समय का अविष्कार है

2000 से अधिक साल पहले गन्ने के रस से गन्ना चीनी कणिकाओं के निर्माण की प्रणाली का अविष्कार भारत में किया गया था। प्राचीन काल में लोग गन्ने की मिठास को निकालने के लिए इसे कच्चे स्वरूप में ही चबाया करते थे। गुप्तवंश के सम्राट के शासनकाल के दौरान भारतीयों ने चीनी के मणिभीय गुण को खोजा और कालांतर में दुनिया के कई देशों ने भारत से चीनी बनाने की इस प्रक्रिया को सीखा।

मिसरी वाली चीनी का सबसे पुराना संदर्भ केवल भारत से ही आता है। गुप्तवंश के शासनकाल को भारत का स्वर्ण युग कहा जाता है क्योंकि उस काल में सब कुछ निखारा गया था। विज्ञान और प्रौद्योगिकी के क्षेत्र में व्यापक अविष्कार किये गये। और ये परिष्कृत चीनी व मणिभीय चीनी उनमें से ही एक थी।

बौद्ध भिक्षुओं की यात्रा के साथ चीनी बनाने की यह प्रक्रिया चीन तक पहुँच गयी। चीनी को परिष्कृत करने की प्रौद्योगिकी प्राप्त करने हेतु कम से कम दो शिष्टमंडलों के 647 ईस्वी में भारत यात्रा का ज़िक्र चीनी दस्तावेजों में है। छठवीं शताब्दी तक चीनी उत्पाद के लिए खेती और इसकी प्रणाली फारसियों के बीच पहुंच गयी थी। अरबों द्वारा इसको भूमध्य क्षेत्र से परिचित कराया गया और फिर ये प्रणाली धीरे–धीरे यूरोप एवं अन्य देशों तक पहुँच गई।

भारतीय नाविकों तथा घी और चीनी के उपभोक्ताओं ने विभिन्न व्यापार मार्गों से चीनी का लेन–देन किया। उत्तर भारत में हर्ष (606–647) के शासनकाल के दौरान सम्राट ताईजोंग (626–649) की चीनी के प्रति रुचि दिखाई देने के बाद चीन में भारतीय राजदूत ने गन्ने की खेती के तौर–तरीकों और चीनी बनाने की प्रणाली को वहां पर सिखाया। पूरी दुनिया को आकर्षित कर रहे ब्रिटिश–भारत में चीनी के उत्पादन से संबंधित एक रिपोर्ट को ब्रिटिश संसद में एक मंत्री ने 15 मार्च 1792 को पेश किया।

चीनी आज की दुनिया में अपरिहार्य है .....ठीक उसी प्रकार जैसे भारतीय अविष्कार और भारतीय प्रतिभायें।

Sugar from Sugarcane is an Invention During the Reign of Gupta Dynasty

The invention of the system of manufacture of cane sugar granules from the sugar cane juice was done in India over 2000 years ago. Originally, people chewed sugarcane in its raw form to extract its sweetness. During the reign of the Emperor Gupta, Indians discovered how to crystallise sugar. In due course, many countries of the world learnt this process from India.

The earliest reference of candied sugar comes from India only. The period of Guptas is called the Golden Age of India because everything flourished and extensive inventions in science and technology were done. Refined sugar and crystallised sugar was one of them.

This process travelled to China with traveling Buddhist monks. Chinese documents confirm at least two missions to India in 647, for obtaining the technology for sugar-refining. Sugar cultivation and processing had reached Persia by the 6th century AD. They were carried into the Mediterranean by the Arabs and then on to Europe and other places.

Indian sailors and the consumers of clarified butter and sugar carried sugar by various trade routes. During the reign of Harsha (606–647) in North India, Indian envoys in China taught sugarcane cultivation methods after Emperor Taizong (626–649) showed his interest in Sugar. On the 15th of March 1792, a Minister to the British Parliament presented a report related to the production of Sugar in British India which was attracting the whole world.

Sugar is indispensible in today's world...and so are the Indian inventions and talents.

कीमो–थेरेपी चिकित्सा में आमूल परिवर्तन लाने वाला भारतीय

शिलादित्य सेनगुप्ता ने भारत में स्नातकोत्तर छात्र के रूप में एक गैर–प्रदाहात्मक श्लेष्म विकसित किया था जिसे अब लोग 'निमुलिड' के नाम से जानते हैं। एक डॉक्टरेट के छात्र के रूप में भी वो पुराने घावों के लिए एक इलाज विकसित कर चुके हैं। परन्तु एक बच्चे के खिलौने ने उन्हें अपने जीवन के महानतम आविष्कार के लिए प्रेरित किया। एक नैनो स्केल यन्त्र – कैंसर के इलाज के लिए।

नैनो कोशिकाओं के पास मौजूदा व्यवस्थाओं से कहीं और अधिक प्रभावी ढंग से ट्यूमर का इलाज करने की क्षमता होती है, और साथ ही इसके दुष्प्रभाव को कम करने की क्षमता भी। 'मेलेनोमा' और फेफड़ों के कैंसर के इलाज के माउस–मॉडल में नैनो कोशिकायें काफी प्रभावी साबित हुईं हैं।

अपने कार्य की अभिकल्पना करने के लिए शिलादित्य ने 'पॉलिमर' और उन दवाओं का इस्तेमाल किया जो पहले से ही मानव उपयोग के लिए मंज़ूर हैं और इसलिए चिकित्सक बिना किसी झिझक के उन्हें नैदानिक परीक्षणों में युक्त कर सकते हैं।

वह एक उद्यमी और एक वैज्ञानिक के अतिदुर्लभ मिश्रण वाले व्यक्ति हैं। शिलादित्य सेनगुप्ता हार्वर्ड मेडिकल स्कूल में मेडिसिन के सहायक प्रोफेसर हैं और वर्तमान में वह त्वचा–विज्ञान (डर्मिटोलोजी) की दुनिया को बदलने के लिए अपने 'व्योम बायोसाइंसेज' में 'बेस्ट–इन–क्लास' दवाओं को विकसित कर रहे हैं जो कि त्वचा–विज्ञान के क्षेत्र में आमूल–चूल परिवर्तन ला सकता है। उन्होंने चार कंपनियों की स्थापना भी की है।

शिलादित्य कहते हैं – "मैं समझता हूँ कि समाज को विज्ञान के साथ बदला जा सकता है – मैं उद्यमिता में इसलिए हूँ क्योंकि मैं विज्ञान को कुछ इस तरह से आगे ले जाना चाहता हूँ जिसमें कि यह समाज के लिए लाभदायक हो सके।"

The Man Who Revolutionised the Chemo-Therapy of Cancer Treatment

Shiladitya Sengupta developed an anti-inflammatory gel as a master's student in India that is now known as 'Nimulid'. As a doctoral student, he also developed a cure for chronic wounds such as pressure sores. But a child's toy inspired him to his greatest innovation: a Nano scale device to treat cancer.

The Nano cells have the potential to treat the tumors more effectively than existing regimes and also to reduce its side effects. The Nano cells have proved effective in mouse models of melanoma and lung cancer. To design his work, he has used polymers and drugs already approved for human use. Therefore, doctors can move them into clinical trials without any hesitation.

He is a rare mix of an entrepreneur and a scientist. Shiladitya Sengupta is an Assistant Professor of Medicine at the Harvard Medical School. Currently he is developing best-in-class drugs for dermatology care in his Vyome Biosciences which aims to change the world of dermatology. He has founded four companies.

Shiladitya says - 'I believe that society can be changed with science. I am in entrepreneurship because I want to take science forward in a way in which it will benefit society.'

एक इस्लामी देश में प्रज्ञा के हिंदू भगवान

कुछ सौ साल पहले तक इंडोनेशिया मूल रूप से एक हिंदू संस्कृति वाला देश था। इंडोनेशियाई द्वीपसमूह के अंतिम प्रमुख शासक 14 वीं सदी के 'मजपाहित' साम्राज्य मुख्य रूप से हिंदू थे। इंडोनेशिया बाद में इस्लामिक देश बन गया। परन्तु समृद्ध हिंदू भारतीय संस्कृति को वहाँ के लोग अपने मन और आत्मा से मिटा नहीं पाये, जैसा कि उनके देश में सर्वव्यापी चित्रों, मूर्तियों और अन्य हिंदू प्रतीक चिन्हों से स्पष्ट होता है।

भगवान गणेश की छवि इंडोनेशिया के उच्च मूल्य वर्ग करेंसी नोट पर पाई जाती है। इस नोट पर 'हाजर देवान्त्रा' की तस्वीर है जिनका जन्म–दिन इंडोनेशिया में राष्ट्रीय शिक्षा दिवस के रूप में मनाया जाता है। भगवान गणेश हिंदू धर्म में ज्ञान के देवता के रूप में माने जाते हैं, और इस कारण गणेश जी का चित्र नोट के मुख्य विषय के साथ एकदम उपयुक्त बैठता है।

इंडोनेशिया ने हिंदू, बौद्ध और देशज धार्मिक परम्पराओं के पिछले मिश्रण को अभी भी बरकरार रखा है। यही कारण है कि देश में मुसलमानों का लोकप्रिय वर्गीकरण 'अबगन इस्लाम' और 'सन्त्री इस्लाम' के अनुयायियों के रूप में किया गया है। यानि कि समधर्मी बनाम रूढ़िवादी।

इंडोनेशिया के प्रथम राष्ट्रपति सुहार्तो सुकर्णो ने 4 जनवरी 1946 को 'द हिंदू' समाचार पत्र में प्रकाशित एक लेख में अपनी भावनाओं को कुछ इस प्रकार व्यक्त किया।

'मेरे हर देशवासी की रगों में भारतीय पूर्वजों का रक्त बहता है, और हमारे पास जो संस्कृति है वह भारतीय प्रभावों से काफी गहराई तक समृद्ध है। दो हजार साल पहले भाई–चारे की प्यार भरी भावना के साथ आपके देश से लोग जावा–द्वीप और सुवर्णा–द्वीप में आये थे। उनके द्वारा शक्तिशाली राज्यों को बनाने की पहल से ही श्री विजया, मातरम् और मजापाहित राज्य स्थापित हुए। हमने तब उन्ही देवताओं की पूजा करना सीखा जिनकी आप अब भी पूजा कर रहे हैं। और तब हमने जो संस्कृति बनाई वो आज भी आपकी खुद की संस्कृति के साथ काफी हद तक सारूप्य है। एक ज़माने के बाद हमने इस्लाम को अपना लिया, लेकिन ये धर्म भी तो भारत के दोनों तरफ से आने वाले लोगों द्वारा ही लाया गया था'

यह उपयुक्त ही कहा गया है कि – 'हिंदू धर्म एक धर्म नही है, बल्कि जीवन जीने का एक तरीका है'। और वास्तव में ये जीवन जीने का एक सुंदर तरीका ही तो है।

Hindu God of Wisdom in an Islamic Country

A few hundred years back, Indonesia was a predominantly Hindu culture country. The last major rulers of the Indonesian archipelago were the *Majapahit* Empire of the 14th century that was predominantly Hindu. Indonesia later converted to Islam. However, the rich Hindu Indian culture could not be erased from the mind and soul of the population as is evident by the omnipresent pictures, statues and other Hindu insignia in their country.

The high denomination currency note of Indonesia has the image of lord Ganesha over it. This currency note has the picture of Hajar Dewantra, whose birth date is celebrated as National Education Day in Indonesia. Lord Ganesha is considered as god of wisdom in Hinduism; therefore, it aptly fits with the main theme of the Note.

Indonesia has retained most of the previous blend of Hindu, Buddhist and native religious traditions. That's why Muslims in the country are popularly categorized as the followers of Abagan Islam & Santri Islam i.e. the Syncretic versus the orthodox.

Suharto Sukarno - the first president of Indonesia - in an article published in the newspaper 'The Hindu' on 4th Jan. 1946 wrote the following:

"In the veins of everyone of my people flows the blood of Indian ancestors and the culture that we possess is steeped through and through with Indian influences. Two thousand years ago, people from your country came to Jawadvipa and Suvarnadvipa in the spirit of brotherly love. They gave the initiative to found powerful kingdoms such as those of Sri Vijaya, Mataram and Majapahit. We then learnt to worship the very gods that you now worship still and we fashioned a culture that even today is largely identical with your own. Later, we turned to Islam: but that religion too was brought by people coming from both sides of India."

It is aptly said – *'Hinduism is not a religion; it's a way of life'*. And it's indeed a beautiful way of life.

एक अदम्य साहसी जो महिलाओं के हक़ व उत्थान के लिए लड़ा

डॉ धोंडो केशव कर्वे (1858 –1962) जीवन के सभी क्षेत्रों में महिलाओं के उत्थान हेतु कार्य करने वाले एक अग्रणी कार्यकर्ता थे। महर्षि कर्वे ने असाधारण धैर्य और दृढ़ता के साथ महिलाओं के खिलाफ समाज में व्याप्त कठोर सामाजिक लोकाचार को तोड़ा। उन्होंने महिलाओं की शिक्षा पर जोर दिया और विधवाओं के पुनर्विवाह की वकालत की। उन्होंने 100 साल की उम्र में स्वयं उपस्थित हो कर भारत–रत्न पुरस्कार प्राप्त किया।

बहुत कम उम्र में ही डॉ. कर्वे की पहली पत्नी की मौत हो गई। पुनर्विवाह हेतु उनको योग्य कन्या मिल सकती थी लेकिन उन्होंने 8 साल की उम्र में विधवा हुई एक युवा और उनके जैसी ही साहसी लड़की गोदुबाई से शादी कर ली। उन दिनों ऐसा काम करना बडा ही मुश्किल था इसलिये उन्हें समाज के तिरस्कार व बहिष्कार का सामना करना पड़ा, लेकिन वो अपने सुधारवादी विचारों पर अटल रहे। उन्होंने महिलाओं व विधवाओं के लिए विद्यालयों और शरणगृहों की शुरूआत की। भारत के प्रथम महिला विश्वविद्यालय की स्थापना उन्होंने ही की। 'हिंदू विधवा होम एसोसिएशन' की पहली महिला अधीक्षक के रूप में उनकी एक युवा विधवा रिश्तेदार उनसे जुड़ गईं। अपने सामाजिक कार्य के निधि के लिये वह फर्ग्युसन कॉलेज, पुणे में पढ़ाने लगे। कुछ अच्छे लोगों से उन्हें कुछ मामूली वित्तीय मदद भी मिली।

1920 में एक उद्योगपति विट्ठलदास ठाकरसे ने कर्वे के विश्वविद्यालय के लिए 15 लाख रुपए का दान दिया और फिर विश्वविद्यालय को श्रीमती नाथीबाई दामोदर ठाकरसे (एस.एन.डी.टी.) भारतीय महिला विश्वविद्यालय का नाम दिया गया।

उन्होंने कई देशों का दौरा किया और भारत में महिलाओं की शिक्षा के बारे में बात की। 1931 में एस.एन.डी.टी. विश्वविद्यालय ने मुंबई में अपने पहले कॉलेज की स्थापना की और 1949 में इसे एक सांविधिक विश्वविद्यालय का दर्जा प्राप्त हुआ।

कर्वे ने जाति व्यवस्था और हिन्दू समाज में अस्पृश्यता के अभिशाप के उन्मूलन लिये लड़ाई लड़ी। भारत सरकार ने 1958 में उन पर एक डाक टिकट जारी किया। स्वतंत्र भारत में पहली बार इस तरह किसी जीवित व्यक्ति को सम्मानित किया गया था।

उनके सम्मान में मुंबई के क्वींस रोड का नाम परितर्तित कर महर्षि कर्वे रोड़ कर दिया गया।

The Man of Courage Who Fought for the Emancipation of Women

Dr Dhondo Keshav Karve (1858 –1962) was a pioneer worker for the emancipation of women in all walks of life. Maharshi Karve, as he was popularly called, broke the harsh social mores against womankind with extraordinary fortitude and perseverance. He encouraged education of women and advocated freedom for the widows to remarry if they wished to do so. He received the Bharat Ratna award in person at the age of 100 years.

After the death of his first wife at a very young age, he could have got another good match. But he married a young and equally courageous girl Godubai who was widowed at the age of 8 years. It required a lot of courage during those days. He faced lot of flaks, open abuse and ostracism from the society but he followed his reformatory thoughts. He started Shelters and Schools for women including widows. He established the first women's university in India. His young widowed sister-in-law joined him as the first woman superintendant of the Hindu Widow's Home Association. He used to teach at Fergusson College, Pune to fund his social work and got some minor financial help from a few good men.

An industrialist Vithaldas Thackersey donated 1.5 million rupees to Karve's university in 1920. The university was then renamed Srimati Nathibai Damodar Thackersey (SNDT) Indian Women's University.

He toured many countries and spoke about the education of women in India. The SNDT University established its first college in Mumbai in 1931. It was recognised by the Govt. of India as a statutory university in 1949.

Karve fought for the abolition of the caste system and the curse of 'untouchability' in the Hindu society.

In 1958, Government of India issued a stamp on him. After India's independence, it was the first time that a living person was so honoured.

Queen's Road in Mumbai (Bombay) was renamed to Maharishi Karve Road in his honour.

गणित के नशे में मदमस्त एक अध्यापक

दत्ताराय रामचंद्र कापरेकर एक मनोरंजनात्मक गणितज्ञ थे जिन्होंने कापरेकर, हर्षद और स्व–नंबर सहित कई श्रेणीयों के स्वाभाविक संख्याओं को वर्णित किया है। उन्होंने कापरेकर स्थिरांक की खोज की है जिसका नामकरण उन्हीं के नाम पर किया गया है। देवलाली (नासिक) में गणित शिक्षक के रूप में काम करते हुए किसी भी औपचारिक स्नातकोत्तर शिक्षा के बिना उन्होंने बड़े पैमाने पर पत्रों को प्रकाशित किया और मनोरंजनात्मक गणित के हलकों में बहुचर्चित हो गये। फर्ग्यूसन कॉलेज से विज्ञान स्नातक कापरेकर ने 1962 में 58 वर्ष की आयु में सेवानिवृत्त होने तक देवलाली में ही शिक्षण कार्य किया। वह "गणितानंद" के नाम से भी जाने जाते थे।

कापरेकर ने 'संख्या सिद्धांत' में कई परिणामों की खोज की और संख्या के विभिन्न गुणों का वर्णन किया। शुरू में उनके विचारों को भारतीय गणितज्ञों द्वारा गंभीरता से नहीं लिया गया, लेकिन जब अमेरिकी वैज्ञानिक मार्टिन गार्डनर ने उनके बारे में 'मैथमेटिकल गेम्स फॉर साइंटिफिक अमेरिकन' के अपने मार्च 1975 के स्तंभ में लिखा तब उन्हें अंतर्राष्ट्रीय नाम और प्रसिद्धि मिली। अब कई अन्य गणितज्ञों ने उनके द्वारा खोजे गये गुणधर्मों का अध्ययन किया है। 1927 में उन्होंने अपने मौलिक कार्य के लिए'रैंगलर आर.पी. परांजपे मैथमेटिकल प्राइज' जीता।

1949 में कापरेकर ने 'कापरेकर स्थिरांक' या '6174' की खोज की। एक और श्रेणी की संख्या जो कापरेकर ने वर्णित की वह है 'कापरेकर संख्या'। 1963 में कापरेकर ने कुछ गुणधर्मों का वर्णन किया जो स्व–संख्या के रूप में जानी जाती है। ये वो पूर्णांक हैं जो कि कोई और अंक को ले कर उसमें अपने स्वयं के अंकों को जोड़कर उत्पन्न नहीं किया जा सकता है। उदाहरण के लिए 21 एक स्व–संख्या नहीं है क्योंकि यह 15 से उत्पन्न किया जा सकता है– 15+1+ 5 = 21। लेकिन 20 एक स्व–संख्या है क्योंकि यह किसी भी अन्य पूर्णांक से उत्पन्न नहीं की जा सकती है।

कापरेकर ने 'हर्षद संख्या' वर्णित की है व 'डेम्लो संख्या' का भी अध्ययन किया है जिसका नाम उन्होंने मुंबई के एक ट्रेन स्टेशन पर रखा है जहाँ पर इसके अध्ययन का विचार उनके मन में आया। वह एक ग्राम्य–पाठशाला के सज्जन व सरल शिक्षक थे जिनको संख्याओं से खेलने की एक लत सी पड़ गई थी।

वह खुद के बारे में यूँ कहते हैं– "एक शराबी अपनी सुखद दुनिया में बने रहने के लिए लगातार शराब पीते रहना चाहता है, मेरे साथ संख्याओं के संबंध में कुछ ऐसा ही मामला है।"

The School Teacher Who Was Intoxicated with Mathematics

Dattaraya Ramchandra Kaprekar was a recreational mathematician who described several classes of natural numbers including the *Kaprekar, Harshad* and *Self Numbers* and discovered the Kaprekar Constant which has been named after him. Despite having no formal postgraduate training and working as a schoolteacher, he published extensively and became well known in recreational mathematics circles. After B.Sc. from the Fergusson College in 1929 he became a school teacher of mathematics in Devlali, Nashik. He taught there till his retirement. He was known as "Ganitanand".

Kaprekar discovered a number of results in number theory and described various properties of numbers. Initially his ideas were not taken seriously by the Indian mathematicians, but when *Martin Gardner* wrote about Kaprekar in his March 1975 column of *Mathematical Games for Scientific American*, he got international name and fame. Today, many other mathematicians have pursued the study of the properties he discovered. He won the Wrangler R.P. Paranjpe Mathematical Prize in 1927 for original work.

In 1949, Kaprekar discovered the *'Kaprekar Constant'* or 6174. Another class of numbers Kaprekar described is the *'Kaprekar Numbers'*. In 1963, Kaprekar defined the property which has come to be known as *'Self numbers'*, which are integers that cannot be generated by taking some other number and adding its own digits to it. For example, 21 is not a self number, since it can be generated from 15: 15 + 1 + 5 = 21. But 20 is a self number, since it cannot be generated from any other integer

Kaprekar described the 'Harshad Numbers' (giving joy). Kaprekar also studied the 'Demlo Numbers', named after a train station where he studied this idea. This simple school teacher was addicted to number theories, and he would say about himself: *"A drunkard wants to go on drinking wine to remain in that pleasurable state. The same is the case with me in so far as numbers are concerned."*

लार्ड मैकॉले की शिक्षा पद्धति के मुकाबले एक बेहतर संस्कारित विकल्प

गूढ़ ज्ञान प्रदान करने वाली प्राचीन भारतीय गुरुकुल प्रणाली शिक्षा को पुनर्जीवित करने के प्राथमिक उद्देश्य के साथ गुरुकुल कांगड़ी विश्वविद्यालय, हरिद्वार, को आर्य समाज के स्वामी श्रद्धानंद जी द्वारा 1902 में स्थापित किया गया था।

यह संस्था वैदिक साहित्य, भारतीय संस्कृति, भारतीय दर्शन, आधुनिक विज्ञान और अनुसंधान के क्षेत्रों में शिक्षा प्रदान करने हेतु लार्ड मैकॉले की शिक्षा नीति से हटकर एक स्वदेशी वैकल्पिक शिक्षा व्यवस्था उपलब्ध कराने के उद्देश्य से स्थापित की गई थी। विश्वविद्यालय अनुदान आयोग द्वारा अनुमोदित इस विश्वविद्यालय को 1962 से एक डीम्ड विश्वविद्यालय का दर्जा प्राप्त है।

महिलाओं की शिक्षा हेतु कन्या गुरुकुल परिसर, देहरादून में 1922 में स्थापित किया गया था एवं कन्या गुरुकुल परिसर, हरिद्वार, 1993 में स्थापित किया गया था।

अब यह विश्वविद्यालय 20 से अधिक स्नातकीय पाठ्यक्रम और विभिन्न विषयों में 17 स्नातकोत्तर पाठ्यक्रम प्रदान करता है। पीएच.डी. की डिग्री के लिए कई अनुसंधान कार्यक्रम चलाये जा रहे हैं जैसे, वैदिक साहित्य, संस्कृत साहित्य दर्शन, हिंदी, अंग्रेजी, प्राचीन भारतीय इतिहास, संस्कृति एवं पुरातत्व, मनोविज्ञान, पर्यावरण विज्ञान, भौतिक विज्ञान, रसायन विज्ञान, गणित, वनस्पति विज्ञान, प्राणी विज्ञान, सूक्ष्म जीव विज्ञान, मानव चेतना और योग विज्ञान, कंप्यूटर विज्ञान और प्रबंधकीय अध्ययन।

विभागों में अनुसंधान और परामर्श सुविधायें उपलब्ध हैं। विश्वविद्यालय द्वारा प्रदत्त सभी डिग्रीयां विश्विद्यालय अनुदान आयोग और जहाँ भी आवश्यक है वहां ए. आई.सी.टी.ई. द्वारा मान्यता प्राप्त हैं। गुरुकुल कांगड़ी विश्वविद्यालय भारतीय विश्वविद्यालय संघ और राष्ट्रमंडल विश्वविद्यालय संघ का एक सदस्य है।

यह विश्वविद्यालय महान प्राचीन भारतीय शिक्षा प्रणाली की महिमा को वापस लाने और पाश्चात्य शिक्षा प्रणाली के दुष्प्रभावों को दूर करने के लिए एक गंभीर प्रयास कर रहा है।

An Alternative to the Lord Macaulay's System of Education

Gurukula Kangri Vishwavidyalaya, Haridwar, was founded in 1902 by Swami Shraddhanandaji of Arya Samaj with the primary aim to revive the ancient Indian Gurukula System of education imparting esoteric knowledge.

This institution was established with the objective of providing an indigenous alternative system of education to Lord Macaulay's education policy by imparting education in the areas of Vedic literature, Indian culture, Indian philosophy, Modern Sciences and Research. It is a deemed university since 1962, approved by UGC.

For women's education, Kanya Gurukula Campus, Dehradun was established in 1922. Kanya Gurukula Campus, Hardwar was established in 1993.

Now the university offers over 20 UG courses and 17 PG courses in different disciplines. Many Research programmes leading to the degree of Ph.D. are being run in the fields of Vedic literature, Sanskrit literature, Philosophy, Hindi, English, Ancient Indian History, Culture & Archaeology, Psychology, Environmental Science, Physics, Chemistry, Mathematics, Botany, Zoology, Microbiology, Human Consciousness and Yogic Sciences, Computer Sciences and Management Studies.

Research and Consulting facilities are available in the departments.

All the degrees conferred by Vishwavidyalaya are recognized by UGC and AICTE wherever required. Gurukula Kangri Vishwavidyalaya is a member of the Association of Indian Universities and the Association of Commonwealth Universities.

This university is making a sincere effort to bring back the glory of the great ancient Indian education system and remove the ill-effects of the westernized education system.

'बॉडी–बिल्डिंग' : मादक द्रव्य–व्यसनीयों के पुनर्वास के लिए एक नया उपाय

मादक–द्रव्यों की लत से किसी व्यक्ति को बाहर निकालने के लिए कई चिकित्सा और गैर–चिकित्सा प्रणालियों का इस्तेमाल किया जाता है। मादक द्रव्य–व्यसनीयों के इलाज के लिए हजारों पुनर्वास केन्द्र उपलब्ध हैं। फिर भी इन सब के बीच एक व्यक्ति ने कुछ अलग ढंग से सोचा और अपनी इस नई सोच के माध्यम से वह सैकड़ों मादक द्रव्य–व्यसनीयों को एक सकारात्मक परिणाम के साथ एक नई राह प्रदान करने में सफल हुआ।

मणिपुर के एक बॉडी–बिल्डर व स्वास्थ्य–प्रशिक्षक आर.के विश्वजीत ने नशीले पदार्थों की लत से ग्रसित सैकड़ों लोगों को पुनर्वास हेतु एक अभिनव साधन प्रदान किया है – 'बॉडी बिल्डिंग'। उन्होंने नशीले पदार्थों की लत से ग्रसित लोगों को बॉडी–बिल्डिंग की ओर रुझान पैदा करने का आह्वाहन किया और उन्हें समझाया कि ऐसा करने से नशीली दवाओं के प्रति उनका आकर्षण शनैः शनैः स्वयं ख़त्म हो जायेगा। विश्वजीत काफी हद तक ऐसा करने में सफल हो रहे हैं।

उन्होंने अंतर–विद्यालय शरीर सौष्ठव निर्माण प्रतियोगिता जीतने के बाद इंफाल के खोयाथोंग में अपना एक व्यायाम केंद्र 'एनिमल–जिम' खोला। विश्वजीत ने हिंदू और बौद्ध दर्शन का काफी अध्ययन किया है और एकाग्रता के साथ 'ध्यान' लगाते हैं। उन्होंने मादक द्रव्य–व्यसनीयों को भी ऐसा ही करने के लिए सलाह दिया और इसका सकारात्मक परिणाम सबके सामने आया। नशे के ये रोगी अब पवित्र ग्रंथों को पढ़ने, ध्यान लगाने और बॉडी–बिल्डिंग (शरीर निर्माण) का अभ्यास कर रहे हैं। विश्वजीत के जिम में अब सैकड़ों सदस्य हैं जिनमे से कुछ पूरी तरह से पुनर्वासित हो चुके हैं और कुछ हल्के–हल्के सुधार कर रहे हैं।

मादक–द्रव्य के आदी कई युवकों को विश्वजीत के पुनर्वास कार्यक्रम में भाग लेने के बाद अब एक सामान्य जीवन जीने की नई राह मिली है।

आर.के. विश्वजीत को 'सी.एन.एन.–आई.बी.एन. और रिलायंस फाउंडेशन' द्वारा 'रियल हीरो' अवार्ड से सम्मानित किया गया है।

'Body-building' – A New Remedy for the Rehabilitation of the Drug-addicts

There are many medical and non-medical systems to bring a person out of drug addiction. Thousands of rehabilitation centres are available to cure a drug-addict. But someone thought differently; and his thoughts are providing a new avenue and a positive result to hundreds of drug-addicts.

R.K. Vishwajit, a body builder from Manipur, has provided a novel rehabilitation tool to hundreds of drug addicts – 'Body Building'. He has motivated the drug-addicts to take up 'body-building' as a passion as it will help them reject the calls of the drugs. He has largely succeeded in doing so.

He opened his 'Animal Gym' at Khoyathong in Imphal after winning the inter-college body-building competition. Vishwajit has read extensively on Hindu and Buddhist philosophy and sincerely follows 'meditation'. He advises all the drug-addicts to do so, and the result is positive. The drug-addicts are improving after meditation, reading Holy Scriptures and doing body-building exercises. His Gym has hundreds of members now; some completely rehabilitated and some still recovering.

Many depressed youths are leading a normal life now after participating in Vishwajit's rehabilitation program.

R.K. Vishwajit has been honoured with the 'Real Hero Award' by the CNN-IBN & Reliance foundation.

कपास ओटनी की पेंटिंग अजंता की गुफाओं में मौजूद हैं

कपास फाइबर से बीज निकालने की प्रक्रिया में तेजी लाकर कपास के उत्पादन करने में कपास ओटनी मशीन ने एक बहुत ही क्रांतिकारी परिवर्तन का कार्य किया है। इस महत्वपूर्ण नवोत्पाद को एली व्हिटनी द्वारा 1794 में पेटेंट करा लिया गया और कहा गया कि यह कार्य वृहत् अमेरिकी औद्योगिक क्रांति के दौरान हुआ था।

परन्तु जब हम अजंता की गुफाओं के चित्रों पर एक नजर डालते हैं तो हमें एक अलग ही चीज़ दिखाई देती है। 500 ईस्वी में समकालीन विद्वानों द्वारा अजंता गुफाओं की बौद्ध पेंटिंग में एक 'एकल–रोलर ओटनी' वाले कपास ओटनी का चित्रण पाया गया है। हालांकि यह निश्चित रूप से उपयोग के मामले में बाद में निर्मित कपास ओटनी से कहीं अधिक कठिन थी, लेकिन यह मशीन उस काल में मौजूद थी यह सत्य है।

इन चित्रों पर एक नजर डालने के बाद यह एकदम स्पष्ट हो जाता है कि कपास ओटनी सर्वप्रथम भारतीयों द्वारा ही नवोन्मेषित की गई एवं इस्तेमाल में लाई गयी थी। एक बहुत व्यवस्थित और सुचारू तरीके से यह मशीन बीज में से कपास को अलग कर देती है, क्षतिग्रस्त बीजों को निकाल देती है और आगे के उपयोग के लिए आपको अक्षत बीज उपलब्ध कराती है। भारतीय मस्तिष्क की यह उपज़ बीज से कपास को अलग करने के लिए एक बहुत ही आसान एवं प्रबंधनीय उपकरण था।

इस नवोन्मेषण ने शारीरिक श्रम को बहुत कम कर दिया और इसीलिए यह उस समय की एक बहुत ही लोकप्रिय और व्यापक रूप से इस्तेमाल की जाने वाली मशीन बन गयी थी।

चूंकि उस समय कोई पेटेंट करने की प्रणाली नहीं हुआ करती थी इसलिए भारतीयों के इस महान नवोन्मेषण कार्य को विकसित देशों में मान्यता प्राप्त नहीं हो पाई। हालांकि इन अजंता की गुफाओं के चित्रों के माध्यम से अब पूरी दुनिया के सामने इस विषय की सच्चाई उजागर हो गई है।

The Ajanta Caves Have the Painting of Cotton Gin

The Cotton Gin machine had brought a revolutionary change in the production of cotton by greatly speeding up the process of removing seeds from the cotton fiber. This great innovation was patented by Eli Whitney in 1794. It is said that it happened during the great American industrial revolution.

A look on the paintings of the Ajanta caves tells us a different story. The Buddhist paintings of the Cotton Gin depicting a single-roller gin in the Ajanta caves, has been found by the contemporary scholars in 500 AD. It was definitely more difficult to use than the later Cotton Gin, but the machine was there.

The Cotton Gin was first innovated and used by the Indians is amply evident through a look on these paintings. This machine very systematically and smoothly separates out all the cotton from their seeds, removes damaged seeds to give you the undamaged seeds for further use. This brain child of the Indians was a very easy and manageable tool which used to separate the cotton from their seeds.

This innovation reduced a lot of manual labour and therefore it became a very popular and widely used machine during those times.

As there were no patenting systems during those times, this great work of the Indians was not recognised in the developed world. However, the Ajanta paintings have highlighted and exposed this truth to the world.

मेघनाद साहा : खगोल–भौतिकी की दुनिया में एक मील का पत्थर

''मेघनाद साहा के आयनीकरण समीकरण (सी. 1920), जिसने तारकीय खगोल – भौतिकी के अध्ययन का दरवाजा खोला वह 20 वीं सदी में भारतीय विज्ञान के शीर्ष दस उपलब्धियां में से एक था, (और) नोबेल पुरस्कार वर्ग का माना जा सकता है'' – खगोल–भौतिकशास्त्री पद्‌मविभूषण जयंत नार्लीकर।

एस. रोस्सेलैंड ने भी माना है कि इस क्षेत्र में हुए लगभग सभी परवर्ती कार्य साहा के कार्यों से प्रभावित हैं।

ऊपर के दोनों वक्तव्य आधुनिक युग के भारतीय वैज्ञानिक मेघनाद साहा की महानता पर उपयुक्त प्रकाश डालते हैं। उनका आइसोनेशन सूत्र, जो तारों, ग्रहों और सूरज की तरह विभिन्न खगोलीय पिंडों के तापमान की गणना में मदद करता है, खगोल–भौतिकी के क्षेत्र में एक मील का पत्थर माना जाता है। साहा ने सौर किरणों के दबाव व वजन को मापने के लिए भी एक यंत्र का अविष्कार किया तथा उन्होंने कई वैज्ञानिक संस्थानों के निर्माण करने में भी मदद की है, जैसे इलाहाबाद विश्वविद्यालय में भौतिकी विभाग और कोलकाता में परमाणु भौतिकी संस्थान।

परमाणु–भौतिकी के क्षेत्र में साहा ने वास्तव में एक पुरोगामी कार्य किया है। 1947 में उन्होंने परमाणु भौतिकी संस्थान की स्थापना की जिसे बाद में उनके नाम पर 'साहा परमाणु भौतिकी संस्थान' कर दिया गया।

मेघनाद एक गरीब परिवार से आते थे और बड़ी मुश्किल से वो अपने गांव में स्कूली शिक्षा को पूरा कर पाये थे। उन्होंने स्वतंत्रता आंदोलन में भी हिस्सा लिया था और सुभाष चंद्र बोस जैसे नेताओं के संपर्क में भी रहे थे। 1927 में मेघनाद साहा लंदन के रॉयल सोसाइटी के फेलो के रूप में निर्वाचित किये गये थे। साहा भारत के नदी परियोजनाओं के मुख्य वास्तुकार थे और दामोदर घाटी परियोजना के लिए मूल योजना उन्होंने ही तैयार की थी। बाद में अपने करिअर में उन्होंने सरकारी परियोजनाओं और राजनीतिक मामलों में भी काम किया क्योंकि वैज्ञानिकों पर अक्सर जीवन की वास्तविकताओं के प्रति तटस्थ रहने का आरोप लगाया जाता है। इस विचारधारा को गलत साबित करने के उद्देश्य से वो राजनीति में शामिल हो कर 1952 में संसद के लिए एक स्वतंत्र उम्मीदवार के रूप में चुनाव लड़े और एक बड़े अंतर से निर्वाचित घोषित किये गये।

Meghnad Saha : The Milestone Man of Astro-Physics in the World

"Meghnad Saha's ionisation equation (c. 1920), which opened the door to stellar astrophysics, was one of the top ten achievements of 20th century Indian science (and) could be considered in the Nobel Prize class." — Astrophysicist Padmvibhushan Jayant Narlikar

S. Rosseland has also said that nearly all later progress in this field has been influenced by Saha's ideas.

The above two statements throws light on the greatness of our modern scientist Meghnad Saha.

His *isonation formula* which helps in calculating the temperatures of the various celestial bodies like stars, planets and sun, is considered as a milestone in the domain of Astro-Physics. Saha also invented an instrument to measure the weight and pressure of solar rays and helped to build several scientific institutions, such as the Physics Department in Allahabad University and the 'Institute of Nuclear Physics' in Kolkata.

Saha did pioneering work in the field of Nuclear Physics and in 1947 he established the Institute of Nuclear Physics. He took the first initiative to include Nuclear Physics in the curriculum of higher studies of science.

Meghnad belonged to a poor family and could complete schooling in his village with great difficulty.

He took part in freedom movement also. In 1927, Meghnad Saha was elected as a fellow of London's Royal Society.

Saha was the chief architect of river planning in India and prepared the original plan for the Damodar Valley Project. He worked in the government projects and political affairs later on in his career because he thought that Scientists are often accused of living in the Ivory Tower and not troubling their mind with realities. Therefore, to counter this opinion, he joined politics so that he could be of use to his country. In 1952 he stood as an independent candidate for Parliament and was elected by a wide margin.

ई. श्रीधरन – अपूर्व क्षमता वाले अद्वितीय मेट्रो–मैन

"आप द्वारा किया कार्य आपके लिए बोलता है" यह कहावत मेट्रो–मैन के रूप में विख्यात एल्लाटुवालापिल श्रीधरन पर एकदम उपयुक्त बैठती है। उनकी देख–रेख व नियंत्रण में बनी दिल्ली–मेट्रो सेवा आज दिल्ली में यात्रियों की एक प्रमुख सुविधा है। इसने व्यस्त यातायात से लाखों वाहनों का भार कम कर दिया है, आवागमन के औसत समय को घटाया है, सार्वजनिक परिवहनों के आवागमन के पूर्वानुमान को बेहतर किया है, और मोटे तौर पर प्रति वर्ष लगभग 22 लाख टन कार्बन उत्सर्जन को घटाया है।

जब पद्मविभूषण श्रीधरन को जापान की सरकार द्वारा 'आर्डर ऑफ द राइजिंग सन,गोल्ड एंड सिल्वर पुरस्कार' से सम्मानित किया गया था तब भारत में जापान के राजदूत ने मेट्रो–रेल के निर्माण में उनके विश्व–स्तरीय कार्य की गुणवत्ता को उत्कृष्टतम् माना। 1995–2012 के दौरान डी.एम.आर.सी. के प्रबंध निदेशक के रूप में उनका कार्य ऐसी विशाल रेल निर्माण परियोजना के इतिहास में अतुलनीय है।

उनके द्वारा जो एक कार्य–संस्कृति और नैतिकता विकसित की गई वह इसके पहले अनदेखी और अनसुनी थी। लोग अब कतार में खड़े होते हैं ; वे जरूरतमंदों को अपनी सीट की पेशकश करते हैं ; वे मृदुभाषी हैं और मेहनत कर रहे हैं और कर्तव्यपरायणता के साथ वे प्लेटफार्मों को साफ रखते हैं। श्रीधरन उपरोक्त को अपना सबसे बडा पुरस्कार मानते हैं।

रामेश्वरम के पंबन पुल को 1964 में आये एक चक्रवात द्वारा काफी नुकसान हो गया था और इसको दुरुस्त करने के लिए पहले 6 और फिर 3 महीने का समय आधिकारिक तौर पर आवंटित हुआ था। परन्तु श्रीधरन ने सिर्फ 46 दिनों में इसे दुरुस्त कर सेवा बहाल कर दी। भारत की पहली मेट्रो–रेल सेवा कोलकाता–मेट्रो हेतु 1970 में उन्हें डिप्टी चीफ इंजीनियर के रूप में कार्यान्वयन, योजना और अभिकल्पना का प्रभार दिया गया था। 1981 में कोचीन शिपयार्ड के प्रबन्ध निदेशक श्रीधरन ही थे जब कम्पनी के प्रथम जहाज एम.वी. रानी पद्मिनी का निर्माण व शुभारम्भ हुआ। 1990 में सेवानिवृत्ति के बाद उन्हें कोंकण रेलवे के अध्यक्ष एवं प्रबंध निदेशक के पद पर नियुक्त किया गया और उन्होंने इस अनूठी और मुश्किल परियोजना (760 किमी, 93 सुरंगों और 150 से अधिक पुलों सहित) को सिर्फ 7 साल में पूरा कर दिया।

तमाम अन्य पुरस्कारों के अलावा उन्हें फ्रांस की सरकार द्वारा उनके देश के सर्वोच्च सम्मान 'नाइट ऑफ द लीजन ऑफ ऑनर' की उपाधि से सम्मानित किया गया है।

E. Sreedharan – The Metro Man with Unprecedented Competence

'Your work speaks for you' this adage aptly fits upon Ellatuvalapil Sreedharan, known as the Metro Man. The Delhi Metro has brought tremendous benefit to the commuters of Delhi. It has removed lacs of vehicles from the traffic, reduced the average commuting time, increased the predictability of public transport, and has roughly reduced the carbon emission by nearly 22 million tonne per annum.

When *Padmvibhusan* Sreedharan was conferred *the Order of the Rising Sun, Gold and Silver award* by the Govt. of Japan, the Ambassador of Japan to India acknowledged his outstanding world class work in building the Metro Rail. The work he has done as MD of DMRC during his tenure (1995-2012) is matchless in the history of any such gigantic rail works.

He brought a work culture and ethics that was unseen and unheard before. People stand in queue, they offer their seat to the needy, they are soft-spoken, hard working, and they clean platforms dutifully. Sreedharan considers all this as his biggest reward among the innumerable awards he has received.

The Pamban Bridge in Rameswaram which was hit by a cyclone in 1964 was restored in just 46 days by Sreedharan against the officially allotted time of 3/6 months.

As the deputy chief engineer of the Kolkata Metro in 1970 - the first ever metro in India - he was given the charge of the implementation, planning and design of the Calcutta metro. In 1981, Cochin Shipyard built and launched its first ship *MV Rani Padmini,* when he was its CMD.

He was appointed the CMD of Konkan Railway after his retirement in 1990, and he completed this unique and difficult project (760 km, 93 tunnels and over 150 bridges) in just 7 years.

Besides other awards, he was awarded the *Knight of the Legion of Honour* by the government of France.

'जंतर–मंतर' अन्य देशों के दोपहर के समय को बता सकता है

'जंतर मंतर' जिसका अर्थ गणक–यन्त्र है, आकाशीय विधाओं को समझने के लिए अभिकल्पित किया गया था। राजस्थान के सवाई जय सिंह द्वारा इसे सत्रहवीं सदी के दौरान पांच शहरों में बनाया गया था। यह वेधशाला वास्तु–खगोलीय उपकरणों का एक संग्रह है। जयपुर वेधशाला इनमे सबसे बड़ा है।

विश्व विरासत सूची में इसे मुगल काल के अंत में एक विद्वान राजकुमार के खगोलीय कौशल और ब्रह्माण्ड संबंधी अवधारणाओं की अभिव्यक्ति के रूप मे वर्णित किया गया है।

इसके अन्दर 14 प्रमुख ज्यामितीय उपकरण हैं जो कि समय को मापते हैं, ग्रहणों का अनुमान लगाते हैं, पृथ्वी द्वारा सूर्य की कक्षा में चारों ओर घूमते समय सितारों के स्थान को जानते हैं, ग्रहों की अधोनति का पता लगाते हैं, और खगोलीय ऊंचाई तथा सम्बंधित पंचांग का निर्धारण करते हैं। ये उपकरण अपने स्थान पर अचल और संकेंद्रित हैं।

'सम्राट यंत्र', जो कि एक धूपघड़ी है, जयपुर स्थानीय समय से दो सेकंड की शुद्धता के साथ समय बताती है। इसकी विशालकाय धूपघड़ी दुनिया की सबसे बडी धूपघड़ियों में से एक है जिसकी छाया 1 मी.मी. प्रति सेकंड की चाल से चलती है।

खगोल विज्ञान और वैदिक ज्योतिष के छात्रों को पढ़ाने के लिए आज भी इस वेधशाला का प्रयोग किया जाता है इस वेधशाला को महान भारतीय वैदिक विचारों का एक व्यावहारिक स्थल कहा जा सकता है।

दिल्ली वेधशाला में स्थित 'मिश्र यंत्र' को वर्ष के सबसे छोटे और सबसे लंबे समय का पता लगाने के लिए अभिकल्पित किया गया था। इसके द्वारा विभिन्न शहरों के दोपहर का सही समय पता किया जा सकता है भले ही दिल्ली से उनकी दूरी जितनी भी हो। यह यन्त्र आपको ये बता सकता है दुनिया के किस शहर में कब दोपहर था। यह बिलकुल अविश्वसनीय है और शानदार भी।

यह भारतीयों की अद्भुत प्रतिभा का एक और उदाहरण है जिसे अब पूरी दुनिया सलाम करती है।

'Jantar-Mantar' Can Predict the Exact Moment of Noon in Other Countries

Jantar Mantar, meaning the calculation instrument, was designed to probe the heavens. Built in the 17th century by Sawai Jai Singh of Rajasthan in 5 cities, this observatory is a collection of architectural astronomical instruments. The Jaipur observatory is the largest.

The World Heritage List describes it as *'an expression of the astronomical skills and cosmological concepts of the court of a scholarly prince at the end of the Mughal period'*.

It has 14 major geometric devices for measuring time, predicting eclipses, tracking stars' location as the earth orbits around the sun, ascertaining the declinations of planets, and determining the celestial altitudes and related ephemerides. The tools are fixed and focused.

The *samrat yantra*, which is a sun-dial, can be used to tell the time to an accuracy of about two seconds to Jaipur local time The Giant Sundial, is one of the world's largest sun-dials, its shadow moves at 1 mm per second.

The observatory is used even today to teach the students of astronomy and Vedic astrology. This observatory can be called as one of the practical sites of the great Indian Vedic thoughts.

The 'Misra Yantra' in the Delhi observatory was designed to determine the shortest and longest day of the year. It can be used to find the exact moment of noon in different cities regardless of their distance from Delhi. They could tell you when it was noon in which city of the world. It was unbelievably brilliant.

It is yet another example of the exemplary talents of the Indians which the world has come to salute now.

भूख और गरीबी की खिलाफ़त करने वाला एक इंसान

"खाद्य आयात, बेरोजगारी आयात करने की तरह था"... यह बयान भारत में, या यूँ कहें कि एशिया में हरित क्रांति के जनक, आनुवंशिकीविद् एम.एस.स्वामीनाथन की सोच को सही मायने में परिभाषित करता है।

बंगाल में पड़े 1943 के भयंकर दुर्भिक्ष के दौरान लाखों लोगों की भुखमरी से मौत हो गई। 60 के दशक में भी परिदृश्य कुछ बदला नहीं था और चीन ने भी दुर्भिक्ष से 30 लाख लोगों को खो दिया था। तब कृषि के महान विद्वान स्वामीनाथन ने पूरे परिदृश्य को बदलने के लिए एक दृढ़ संकल्प लिया। उन्हें 18000 टन मेक्सिकन बीज को आयात करने के लिए सरकार से मदद की जरूरत थी। हालांकि देश मे गंभीर राजकोषीय कठिनाई थी, लेकिन प्रधानमंत्री लाल बहादुर शास्त्री ने स्वामीनाथन की बातों पर विश्वास कर के जोखिम लिया, और फलस्वरूप पहले ही फसल की पैदावार पिछले वर्ष की तुलना में तीन गुना अधिक हुई।

स्वामीनाथन ने अर्ध–जापानी व अर्ध–मैक्सिकन संकर–नस्ल गेहूं के बीज को विकसित किया जो कि उपजाऊ और जलरुद्ध दोनों थी। उनकी टीम ने उच्च–उपज वाली संकर–नस्ल गेहूं के बीजों को विकसित किया जिसने पूरे दक्षिण–पूर्व एशिया में हरित क्रांति की शुरूआत कर दी। इसी प्रकार से चावल के उत्पाद को भी बढ़ाया गया। देश में 60 के दशक के मध्य में एक कृषि चमत्कार हुआ, और यही चमत्कार 1980 और 90 के दशक के एशियाई आर्थिक चमत्कार का अग्रदूत बना।

स्वामीनाथन ने आई.पी.एस. के लिए अर्हता प्राप्त कर ली थी और उनको अमेरीका और यूरोप से भी आकर्षक पेशकश मिली थी, लेकिन वह अपने देश के गरीबों की सेवा करने का फैसला ले चुके थे। 1987 में उनको वॉशिंगटन में विश्व खाद्य पुरस्कार और 1971 में रेमन मैग्सेसे पुरस्कार से सम्मानित किया गया। 1999 में टाइम पत्रिका ने गांधी और टैगोर के साथ उन्हें 20 वीं सदी के सबसे प्रभावशाली एशियाई लोगों की टाइम 20 सूची में जगह दी। संयुक्त राष्ट्र पर्यावरण कार्यक्रम ने उन्हें आर्थिक पारिस्थितिकी' के जन्मदाता के रूप में वर्णित किया।

एम.एस.स्वामीनाथन, रॉयल सोसाइटी ऑफ लंदन, अमेरिकी राष्ट्रीय विज्ञान अकादमी, रूसी विज्ञान अकादमी, चीनी विज्ञान अकादमी, और इतालवी विज्ञानं अकादमी के अध्येता हैं।

वर्षों तक भारत में कोई खाद्यान्न भण्डार नहीं होता था, पर आज हम खाद्यान्न के एक निर्यातक देश हैं।

The Man Against Hunger and Poverty

'Importing food was like importing unemployment'... This statement of the geneticist M.S. Swaminathan defines the mind of the person who is truly the father of the green revolution in India or one can say, Asia.

The great Bengal famine of 1943 shook the country with millions of starvation death. People had no food. The scene was same till the early 60s. Even China had lost 30 million people to famine. Swaminathan, the brilliant scholar of Agriculture, took a resolve to change the whole scenario. He needed Govt. help to import 18000 tons of the Mexican seed. There were fiscal hardship, but P.M. Lal Bahadur Shastri took the risk on Swaminathan, and the first harvest was 3 times greater than the previous year.

Swaminathan found a cross-bred wheat seed - part-Japanese and part-Mexican - that was both fruitful and staunch. His team developed the high-yield, cross-bred wheat seed that started the Green Revolution across South-East Asia. Similarly, the rice production was also boosted up. A miracle was born in mid-60s and it was the pre-cursor to the Asian economic miracle of the 1980s and 90s.

Swaminathan qualified for the IPS. He was offered lucrative jobs in U.S.A. and Europe, but he had decided to serve the poor of his country. In 1987, he was given the World Food Prize in Washington. He chaired the World Food Congress in Rome. In 1971, he was awarded Ramon Magsaysay Prize. In 1999, the 'Time' magazine placed him in the 'Time 20' list of the most influential Asian people of the 20th Century along with Gandhi and Tagore. U.N. Environment Program described him as 'the Father of Economic Ecology'.

Swaminathan is a Fellow of the Royal Society of London, the U.S. National Academy of Sciences, the Russian Academy of Sciences, the Chinese Academy of Sciences, and the Italian Academy of Sciences.

Years back, we had no food grain stocks...and now, we are an exporter of the food grains.

अगरबत्ती घड़ी : इसका मौलिक रूप भारतीय नक्काशी दर्शाता है

अगरबत्ती घड़ियों को लोग सामान्यतः चीन देश के साथ जोड़ कर देखते हैं। इन घड़ियों का इस्तेमाल छठवीं और सातवीं शताब्दी के चीन में किया जाता था। पर जब हम इस विषय की गहराई में जाते हैं और बारीकी से चीन की प्राचीन अगरबत्ती घड़ियों की जाँच करते हैं तो हम उन पर चीनी प्रतीक लक्षणों के स्थान पर 'देवनागिरी' नक्काशी और शिलालेख पाते हैं। यही कारण है कि दुनिया भर के कई विशेषज्ञ इस घड़ी द्वारा समय बताने के प्रकार्य को तो चीन के लोगों की देन मानते हैं, लेकिन मौलिक रूप में अगरबत्ती घडी या धूप–घड़ी को वो एक भारतीय अविष्कार ही मानते हैं, जो कि कालांतर में बौद्ध भिक्षुओं द्वारा उनके धर्म के प्रचार–प्रसार के दौरान चीन के विभिन्न क्षेत्रों में पहुँच गया।

इस विषय में अगर हम विशेषज्ञों की राय पर गौर करें तो *एडवर्ड स्काफर* के अनुसार धूप घड़ियां एक भारतीय अविष्कार ही प्रतीत होती हैं जो कि कालांतर में चीन तक पहुँच गईं।

सिल्वियो बेदिनी की राय में तांत्रिक बौद्ध शास्त्रों में वर्णित घडी के आधार पर ही चीन की धूप–घड़ी बनी प्रतीत होती है, हालांकि इस घड़ी के समय बताने की तकनीक जरूर एक चीनी कार्य लगती है। *बेदिनी* के अनुसार इनके भारतीय होने का तथ्य तब प्रकाश में आया जब ये धर्म–ग्रन्थ चीन की भाषा में अनुवादित हुए।

अभी भी चीन में मौजूद तमाम पुरातन धूप घड़ियों पर प्राचीन भारतीय 'देवनागरी' लिपि खुदी पायी गई है जो कि इनके मौलिक रुप से भारतीय होने के स्पष्ट व शुद्ध सबूत हैं, और जो यक़ीनन यह प्रमाणित करते हैं कि इनका प्रथम अविष्कार भारत की धरती पर ही किया गया था।

Incense Clock : The Fundamental Form Depicts Indian Carving

Incense clocks are popularly associated with China. It was used in China in the 6th & 7th century. But if one goes deep into this and closely examines the ancient incense clocks of China, one can find the Devanagiri carvings and inscriptions over them than the Chinese Seal Characters. That's the reason many experts in the world believe that although the time telling function of the seal might have been incorporated by the Chinese but the Incense Clocks were an Indian invention in its fundamental form which was transmitted to China by the Buddhist monks who went around spreading their religion in different areas of China in due course of time.

When we take the opinion of the experts in this field we find that *Edward Schafer* asserts with a reasonable degree of conviction, that incense clocks were probably an Indian invention, transmitted to China.

In the opinion of *Silvio Bedini,* although the time-telling function of the seal seems to be a Chinese work, the incense clocks were derived in part from the incense seals mentioned in the *Tantrik Buddhist* scriptures, which first came to light in China when those scriptures from India were translated into Chinese.

Many incense clocks which still exist and remain in China have pure evidences of the ancient Indian script Devanagri, which have been found carved out on a lot of incense clocks, which arguably, was first invented on the Indian soil.

रेडियो संचार के गुमनाम नायक

भारतीय उपमहाद्वीप में प्रायोगिक विज्ञान के संस्थापक जे.सी.बोस को आप सिर्फ खड़े हो कर सलाम कर सकते हैं। वह एक भौतिक विज्ञानी, जीवविज्ञानी, वनस्पति विज्ञानी, पुरातत्वविद्, विज्ञान–कथा लेखक (बंगाली में प्रथम) और महान अविष्कारक थे।

बोस एक छोटे से कमरे में ही अपने अनुसंधान करते थे। ब्रिटिश शासन में उनकी प्रतिभा के साथ बड़ा अन्याय हुआ; लेकिन अब उनको बेतार का पता लगाने वाले यन्त्र के प्रथम अविष्कारक और मिलीमीटर लंबाई के विद्युत चुम्बकीय तरंगों की खोज करने का श्रेय दिया गया है। 14 सितम्बर 2012 को IEEE द्वारा मिलीमीटर–बैंड रेडियो में उनके कार्य को इलेक्ट्रिकल और कंप्यूटर इंजीनियरिंग के क्षेत्र में एक मील का पत्थर माना गया है। यह मान्यता भारत में किये गए किसी खोज की एक दुर्लभ मान्यता है। न्यूयॉर्क ने उन्हें 'रेडियो विज्ञान के एक जनक' नाम से संबोधित किया है। वो जीव–भौतिकशास्त्र के क्षेत्र के एक पुरोगामी व क्रिस्टल रेडियो डिटेक्टर, वेव गाइड, हॉर्न एंटीना और माइक्रोवेव आवृत्तियों पर इस्तेमाल किये जाने वाले अन्य उपकरणों तथा आजकल सामान्य हो चुके विभिन्न माइक्रोवेव घटकों के अविष्कारक हैं। 1901 में बोस द्वारा अविष्कारित पारदिक कोहरर (टेलीफोन रिसीवर सहित) का इस्तेमाल जी. मार्कोनी द्वारा रेडियो संचार में 2000 मील की दूरी पर अपनी पहली ट्रान्सअटलांटिक रेडियो सिग्नल प्राप्त करने के लिए किया गया और दुनिया भर में जी. मार्कोनी का नाम हुआ जबकि वास्तविकता में यह रिसीवर बोस द्वारा अविष्कारित था। चन्द्रमाँ पर एक गड्ढे का नामांकन उनके सम्मान में किया गया है।

1895 में बोस ने विद्युत चुम्बकीय तरंगों का इस्तेमाल दूर से एक घंटी बजाने और कुछ बारूद को विस्फोट करने के लिए किया। एक विद्युत चुम्बकीय तरंग को उन्होंने बंगाल के उपराज्यपाल के शरीर से होते हुए 75 फीट के पार भेजा। विश्व में ई.एम. लहर का पता लगाने वाले सॉलिड स्टेट डायोड डिटेक्टर के अविष्कारक के रूप में बोस पहला पेटेंट रखते हैं। माइक्रोवेव की क्रिया का पौधों के ऊतकों पर असर और कोशाणु झिल्ली क्षमता में तदनुसार परिवर्तन का अध्ययन करने वाले बोस पहले वैज्ञानिक थे।

1977 के नोबेल पुरस्कार विजेता सर नेविले माट ने सॉलिड स्टेट इलेक्ट्रॉनिक्स के क्षेत्र में अपने स्वयं के योगदान के सन्दर्भ में यह टिप्पणी किया– "जे.सी. बोस अपने समय से कम से कम 60 साल आगे थे, उन्होंने वास्तव में पी.–टाइप और एन.–टाइप के अर्धसंवाहक के अस्तित्व को पूर्वानुमानित कर लिया था।"

बोस की शिक्षा एक स्थानीय भाषा स्कूल में शुरू हुई क्योंकि उनके पिता का मानना था कि अंग्रेजी सीखने से पहले आपको अपनी मातृभाषा का ज्ञान होना चाहिए।

The Unsung Hero of Radio Communication

Jagdish Chandra Bose was a physicist, biologist, botanist, archaeologist, science fiction writer (1st in Bengali), great inventor and a pioneer in Bio-physics. He is the founder of the experimental science in the Indian subcontinent. Great injustice was done to his talent in the British rule but now he has been credited with the invention of the first Wireless Detection Device and the discovery of the Millimeter Length Electromagnetic Waves. On 14th Sep. 2012, his work in Millimeter-band Radio was recognised as an IEEE milestone in the Electrical and Computer Engineering. The Institute of Electricals & Electronics Engineers, New York has named him as one of the fathers of the Radio Science. A crater on the moon has been named in his honour.

Bose invented the Crystal Radio Detector, Waveguides, Horn Antenna and other apparatus used at microwave frequencies. Bose was the first to use a semiconductor junction to detect radio waves, and he invented various microwave components. Bose invented the Mercury Coherer (together with the telephone receiver) used by G. Marconi to receive the radio signal in his first transatlantic radio communication over a distance of 2000 miles in 1901. G. Marconi was celebrated worldwide, but the fact that the receiver was invented by Bose was totally concealed. He also invented the Crescograph.

In 1895, Bose used electromagnetic waves to ring a bell remotely and to explode some gunpowder. He sent an electromagnetic wave through the alls and body of the Lt. Governor of Bengal. He was the first to study the action of microwaves in plant tissues and corresponding changes in the cell membrane potential. Bose conducted his research in a small 24-sq.ft. room. Nobel Laureate in 1977 Sir Neville Mott, remarked for his own contributions to solid-state electronics, that "J.C. Bose was at least 60 years ahead of his time. In fact, he had anticipated the existence of P-type and N-type semiconductors."

Bose's education started in a vernacular school, because his father believed that one must know one's own mother tongue before learning English.

'धर्म–शास्त्र' ...... दुनिया में अपनी तरह का एक अनोखा शास्त्र

भारत विश्व में एकमात्र ऐसा देश है जिसने न्यायसंगति या नीति–शास्त्रीय विज्ञान का एक व्यापक 'धर्म–शास्त्र' तैयार किया है। 'धर्म–शास्त्र' को हम सिर्फ कानूनी प्रशासन से संबंधित नहीं कह सकते हैं। वास्तव में यह जीवन के हर दुविधाजनक परिस्थिति में आचरण के सही मार्ग से संबंधित है। ये हमें समझाता है कि एक इंसान के जीवन में कर्तव्यों का पालन उसके अधिकारों से कहीं अधिक महत्वपूर्ण है। इसको हम प्राचीन भारतीय न्यायशास्त्र का एक ढांचा कह सकते हैं।

जीवन के तीन पहलुओं के महत्वपूर्ण सिद्धांत 'धर्म–शास्त्र' में अंतर्विष्ट हैं, यथाः आचार, व्यवहार एवं प्रायश्चित। 'धर्म–शास्त्र' के साहित्य के 5,000 से भी अधिक शीर्षक हैं, और इनमें तीन प्रवर्ग हैं। (1) सूत्र (संक्षिप्त सिद्धांत वाक्य) (2) स्मृति (लघु या विस्तृत ग्रंथ) तथा (3) निबंध (स्मृति छंद का सार–संग्रह) व वृत्ती (व्यक्तिगत स्मृति पर टिप्पणियां)।

वैदिक साहित्य के मुख्यतः दो प्रकार हैं – श्रुति और स्मृति। वेद को श्रुति कहा जाता है और अन्य ग्रंथों को स्मृति (संतों की वाणी) कहा जाता है। 'स्मृति' मानव निर्मित हैं और 'श्रुति' प्रकृति के नियम होते हैं।

स्मृतियों को मोटे तौर पर निम्न प्रकार से वर्गीकृत किया जा सकता है – वेदांग – वेद के विभिन्न पहलुओं को समझने के लिए आवश्यक विषय ; उपवेद – कला और विज्ञान ; उप–अंग – धर्म की समझ और उस पर बहस ; और दर्शन – सत्य की खिड़की।

जिन महर्षियों ने श्रुति के मन्त्रों को प्राप्त किया है, और अपनी स्मृति की सहायता से उन्होंने जिन धर्मशास्त्रों के ग्रन्थों की रचना की है, वो ही स्मृति ग्रन्थ कहे गये हैं । मुख्य स्मृतिकार और उनके नाम पर कुछ प्रमुख 'स्मृतियाँ' इस प्रकार हैं: 1–मनु 2–अत्रि 3–विष्णु 4–हारीत 5–याज्ञवल्क्य 6–उशना 7–अंगिरा 8–यम 9–आपस्तम्ब 10–संवर्त 11–कात्यायन 12–बृहस्पति 13–पराशर 14–व्यास 15–शंख 16–लिखित 17–दक्ष 18–गौतम 19–शातातप 20–वशिष्ठ आदि।

हमारे जीवन को परिष्कृत व सुव्यवस्थित करने हेतु ये 'धर्म–शास्त्र' हमारे परम सत्य एवं मार्गदर्शी सिद्धांत हैं।

"Dharma-Shastra" is One of its Kind in the World

India is the only country in the world which has devised such a comprehensive "Dharma-Shâstra" i.e. the "Science of Righteousness or Ethics". *Dharma-Shastra* is not primarily concerned with legal administration; it is concerned with the right course of conduct in every dilemma. It proposes that duties of a human being are more significant than rights. It can be called the ancient Indian body of jurisprudence.

Dharma-Shastra contains principles about the three vital aspects of life, namely, *Achaar* (manner of life, conduct); *Vyavahaar* (action, behavior, bearing); *Prayashchit* (renunciation, penitence, atonement).

The literature of *Dharma-shastra* exceeds 5,000 titles, and it has three categories: (1) *Sutras* (terse maxims); (2) *Smritis* (shorter or longer treatises); and (3) *Nibandhas* (digests of Smriti verses) & *Vrittis* (commentaries upon individual Smritis).

Vedic literature is primarily of two types; Sruti and Smriti. The Veda is called *Sruti* and the other texts are called *Smritis* (the words of seers). 'Smritis' are man-made and 'Srutis' are nature's law.

Smritis could be broadly classified as Vedanga - subjects required to understand various aspects of the Veda; Upa-veda - arts and sciences; Upa-anga - understanding of dharma and debating it; and Darshana - windows to truth.

Sages who received the *Sruti* (sacred verse) and the books they composed and created with their remembrance are called *'Smriti-Granth'*. A few prominent *'Smritis'* among them are: Manu; Vishnu; Atri; Samvarta; Harita; Ushna; Angira; Yama; Shankh; Parashar; Daksha; Gautam; Likhit; Shatatapa; etc.

'Dharma-Shastras' are the ultimate truth & guiding principles to regulate and refine our lives.

देने की कला – दुनिया में अपनी तरह की एक अकेली शिक्षण संस्था

अगर आप अपने जीवन का परम–ध्यान अपने नैतिक मूल्यों पर केंद्रित कर रहे हैं तो आप जीवन की अकल्पनीय सीमाओं को भी पार कर सकते हैं। अच्युतानन्द सामंत ने मात्र कुछ हजार रुपयों के साथ एक विश्व स्तरीय विश्वविद्यालय 'कलिंगा इन्स्टीट्यूट ऑफ इंडस्ट्रियल टेक्नोलॉजी' (के.आई.आई.टी.) की स्थापना की है। अच्युतानन्द को जीवन मे घोर गरीबी का सामना करना पड़ा था, और तब उन्होंने संकल्प लिया और ऐसी कामना करी कि दुनिया में गरीबी की वजह से किसी को भी शिक्षा से वंचित न होना पडे। उन्होंने 'कलिंगा इन्स्टीट्यूट ऑफ सोशल साइंसेज' की स्थापना की जहाँ पर लगभग 25,000 आदिवासी बच्चों को बालवाढ़ी से लेकर स्नातकोत्तर तक की शिक्षा एवं व्यावसायिक प्रशिक्षण निःशुल्क प्रदान किया जाता है। यह दुनिया में अपनी तरह की एकमात्र संस्था है जो आवास व भोजन व्यवस्था के साथ ऐसी निःशुल्क शिक्षा, प्रशिक्षण व स्वास्थ्य सेवा प्रदान करती है।

अच्युत सिर्फ चार वर्ष के थे जब उनके पिता की मृत्यु हो गई। परन्तु उन्होंने दृढ़ संकल्प के साथ अपने जीवन की तमाम कठोर परिस्थितियों का सामना करते हुए उत्कल विश्वविद्यालय से रसायन विज्ञान में स्नातकोत्तर की पढ़ाई पूरी की। वह अविवाहित हैं। या आप कह सकते हैं कि वह गरीब आदिवासी बच्चों के जीवन में शिक्षा की रोशनी लाने के अपने संकल्प के साथ विवाहित हैं।

अमेरिका के प्रसिद्ध 'एज फाउंडेशन' ने दुनिया के 15 शीर्ष सामाजिक उद्यमियों में सामंत के नाम का उल्लेख किया है। 'लिम्का बुक ऑफ रिकार्ड्स' के अनुसार वह भारत के किसी भी विश्वविद्यालय में सबसे कम उम्र में कुलपति बनने वाले प्रथम व्यक्ति हैं।

विश्व के कई प्रतिष्ठित पुरस्कारों और मानद डिग्रीयां/डॉक्टरेट की उपाधि से सामंत सम्मानित हो चुके हैं। इनमे से कुछ प्रमुख हैं : हान्सीओ विश्वविद्यालय– दक्षिण कोरिया व कंबोडिया विश्वविद्यालय एवं ओ.आई.यू. कोलंबो इत्यादि। उन्हें कतर फाउंडेशन पुरस्कार एवं विश्व मानव संसाधन विकास कांग्रेस द्वारा एशिया के सर्वश्रेष्ठ सामाजिक उद्यमी –2010 का पुरस्कार दिया गया है।

सामंत के विचारों के अनुसार – 'एक वंचित बच्चे को शिक्षा देना एक अंधे को दृष्टि देने के समान है'

Art of Giving – The One of its Kind Educational Institution of the World

If your ethical values are the ultimate focus of your life you can cross unimaginable boundaries of life. Achyutanand Samanta established a world class university 'Kalinga Institute of Industrial Technology' (KIIT) with just a couple of thousands in his pocket. He faced abject poverty and wished for a world where education is not denied to anyone due to poverty. He established 'Kalinga Institute of Social Sciences' which offers kindergarten to post-graduation education as well as vocational training to the nearly 25,000 tribal children, free of cost. It is the only institute of its kind in the world which provides free education, training, food, accommodation and healthcare.

His father died when Achyuta was just four. He overcame the adversities of his life with sheer determination and did M.Sc (Chemistry) from Utkal University. He is unmarried, or one can say, married to his mission of bringing sun shine in the lives of poor tribal children.

The American 'Edge Foundation' has mentioned Samanta's name among the top 15 social entrepreneurs of the world. The Limca Book of Records says that he is the youngest chancellor of any University in India.

He has received many prestigious awards and honorary degrees from world over including Asia's best social entrepreneur-2010 by world HRD congress, Qatar Foundation award, Honorary Doctorate by Hanseo University, South Korea, University of Combodia, OIU Colombo etc.

Samanta says, - *"Giving education to a deprived child is like giving sight to the blind"* .

''वृक्षायुर्वेद'' वनस्पति विज्ञान पर पहला विस्तृत शिक्षण है

वनस्पति–विज्ञान पर आधुनिक किताबें 'डीक्स्कोना जोली' और 'रॉबर्ट कोच' के नामों को उन वनस्पतिशास्त्रीयों के रूप में उल्लेखित करती हैं जिन्होंने पौधों की कोशिकाओं के बारे मे दुनिया को बताया और ये भी बताया कि कैसे वे अपनी जड़ों के माध्यम से भोजन और पानी लेते हैं।

परन्तु इन दोनों लोगों ने 1894 और 1665 में अपनी शोध के द्वारा वानस्पतिक–विज्ञान के बारे में जो कुछ भी बताया है वो सब कुछ एक हज़ार से भी अधिक साल पहले की किताब *"वृक्षायुर्वेदा"* में महर्षि सुरपाला द्वारा विस्तार से समझाया जा चुका है।

सुश्रुत, वाराहमिहिर और ऋषि पाराशर जैसे कई अन्य प्राचीन भारतीय वैज्ञानिकों ने भी विभिन्न प्राचीन पुस्तकों में वनस्पति–विज्ञान और पादप–जीवन के रहस्यों को समझाया है।

''वृक्षायुर्वेद'' की एकमात्र मूल और जीवित संस्कृत पांडुलिपि की प्रतिलिपि ऑक्सफोर्ड विश्वविद्यालय के बोडलियन पुस्तकालय में रखी हुई है। यह एक अत्यंत ही खास पुस्तक है जो कि ये भी सिखाती है कि कैसे एक केले के पेड़ में आम को उगाया जाये। एशियन एग्री–हिस्ट्री फाउंडेशन, आंध्र प्रदेश ने बोडलियन पुस्तकालय से इस पुस्तक के पांडुलिपि की एक नकल प्राप्त की है और 1996 में फाउंडेशन द्वारा अंग्रेजी अनुवाद के साथ इस पुस्तक को मुद्रित किया गया है।

सभी महान भारतीय ग्रंथ जैसे उपनिषद, महाभारत, श्रीमद् भागवत और रामायण आदि के आख्यान में भी पौधों के विज्ञान के बारे में कहीं न कहीं सन्दर्भ ज़रूर हैं।

उपरोक्त तथ्यों से एक बात एकदम स्पष्ट रुप से सामने आती है कि वानस्पतिक–विज्ञान सदियों से प्राचीन भारत का एक हिस्सा रहा है, भले ही इसकी खोज का अतार्किक श्रेय पश्चिमी आधुनिक विज्ञान लेता रहा हो।

"Vriksha Ayurveda" is the First Elaborate Teaching on Botany

The modern books on Botany mention the names of Dixcona Joli and Robert Koch as the Botanists who explained to the world about plant cells and how they take food and water through their roots.

Whatever they have explained about the Botanical Science in 1894 and 1665 had already been explained by Maharishi Surapala more than 1000 years back in the book *Vriksha Ayurveda.*

Many other ancient Indian scientists like Susruta, Varahamihir and Rishi Parashar etc. have also explained the botanical science and mysteries of the plant life in different ancient books.

The original and the only surviving copy of the Sanskrit manuscript *"Vriksha Ayurveda"* is kept in the Bodleian Library of the Oxford University. This book is par excellence as it even teaches how to grow Mango in a Banana tree. The Asian Agri-History Foundation, Andhra Pradesh, has procured a manuscript copy from the library and that copy has been printed along with English translation by AAHF in 1996.

All the great Indian texts like Upanishads, Mahabharat, Srimad Bhagvata and Ramayan have somewhere in their narratives, referred to the science of plants.

It means that even though the western modern sciences take undue credits for its discoveries, there is no doubt that the Botanical Science has been a part of the ancient India since ages.

दारा शिकोह–हिंदू दर्शन में आस्थावान एक इस्लामी राजकुमार

शाहजहां और मुमताज के ज्येष्ठ पुत्र और औरंगजेब के भाई दारा शिकोह एक बहुत ही प्रबुद्ध व्यक्ति थे जो सभी धर्म के लोगों के बीच सौहार्दपूर्ण सह–अस्तित्व में ज़बरदस्त विश्वास रखते थे।

उन्होंने इस्लाम और हिंदू धर्म के बीच एक आम आध्यात्मिक भाषा खोजने की दिशा में काम किया था। उन्होंने कई हिंदू ग्रंथों का गहन अध्ययन किया और महान हिंदू दार्शनिकों के विचार सुने। दारा शिकोह ने उपनिषदों का काफी गहन अध्ययन किया और उनसे प्रभावित हो कर 1657 ईस्वी में 50 उपनिषदों का अनुवाद संस्कृत से फ़ारसी भाषा में किया। वह चाहते थे कि मुस्लिम विद्वान भी उपनिषदों का अध्ययन करें क्योंकि वो स्वयं उपनिषदों की शिक्षा पर पूरा विश्वास रखते थे।

"सीर–ए–अकबर" नामक अपने अनुवाद की शुरूआत में उन्होंने बहुत ही साहसपूर्ण तरीके से ये लिखा है कि 'कुरान' में "किताब अल मकनुन" के सन्दर्भ में जो काम लिखा गया है वह काम वास्तव में उपनिषदों का शिक्षण ही है। उनकी दूसरी किताब 'मजमा अल बहरेन' में वेदांत और सूफीवाद के शास्त्रीय शब्दों का तुलनात्मक अध्ययन प्रस्तुत किया गया है। दारा का ऐसा मत और विश्वास था कि सत्यान्वेषण के सम्बन्ध में वेदांत और इस्लाम में शाब्दिक के अतिरिक्त और कोई अंतर नहीं है। अपने इन विचारों के कारण वो अपने भाई औरंगजेब की आँखों में एक नास्तिक और इस्लाम विरोधी व्यक्ति बन गए तथा कुछ अन्य लोगों ने भी क़ुरान के प्रति उनकी वफादारी पर शक किया।

दारा ने सातवें सिख गुरु, गुरू हर राय के साथ एक अच्छी दोस्ती विकसित की थी। दारा शिकोह सभी समुदायों के बीच इस कदर लोकप्रिय व सम्मान प्राप्त व्यक्ति थे कि अमृतसर के स्वर्ण मंदिर का शिलान्यास करने के लिए सिखों द्वारा उन्हें आमंत्रित किया गया था।

दारा शिकोह द्वारा स्थापित पुस्तकालय अभी भी गुरु गोबिंद सिंह आई.पी. यूनिवर्सिटी, दिल्ली में मौजूद है। कई इतिहासकारों को लगता है कि औरंगजेब के स्थान पर अगर दारा शिकोह राजा होता तो भारत का इतिहास कुछ अलग ही हो सकता था।

Dara Shikoh-The Islamic Prince with Hindu Interest

Dara Shikoh, the eldest son of Shahjahan and Mumtaz and the brother of Aurangzeb, was a very enlightened person with tremendous beliefs in the harmonious coexistence between people of all faith.

He worked towards finding a common mystical language between Islam and Hinduism. He read many Hindu scriptures and listened to the great Hindu philosophers. He studied the Upanishads and translated 50 Upanishads from Sanskrit to Persian in 1657. He wanted the Muslim scholars to study Upanishads because he believed in the teachings of the Upanishads.

In the introduction of his translation called *'Sirr-e-Akbar'*, he boldly states the fact that the work referred to in the 'Quran' as the 'Kitab-al-maknun' is actually the teaching of the Upanishads. His other work 'Majma-ul-Bahrain' talks about affinities between Sufism and Vedantic thoughts. He believed that on the matters of truth seeking, there is not much difference between Islam and Vedant.This made him an infidel in the eyes of his brother Aurangzeb while others also suspected his loyalty towards Quran

Dara had developed a good friendship with Guru Har Rai, the 7th Sikh Guru. He was so widely respected among all communities that he was invited by the Sikhs to lay the foundation stone of the Golden Temple in Amritsar.

The library established by Dara Shikoh still exists in the Guru Gobind Singh IP University, Delhi. Many historians feel that if Dara Shikoh could have been the King in place of Aurangzeb, the history of India might have been different.

चंद बरदाई ने दोस्ती के सही अर्थ को समझाया

चंद बरदाई राजा पृथ्वी राज चौहान के राजदरबार के एक राज कवि थे एवं उनके एक अत्यंत खास मित्र भी थे। उनको साहित्य, व्याकरण, ज्योतिष आदि विषयों पर महारत हासिल थी। जब पृथ्वीराज को मोहम्मद गोरी द्वारा कैद कर लिया गया तब चंद बरदाई अपनी ज्योतिष विद्या के सहारे एक बहरूपिये के भेष में मोहम्मद गोरी के दरबार में प्रवेश करने में कामयाब रहे। राजा पृथ्वीराज को मोहम्मद गोरी ने अँधा कर दिया था। पृथ्वीराज को गोरी से अपना बदला लेने में मदद करने के लिए चंद बरदाई ने अपने जीवन को दांव पे लगा दिया। उन्होंने सफलतापूर्वक गोरी को आश्वस्त कर लिया कि पृथ्वीराज सिर्फ आवाज सुन कर और बिना देखे ही लक्ष्य को गोली मार सकते हैं। गोरी ने पृथ्वीराज को मौंका दिया और तब चंद बरदाई ने अपना प्रसिद्ध दोहा बोला– ''चार बांस चौबीस गज, अंगुल अष्ट प्रमाण, ता ऊपर सुल्तान है, मत चूके चौहान''। इस दोहे को समझ कर पृथ्वीराज ने मो. गोरी को तीर से मार दिया।

चंद बरदाई ने दोस्त के प्रति वफ़ादारी और दोस्ती के सही अर्थ को परिभाषित किया। ''जरूरत में जो काम आये वही दोस्त एक सच्चा दोस्त है'', इस उद्धरण का दुनिया में यह एक बेहतरीन प्रकट उदाहरण है।

उनका सबसे प्रसिद्ध कार्य 'पृथ्वीराज–रासो' था जो कि उत्तरी भारत के क्षत्रिय समुदाय के सामाजिक और जातीय संरचना के बारे में ब्रज–भाषा में लिखा हुआ जानकारी का एक स्रोत है। इसमें पृथ्वीराज चौहान की उपलब्धियों के इतिहास की एक झलक है और तत्कालीन समय का भी एक कवितामय वर्णन है।

पृथ्वीराज–रासो गीत के रूप में लिखा गया है और यह उत्तर–पश्चिमी भारत और राजपूताना के कुछ भागों में अभी भी भ्रमणकारी भाट लोगों के द्वारा गाया जाता हैं। चंद बरदाई द्वारा लिखित इन घटनाओं को बाद में उनके बेटे जाल्हन द्वारा पूरा किया गया।

पृथ्वीराज चौहान की कहानी का ज़िक्र चंद बरदाई का ज़िक्र किये बिना कभी नहीं हो सकता है।

Chand Bardai Defines the Meaning of Friendship

Chand Bardai was the court poet as well as a close friend and member of the inner circle of the king Prithvi Raj Chauhan. The royal poet had a mastery over literature, grammar, astrology etc. By using his astrological talents, he managed to enter the court of Mohammad Gori in a disguise when Prithviraj was imprisoned and vengefully blinded by Gori. He successfully convinced Gori that just upon hearing the sound, Prithviraj could shoot the target with his arrow without an eye sight. Gori invited Prithviraj to shoot and Chand Bardai spoke his famous couplet *"Chaar baans, chaubees gaj, angul ashta pramaan, ta upar sultaan hai, mat chukoe chauhan"*. This couplet was instrumental in killing Mohd. Gori.

Chand Bardai played with his life to help king Prithviraj take his revenge over Mohd Gori. He thus defined the true meaning of loyalty and friendship. Chand Bardai is a practical demonstration of the quotation 'A friend in need is a friend in deed'.

One of his most famous works was 'Prithviraj Raso' which was written in Braj-bhasha and which is a source of information on the social and clan structure of the Kshatriya communities of northern India. It is a poem which elucidates a chronicle of Prithviraj Chauhan's achievements and the history of that time. The Prithviraj Raso is written in ballad form, and portions of it are still sung by itinerant bards throughout north-western India and Rajputana. These events, as written by Bardai, were later completed by his son Jalhan.

Whenever the story of Prithviraj Chauhan is told, Chand Bardai shall automatically appear in it.

चापेकर बंधु : ब्रिटिश अत्याचारों के खिलाफ उठने वाले पहले प्रतिक्रियावादी

पूरी दुनिया में दामोदर हरि चापेकर (या चाफेकर) और उनके भाइयों बालकृष्ण और वासुदेव द्वारा दिया गया महान बलिदान तीन भाइयों द्वारा इस प्रकार से बलिदान देने का अकेला उदाहरण है।

पूना में 1896–97 के प्लेग महामारी को नियंत्रित करने के लिए डब्ल्यू. सी. रैंड, आई.सी.एस. अधिकारी, को व्यापक अधिकार दिया गया था। सरकार का यह स्पष्ट दिशानिर्देश था कि इस कार्य के दौरान वहाँ उच्च जाति की हिंदू और मुस्लिम महिलाओं की जांच एक महिला द्वारा ही की जानी चाहिए। जाति और धर्म के प्रति सम्मान होना चाहिए, और इन सब उपायों में उनकी भलाई है, यह बात लोगों को ठीक से समझाया जाना चाहिए। इसके बावजूद रैंड और उसके आदमियों ने महामारी को नियंत्रित करने के नाम पर पूना के लोगों को लूटा व घरों में घुस कर दुर्व्यवहार व बलात्कार किया। इस अत्याचार के दौरान दो महिलाओं के साथ बलात्कार की घटना विशेष रूप से चर्चित हुई जिनमें से एक महिला ने लज्जावश आत्महत्या कर ली।

चापेकर बंधुओं ने इन ब्रिटिश ज़ालिम तानाशाहों को मारने की कसम खाई और 22 जून 1897 को एक योजनाबद्ध तरीके से रैंड तथा उसके लेफ्टिनेंट अयेर्स्ट की हत्या को सफलतापूर्वक अंजाम दे दिया। दामोदर चापेकर बंबई में गिरफ्तार कर लिये गये और दामोदर ने खुद पर हत्या की पूरी जिम्मेदारी ले ली। अदालती कार्यवाही के दौरान उनके द्वारा निडर व साहसिक तरीके से एक बर्बर व्यक्ति की हत्या को न्यायोचित ठहराने वाले बयान को सुनकर लोग हैरान और नतमस्तक थे। दामोदर और उनके भाइयों को अदालत ने दोषी पाया और तीनों को मौत की सजा सुना दी।

दामोदर की गिरफ्तारी के बाद मां की मृत्यु हो गई और उनके पिता का निधन उनके पुत्रों बालकृष्ण और वासुदेव को फांसी दिए जाने के बाद ही हो गया। परिवार की तीन पीड़ित युवा विधवाओं के सामने सिर्फ कष्टपूर्ण जीवन रह गया।

लाला लाजपत राय के अनुसार चापेकर बंधु वास्तव में भारत में क्रांतिकारी आंदोलन के संस्थापक थे। तिलक ने भी प्रशंसा के श्रेष्ठतम शब्दों का प्रयोग किया। बीस वर्ष के आसपास की युवावस्था में इनकी बहादुरी और बलिदान हमे आज भी गर्व की अनुभूति देता है।

रैंड और अयेर्स्ट की हत्या को भारतीय स्वतंत्रता संग्राम की पहली राजनैतिक हत्या कही जाती है।

Chapeкar Brothers : The First Reactionaries Against the British Atrocities

The heroic sacrifice made by Damodar Hari Chapekar and his brothers Balkrishna and Vasudeo for the welfare of their country is said to be the only instance of such sacrifice by three brothers in the whole world.

During the plague epidemic of 1896-97 in Pune, W.C.R and, an ICS officer, was given vast powers to control the plague. The governor's direction clearly said that Muslim and high caste Hindu women will be examined only by a woman, there should be respect for caste and religion and the people should be properly impressed upon that the measures are being taken for their own good. However, Rand and his men, in the name of controlling the epidemic, misbehaved, looted and raped the people of Poona by entering their houses. Rape of two women were particularly highlighted, one of whom committed suicide.

The Chapekar brothers vowed to kill these British barbarians and executed their plan successfully on 22 June 1897 by killing Rand and his Lieutenant Ayerst. Damodar Chapekar was arrested for Rand's murder in Bombay. Damodar took the entire responsibility of the murder upon himself. People were amazed when they heard his fearless statement in the court justifying the murder of a savage. Damodar as well as his brothers were found guilty and all the three were sentenced to death.

The Chapekar family greatly suffered after the hanging of the three brothers. The mother died after the arrest of Damodar and his father died after the execution of Balkrishna and Vasudev. Three young widows were left behind to suffer.

According to Lala Lajpat Rai, Chapekar brothers were in fact the founders of the revolutionary movement in India. Tilak also had high words of praise for the three revolutionary brothers. The sacrifice and bravery of these young men-only in their early twenties - makes one feel proud even today. The murder of Rand and Ayerst is called the first political murder during the Indian freedom struggle.

''समुद्र–मंथन'' का पर्वत

भागलपुर के बांका जिले में स्थित मंदार पर्वत हिंदुओं और जैनियों दोनों ही के लिए एक बहुत ही महत्वपूर्ण तीर्थस्थान है, क्योंकि यहां के पहाड़ की चोटी पर हिंदू एवं जैन दोनों से संबंधित दो मंदिर साथ–साथ स्थित हैं । मंदार पर्वत वही पर्वत है जहाँ पर देवताओं एवं असुरों के बीच समुद्र–मंथन की प्रसिद्ध पौराणिक घटना घटित हुई थी।

मंदार पर्वत बारहवें जैन तीर्थांकर वासुपूज्य स्वामी जी की तपस्या, अलौकिक ज्ञान और मोक्ष से संबंधित है (ज्ञान, तप और मोक्ष)। मंदार के पहाड़ का हिंदू पौराणिक कथाओं में कई संदर्भ मिलता है और यह मंदारांचल पर्वत के रूप में जाना जाता है। पुराणों और महाभारत में भी इस पहाड़ी के बारे में उल्लेख मिलता है। उनके अनुसार इस पहाड़ी पर ही हिन्दुओं के शास्त्र में वर्णित प्रसिद्ध ''समुद्र–मंथन'' घटना हुई थी जब यहाँ पर अमृत निकालने के लिए नाग (सर्प) के लपेट के साथ देवताओं और असुरों के बीच अमृत–मंथन किया गया था। ये स्थान सुमेरू–पर्वत के रूप में जाना जाता है। स्कंद–पुराण में इस घटना के लिए एक अलग अध्याय है।

इस पहाड़ी से सटा हुआ ''पाप–हरनी'' नामक एक पवित्र तालाब है । यह तालाब एक ऐसे स्थान के रूप में जाना जाता है जिसमें स्नान करने के बाद आप अपने आप को पुनर्जीवित कर सकते हैं क्योंकि यह मानसिक और शारीरिक रूप से आपको एकदम तरोताजा कर देगा। इस तालाब के मध्य में कमलरुपी संरचना के साथ विष्णु (विश्राम स्थल) और लक्ष्मी का एक मंदिर स्थित है ।

मान्यताओं के अनुसार पर्वत के चट्टानों पर दिखाई पड़ने वालीं प्रतिकृतियाँ अमृत–मंथन के दौरान नाग (सर्प) के मंथन के द्वारा उत्पन्न हुईं हैं। इस पहाड़ी पर कई प्रकार की मूर्तियों को भी उकेरा गया है। यह पर्वत लगभग 700 फुट ऊंचा है और यह स्थान सड़क और रेल मार्ग के साथ अच्छी तरह से जुड़ा हुआ है।

मंदार पर्वत की चोटी पर एक पैर का निशान दिखता है जिसे हिंदुओं द्वारा विष्णु के पैर का निशान माना जाता है जबकि जैनियों द्वारा इसे वासुपूज्य स्वामीजी के पैर का निशान माना जाता है।

The "Samudra-Manthan" Mountain

Mandar Parvat is the mountain where the famous mythological event '*Samudra-Manthan*' happened between the *Devas* and *Asuras* (Gods and Demons). It is situated in the Banka district of Bhagalpur. The Mandar Hill is a very great place of pilgrimage for the Hindus and Jains as on top of the hill there are two temples side by side belonging to the Hindus and Jains.

Mandar Hill is related to the penance, supernatural knowledge and salvation of the 12th Jain Teerthankar Vasupoojya Swami (*Gyan, Tapa* and *Moksha* of *Swami ji*). The mountain of Mandar has many references in the Hindu mythology and it is known as the Mandarachal-Parvat. The Puranas and Mahabharata have references about this hill and according to them this hill was used for churning the ocean with the winding Naag (snake) to extract the Nectar (Amrit) from its bosom, which is famous in the Hindu-Shastra as the 'Samudra-Manthan'. It is known as Sumeru-Parvat and Skand-Puraan has a separate chapter for it.

Adjacent to this hill there is a holy pond called "Paapharni". It is known as a place where after taking a bath in the pond you can revive yourself; as it will refresh you mentally and physically. A temple of Lord Vishnu (known as his resting place) and Laxmi is situated in the middle of the pond with a lotus structure.

The pattern visible on the rocks is believed to have been created by the great snake (Naag) when the churning for the Nectar between *Devas* and *Asuras* took place here. Many idols are carved out on the hill. This mountain is about 700 feet high and the place is well connected with road and rail.

There is a foot-mark on top of the mountain which is considered as the foot-mark of Vishnu by the Hindus, while the same is considered as that of Vasupoojya Swami by the Jains.

भारतीय तट पर ही पहला मानव निर्मित गोदी बनाया गया था

1955 में 'भारतीय पुरातत्व सर्वेक्षण' ने गुजरात के 'लोथल' नामक स्थान पर एक परिबद्ध बंदरगाह या ज्वारीय गोदी की खोज की। आगे के अनुसन्धान में यह पाया गया कि ये लगभग 2500 ईसा पूर्व में निर्मित हुआ है। इस खोज ने यह निर्विवाद रुप से साबित कर दिया है कि दुनिया के सर्वप्रथम ज्ञात गोदी और बंदरगाह भारत में ही थे।

गोदी आकार में चतुर्भुज है और इसके दीवारों का निर्माण पकी हुई ईंटों से किया गया है। गोदी का प्रवेश–द्वार एक समय में दो जहाजों को स्थान देने में सक्षम दिखता है। ऐसा समझ में आता है कि यहाँ से खाद्य सामग्री, मनकेदार गहनों और कपड़ों का आवागमन तथा कारोबार होता था।

आधुनिक समुद्र–विज्ञानी ये मानते हैं कि हड़प्पा के लोगों को समुद्री ज्वार का काफी अच्छा ज्ञान था, क्योंकि उन्होंने उस साबरमती नदी के तट पर इस तरह के गोदी को बनाया था जिसकी धारा की दिशा बदलती रहती थी। जिन इंजीनियरों ने इसको बनाया वो महान समुद्री इंजीनियर थे क्योंकि उन्होंने पहले ज्वार–भाटा का अध्ययन किया और ये देखा कि उनके बनाये हुए ईंट की संरचना पर इसका क्या प्रभाव पड़ता है। उनके द्वारा स्थान (लोथल) का चयन भी उनके गोदी कार्य के बारे में किये गए शानदार अध्ययन की तरफ संकेत करता है। विशेषज्ञों का मत है कि ये प्राचीन समुद्री वास्तुकला का एक उत्कृष्टतम् उदाहरण है।

दुनिया धीरे–धीरे प्राचीन भारतीय इंजीनियरों और वास्तुशास्त्रीयों की लाजवाब और बेजोड़ प्रतिभाओं से अवगत होती जा रही है।

Indian Coast Had Built the First Man-made Dock

In 1955, the ASI discovered an enclosed harbor or tidal dock in a place called 'Lothal' in Gujarat. Further investigations proved that it was built at about 2500 B.C.E. It means that it is the earliest known dock in the world.

The dock is trapezoid in shape and the walls are constructed with burned bricks. The entrance of the dock looked capable of accommodating two ships at a time. It is believed that food items, beaded jewelry and fabrics were traded and transported through this port.

The modern oceanographers think that the Harappan people had really great knowledge about tides because they had built such a dock on the Sabarmati River, which had an ever-shifting course. The engineers who built it were considered great maritime engineers because it seems that they studied the tidal movements and its effects on the brick structure they built. The selection of the location i.e. Lothal also hints at their brilliant study about the planned dock work. Experts believe that it is an excellent example of the ancient maritime architecture.

The world is gradually discovering the unmatched and unparallel talents of the ancient Indian engineers and architects.

एलोरा की गुफाएं – एक कल्पनातीत पाषाणशिल्पीय स्थापत्य–कला

एलोरा की गुफाएं चट्टानों को काटकर बनाई गई विश्व की विशालतम व अद्वितीय मठीय–मंदिर संकुल हैं। 16 नंबर की गुफा में स्थित कैलाश मंदिर इस संकुल में विश्व का सबसे बड़ा अखंडित उत्खनन है। इस मंदिर के बारे में जानने के बाद यह विश्वास करना कठिन हो जाता है कि ऐसे मंदिर–शंकुल निर्माण की कल्पना भी की जा सकती है। यहां पर कुल 34 गुफाएं हैं जो वास्तव में ऊर्ध्वाधर खड़ी चरणाद्रि पर्वत की एक फलक हैं। प्रथमदृष्ट्या तो ये एक स्वत्रंत रुप से खड़ा बहुमंजलीय मंदिर संकुल लगता है, परन्तु वास्तविकता में ये मंदिर सिर्फ एक चट्टान को काट के निकाला गया है। यह क्षेत्रफल मे एथेंस स्थित पार्थेनन से दोगुना है।

इन गुफाओं का निर्माण 6.50 करोड वर्ष पुरानी सह्याद्री पर्वतमाला को काटकर किया गया है। इसका निर्माण बेसाल्ट की खड़ी चट्टानों की दीवारों को काट कर इसलिए किया गया है क्योंकि ये चट्टानें प्रारंभिक उत्खनन के दौरान तो नरम रहती हैं और फिर वातावरण के संपर्क में आने के पश्चात धीरे धीरे कठोरीकृत हो जाती हैं।

यह स्थान अनादिकाल से आबाद रहा है, जिसका प्रमाण यहां पर पाये गये पेलिओलिथिक यानि प्रागैतिहासिक युग (10000 से 20000 वर्ष पूर्व) के पाषाण औजार हैं। इस क्षेत्र में पाये गये चाल्कोलिथिक या ताम्र युग (2500–10000 बी.सी) के अवशेष भी यह इंगित करते हैं कि यहाँ पर निर्वाध रुप से मानव जाति का बसेरा रहा है।

एलोरा की इन गुफाओं का इस दुनिया से कभी भी संपर्क नहीं टूटा क्योंकि ये सदियों से व्यापार मार्ग में रहीं हैं। यह एक प्रमुख विश्व धरोहर है जिसमे कुल 12 बौद्ध गुफाएं, 17 हिन्दू गुफाएं और 5 जैन गुफाएं मौजूद हैं।

निःसंदेह यह गुमनाम भारतीय शिल्पकारों का एक कल्पनातीत इंजीनियरिंग चमत्कार है।

Ellora Caves - No One Can Still Imagine How It Could Be Made

The Ellora caves are one of the largest rock-hewn monastic-temple complexes in the entire world. The Kailash temple (cave 16) is the largest single monolithic excavation in the world. After knowing the details, it is hard to believe that somebody could imagine building such temple-complex.

The 34 caves are actually structures excavated out of the vertical face of the Charanandri hills. It looks like a freestanding, multi-story temple complex, but it was carved out of one single rock, and covers an area double the size of Parthenon in Athens. This world heritage has 12 Buddhist, 17 Hindu and 5 Jain Caves.

The hills, in which the caves are hewn, belong to the Sahyadri ranges which are nearly 65 million years old. The basaltic rock of Ellora is ideal for rock hewing, as they are soft during the initial excavation and hardens when exposed to sun and nature.

The region has been inhabited since time immemorial. The stone tools belonging to the Upper *Paleolithic* (pre-historic age i.e. around 10,000 to 20,000 years ago) bear testimony to this fact. The *Chalcolithic* or Copper age remains (2500-1000BC) in this region also indicate about the continuity of human occupation in this region. The Ellora caves were never lost to the world because it was always in the trade route.

This is an engineering marvel of the little known craftsmen of India which is beyond imagination.

आवृतबीजीयों या कुसुमित पौधों का परखनली निषेचन किया जा सकता है

पंचानन माहेश्वरी ने ही आवृतबीजीयों को परखनली में निषेचित करने की तकनीक का अविष्कार किया है। उनके पहले किसी ने सोचा भी नहीं था कि कुसुमित पौधों को परखनली में निषेचित किया जा सकता है। एक प्रमुख वनस्पतिशास्त्री माहेश्वरी की तकनीक ने वनस्पति भ्रूणविज्ञान के क्षेत्र में तुरंत नये रास्ते खोल दिए। आर्थिक और प्रायोगिक वनस्पति विज्ञान के क्षेत्र में यह काफी उपयोगी है। इस अविष्कार ने नये संकर प्रजाति की वनस्पति को विकसित करने में बहुत मदद की जो पहले स्वाभाविक रूप से संकरित नहीं किये जा सकते थे।

उनके ज्ञान–गुरु विनफील्ड डज़ऑन ने उनके जीवन को बहुत प्रभावित किया था। पंचानन माहेश्वरी दुनिया के वह वैज्ञानिक नागरिक थे जिनको चतुर्दिक सम्मान प्राप्त था और कई शिक्षण शास्त्री उनको अपना फाउंडेशन फेलो बनाना चाहते थे। माहेश्वरी ने वैज्ञानिक पत्रिका *फाईटोमोर्फोलॉजी* और एक काफी लोकप्रिय पत्रिका *बोटानिका* की स्थापना की। उन्होंने विद्यालयों में जीवन–विज्ञान के शिक्षण स्तर को बेहतर करने के लिए उपयोगी ग्रंथों को प्रकाशित किया।

हालाँकि वह एक भ्रूण–विज्ञानी के रूप में प्रसिद्ध थे पर वह अन्य वानस्पतिक क्षेत्रों में भी निपुण थे। माहेश्वरी ने दो पुस्तकों, *'एन इंट्रोडक्शन टू द एम्ब्रीयोलॉजी ऑफ ऐन्जीओस्पर्म्स* तथा 'रीसेंट एडवांसेज इन एम्ब्रीयोलॉजी ऑफ़ ऐन्जीओस्पर्म्स' का लेखन किया है। 1951 में उन्होंने वानस्पति–आकृति वैज्ञानिकों की अंतर्राष्ट्रीय संस्था की स्थापना की। 1965 में लंदन के रॉयल सोसायटी से एफ.आर.एस सम्मान प्राप्त करने वाले वह दूसरे भारतीय वनस्पतिशास्त्री हैं।

उनके ज्ञान–गुरु विनफील्ड ने एक बार कहा कि 'जब उनके छात्र उनसे बेहतर करते हैं तो उन्हें अच्छा लगता है।' इसे सुन कर माहेश्वरी ने पूछा कि मैं इसके जवाब में क्या कर सकता हूँ तो विनफील्ड ने कहा – 'मैंने जो तुम्हारे लिए किया है वही तुम अपने छात्रों के लिए करो'।

माहेश्वरी का उनके छात्रों पर जबरदस्त प्रभाव था। उनके कई छात्रों ने अपने नये शोध–उपलब्धियों का नामकरण उनके नाम पर रख कर उन्हें सम्मानित किया जैसे *पंचानानिया जैपुरेन्सिस* (फफूंद) और *आइसो एट्स पंचाननी*।

Test-tube Fertilisation of Angiosperms or Flowering Plants Can Be Done

It was Panchanan Maheswari who invented the technique of test-tube fertilisation of angiosperms. Before him, no one thought that flowering plants could be fertilised in test-tubes. The prominent botanist Maheshwari's technique immediately opened up new avenues in plant embryology. It has applications in economic and applied botany. This invention has allowed the creation of new hybrid plants that previously could not be crossbred naturally. The technique is proving to be of immense help to plant breeders.

Winfield Dudgeon was his mentor who greatly influenced his life. He was a scientific citizen of the world with high respect everywhere. Many academies felt honoured to make him a Foundation Fellow. Maheshwari founded the scientific journal *Phytomorphology*, and the more popular magazine *Botanica*. He also published texts to improve the standard of teaching life sciences in the schools.

Though renowned as an embryologist, he was well versed in other botanical fields. Maheshwari wrote two books, *An Introduction to the Embryology of Angiosperms* and *Recent Advances in Embryology of Angiosperms*. In 1951 he founded the International Society of Plant Morphologists. He was second Indian Botanist to be awarded F.R.S. by Royal Society of London in 1965.

Once his mentor Dudgeon said, 'he feels good when his students better him'. In response he asked, what I can do in response to this. Dudgeon said - 'do for your students what I have done for you'.

Maheshwari had a tremendous impact over his students, and many of his students honoured him by naming their new findings after him, for example, *Panchanania Jaipurensis* (fungus) and *Isoetes Panchanani.*

भारतीय तिरंगा....कुछ मूलभूत जानकारीयां

भारतीय राष्ट्रीय ध्वज "तिरंगा" पिंगल्ली वेंकय्या द्वारा अभिकल्पित स्वराज झंडे का ही संशोधित रुप है। 22 जुलाई 1947 को हुए संविधान समिति की बैठक में भारतीय राष्ट्रीय ध्वज की संरचना हुई।

संविधान के नियमों के अनुसार राष्ट्रीय ध्वज का निर्माण सिर्फ खादी या हस्त–निर्मित कपड़े के द्वारा ही किया जा सकता है और इसके निर्माण में सिर्फ कपास, ऊन व सिल्क के प्रयोग की ही अनुमति है। भारतीय मानक संस्थान ध्वज के निर्माण सम्बन्धी प्रक्रिया और विनिर्देशन का निर्धारण करता है।

राष्ट्रीय ध्वज के निर्माण का अधिकार केवल खादी–ग्रामोद्योग विकास समिति को उपलब्ध है और ये समिति इसका विनिधान अन्य क्षेत्रीय संगठनो को करती है।

भारतीय ध्वज संहिता और राष्ट्रीय प्रतीकों से सम्बंधित विभिन्न कानून राष्ट्रीय ध्वज के इस्तेमाल सम्बंधित विधानों को संचालित करते हैं। पुराने प्रावधानों के अनुसार राष्ट्रीय पर्वों को छोड़कर अन्य दिनों पर सामान्य नागरिकों के लिये ध्वज के इस्तेमाल की इजाज़त नहीं थी। परन्तु 2002 में सर्वोच्च न्यायालय ने एक जनहित याचिका पर फैसला देते हुए सामान्य नागरिकों को भी झंडे के इस्तेमाल की इजाज़त दे दी है। ध्वज–संहिता का पुनः संशोधन 2005 में हुआ और ध्वज के कुछ और अतिरिक्त इस्तेमाल की अनुमति दी गई। भारतीय ध्वज के अन्य राष्ट्रीय व गैर–राष्ट्रीय ध्वजों के साथ फहराने सम्बंधित औपचारिकताओं के विस्तृत दिशा–निर्देश राष्ट्रीय ध्वज संहिता के नियमानुसार ही होते हैं।

डा. सर्वपल्ली राधाकृष्णन ने राष्ट्रीय ध्वज के विभिन्न रंगों के अभिप्रायों को निम्न प्रकार से परिभाषित किया.....

"भगवा रंग त्याग और अनासक्ति को दर्शाता है। हमारे नेतागण भौतिक लाभों के प्रति अनासक्त रहें और अपने कार्यों के प्रति स्वयं को समर्पित करें। बीच का सफेद रंग प्रकाश को दर्शाता है, सच्चाई की राह पर हमारे आचरण का मार्गदर्शक। हरा रंग मिट्टी से हमारे सम्बन्ध को बताता है, वनस्पति जीवन से हमारे रिश्ते को, जिस पर अन्य सभी जीवन आश्रित हैं। सफेद रंग के बीच में अशोक चक्र धर्म के कानून का पहिया है। सत्य एवं धर्म इस झंडे के नीचे काम करने वाले समस्त लोगों का नियंत्रक सिद्धांत होना चाहिए और चक्र गति का प्रतीक है। ठहराव में मृत्यु है। गति मे जीवन है। भारत को अब बदलाव का और प्रतिरोध नहीं करना चाहिये, इसे अवश्य चलना चाहिए और आगे बढ़ना चाहिये। चक्र उर्जावादी शांतिपूर्ण बदलाव का परिचायक है।"

ध्वज के बीच मे स्थित नीला चक्र सफ़ेद पट्टी पर बना होता है और इसको दोनों तरफ से स्पष्ट दिखना चाहिए। इसमें 24 तीलियाँ या दिन के 24 घंटे हैं और ये चक्र सफ़ेद पट्टी के 3/4 उंचाई के बराबर होने चाहियें।

Few Useful Information about the Tiranga

The Indian flag is based on the *Swaraj* flag which was designed by Pingali Venkayya. The National Flag was created during a meeting of the Constituent Assembly on July 22, 1947.

The law stipulates that the flag is to be made of *khadi or hand-spun cloth* only. Raw material for Khadi is restricted to cotton, wool or silk. The Bureau of Indian Standards lays down the manufacturing process and specification for the flag. The right to manufacture the flag is held by the Khadi Development and Village Industries Commission, who further allocates it to the regional groups.

The Flag Code of India and other laws relating to the national emblems govern the rules about the usage of the flag. Earlier, as per the code, the private citizens were not allowed to use the flag except on the occasions of the national days. However, acting upon a PIL, the Supreme Court has also allowed its use by the private citizen in 2002. The flag code was amended once again in 2005 to allow for some additional uses. The protocol details of flying the flag and its use in conjunction with other national and non-national flags is governed by the flag code only.

Dr. Sarvepalli Radhakrishnan explained the meaning behind the different colours of the Indian National Flag as follows:

"*Bhagwa* or the saffron colour denotes renunciation or disinterestedness. Our leaders must be indifferent to material gains and dedicate themselves to their work. The white in the centre is light, the path of truth to guide our conduct. The green shows our relation to (the) soil, our relation to the plant life here, on which all other life depends. The 'Ashoka Chakra' in the centre of the white is the wheel of the law of Dharma. Truth or *satya, dharma* or virtue ought to be the controlling principles of those who work under this flag. Again, the wheel denotes motion. There is death in stagnation. There is life in movement. India should no more resist change, it must move and go forward. The wheel represents the dynamism of a peaceful change."

The blue wheel in the center of the flag is placed on the white stripe; and it must be visible from both the sides. It has 24 spokes or the 24 hours in a day and equals 3/4 of the height of the white band.

भारत का भव्य प्राचीनतम पुस्तकालय तीन महीने तक जलता रहा

डा. सर्वपल्ली राधाकृष्णन ने कहा था–"पुराने दिनों में भारत के शिक्षक खुद अपने आप में एक पुस्तकालय थे और वो काफी सम्मान की दृष्टि से देखे जाते थे" इसलिए ये शिक्षक 'चल पुस्तकालय' और 'स्मृति पुस्तकालय' के नाम से भी जाने जाते थे। रामायण और महाभारत ऐसे दो महान महाकाव्य हैं जो इस बात की पुष्टि करते हैं।

भारत में पुस्तकालय ईसा पूर्व 2500–1500 के मध्य में अस्तित्व में रहे हैं। भारत में पुस्तकालयों के तीन प्रकार होते थे जो विश्वविद्यालयों और शिक्षा केंद्रों में, राजाओं के महलों में, और मंदिरों में स्थित थे। हमारे प्राचीन मंदिर भी शिक्षा के केंद्र थे। उदाहरण के लिए– काशी के मंदिर, महाबोधि मंदिर और लेपाक्षी मंदिर, जहाँ पर कुछ पुरानी किताबें व आदर्श वाक्य लिखे मिल जाते हैं।

प्राचीन भारत के साहित्यिक खजाने ताड़ के पत्ते व कागज आदि पर संस्कृत और अन्य भारतीय भाषाओं में हाथ से लिखे जाते थे और फिर वो पंडितों और अन्य विद्वानों के घरों में संरक्षित रखे जाते थे। इसके अलावा वो व्यक्तिगत स्वामित्व में एवं मठ व मंदिरों जैसे सार्वजनिक संस्थानों के साथ ही साथ कला और साहित्य के संरक्षक राजाओं के महलों में भी संरक्षित रखे जाते थे। राजा लोग अपनी पांडुलिपियों के संग्रह को *सरस्वती भंडार* में रखते थे।

1193 में एक कट्टरपंथी बख्तियार खिलजी द्वारा नालंदा विश्वविद्यालय को नष्ट कर दिया गया था। कहा जाता है कि खिलजी ने उस पुस्तकालय को जलाने से पहले वहां पर 'कुरान' की प्रति होने के बारे में पूछ–ताछ की थी। इतिहासकारों के अनुसार नालंदा तीन महीनों तक जलता रहा और वहां की लगभग दस लाख पांडुलिपियां इस आगजनी के दौरान जल कर भष्म हो गईं।

भारत में हजारों साल के विदेशी शासन के दौरान हमारे तमाम बेशकीमती पांडुलिपियों की डकैती व चोरी हुई और उन्हें नष्ट किया गया। हम ये सहज कल्पना कर सकते हैं कि यदि यह नष्ट नहीं हुआ होता तो भारत ने दुनिया को कितने और महान साहित्य व विलक्षण ज्ञान दिये होते।

The Ancient Most Library of India Burned for Three Months

Dr. Sarvepally Radhakrisnan had said—"In the olden days teachers of India were themselves librarians and they were held in higher esteem". So, they are also known as 'mobile libraries' and 'memory libraries'. *Ramayana* and *Mahabharat* are the two great epics which prove this point.

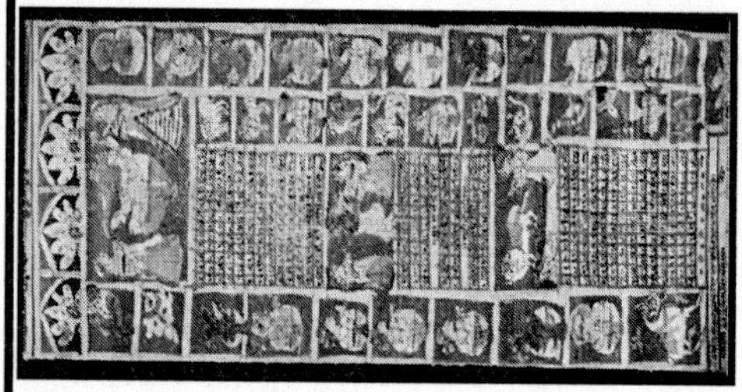

Libraries existed in India between 2500–1500BC. There were three kinds of libraries in India located in Universities and centers of learning; Kings's palaces; and temples. Our ancient temples were the centers of learning too. For example: Temples in Kashi, Mahabodhi temple and Lepakshi temple etc. where one can find many written templates or some old books.

The literary treasures of ancient India in Sanskrit and other Indian languages were written by hand on various materials such as palm-leaves, paper etc. They were preserved in the houses of Pandits and other Scholars, in private possession and also in public institutions like Mutts, Temples and in the Palaces of Kings who were patrons of arts and letters. The kings kept their manuscript collections in *Sarasvati Bhandara*.

The Nalanda University was destroyed by a fanatic Bakhtiyar Khilji in 1193. Khilji is said to have asked if there was a copy of the Koran at Nalanda before he burnt the library. According to historians, Nalanda burned for 3 months and nearly one million manuscripts were burnt during this arson.

The thousands of years of foreign rule in India has witnessed the destruction, robbery and stealing of many of our treasured manuscripts. Had it not been so destroyed, one can imagine what literatures India would have given to the world.

फोगट बहनें – लड़कों को पटकने वाली स्वर्णिम लड़कियां

लड़कियों को कुश्ती रिंग या 'अखाड़ा' मे देखना अकल्पनीय है, विशेषकर तब जब वो लड़कियां हरियाणा के पुरुष प्रधान और लिंग पक्षपाती समाज से आती हों। लेकिन फोगट बहनों ने तमाम बाधाओं के बावजूद ऐसा कर दिखाया। कुश्ती खेलने वाली बहनें गीता, बबीता और विनेश ने ये अकल्पनीय कार्य कर दिखाया और देश के लिए ऐतिहासिक ख्याति अर्जित की।

इन तीन बहनों ने एशियाई खेलों, राष्ट्रमंडल खेलों और अन्य अंतर्राष्ट्रीय खेलों में भारत के लिए कई स्वर्ण, रजत और कांस्य पदक प्राप्त किये हैं।

गीता ने 2010 के दिल्ली राष्ट्रमंडल खेलों में स्वर्ण पदक जीता और 2012 के ओलंपिक खेलों के लिए अहर्ता प्राप्त करने वाली पहली भारतीय महिला पहलवान बन गईं। जबकि बबिता ने दिल्ली में रजत और ग्लासगो राष्ट्रमंडल खेलों में स्वर्ण पदक जीता।

ये दुनिया में अपनी तरह का शायद अकेला परिवार है जिसने छह महिला खेल–चैम्पियन दिये हैं, जिनमें से तीन ने वैश्विक मंच पर स्वर्ण पदक जीता है। उनका मानना है कि सभी लोगों को खेलने का अधिकार और अवसर मिलना चाहिये क्योंकि खेल उनमें विश्वास पैदा करता है। विशेष रूप से महिलाओं में, जिनको बराबरी का दर्जा कम ही मिलता है।

इन लड़कियों की सफलता के कारण गांव के लोगों ने इनकी माँ को ग्राम–प्रधान निर्वाचित किया।

इन बहनों को अब ये टिप्पणी सुनना बड़ा अच्छा लगता है जब लोग कहते हैं कि *"देखो वो लड़की जा रही है जो लड़कों को पटक देती है।"*

Phogat Sisters – The Golden Girls Who Defeated Boys

Girl going to the wrestling ring or *'Akhada'* is something unthinkable, especially in the male dominated and gender biased society of Haryana. But the Phogats did it against all odds. The wrestling sisters Geeta, Babita and Vinesh did the unthinkable and brought laurels to the country. They captured multiple gold, silver and bronze medals in Asian Games, Commonwealth Games and other international sports meets.

Geeta won a gold medal in the Delhi Commonwealth Games in 2010 and became the first Indian woman wrestler to qualify for the Olympics in 2012. Babita won silver in Delhi C.W.G. and gold in Glasgow recently.

They belong to a family that gave India six women sports champions, three of whom have won gold on the global stage, probably the first of its kind family in the world. They firmly believe that everyone should be allowed to participate in sports, especially women, as it builds confidence in them because they are not always treated as equals.

Now, because of these girls, people elected their mother as village head. It gives them immense pleasure when they hear people say *"There go the girls who beat boys"*.

'विट्ठल मंदिर' – हम्पी के अविश्वसनीय व विस्मयकारी संगीतमय स्तम्भ

कर्नाटक के हम्पी में स्थित विट्ठल मंदिर वास्तुकला का एक ऐसा अनूठा नमूना है जो पूरे विश्व में अनोखा है। इस मंदिर के संगीतमय खम्भों – जिन्हें लोग सा रे गा मा पा खम्भे भी बोलते हैं – से संगीत की एकदम सुरीली ध्वनि उत्पन्न होती है। जब अंग्रेजों ने इन खम्भों को देखा तो उनको इन खम्भों के ऐसे गुणों पर विश्वास ही नहीं हुआ। उन्होंने इनकी सत्यता परखने के लिए दो खम्भों को काटा और ये देख कर आश्चर्य चकित रह गए कि ये खम्भे खोखले पत्थरों से निर्मित नहीं हैं। ये खम्भे ठोस पत्थरों से निर्मित थे जिनको उँगलियों से बजाने पर श्रवणीय सुरीली ध्वनि निकलती थी। खम्भों का निर्माण करने वाले कारीगरों की खासियत ये थी कि वो भली–भांति जानते थे कि उचित स्वर निकालने के लिए पत्थरों को कितना बड़ा या छोटा काटना है।

यह मंदिर मूलतः 15वीं शताब्दी में भगवान् विष्णु के एक अवतार विट्ठल के नाम पर निर्मित किया गया था। रामायण में हम्पी का उल्लेख किस्किन्धा नाम से आता है जो कि बाली और सुग्रीव का राज्य हुआ करता था।

विश्व के विभिन्न विशेषज्ञों ने सुनियोजित अनुसन्धान के तहत समस्त वैज्ञानिक दृष्टिकोण (जैसे कि धातुरचना परीक्षण, मंद आवृति पराध्वनिक परीक्षण, संघात प्रतिध्वनी इत्यादि) से मंदिर के सबसे प्रचलित महामंडपम स्थित उन 11 खम्भों के ध्वानिक गुणों का परीक्षण किया जिनसे विशेष सुरीली ध्वनि निकलती थी और इस परीक्षण के पश्चात वे सभी इस नतीजे पर पहुंचे कि ये सारे स्तम्भ विश्व के सबसे अनोखे व अतुलनीय वास्तुशिल्प का उदाहरण हैं।

हम्पी के मंदिर देश के वो अनोखे धरोहर हैं जिन्होंने प्राचीन भारत के वास्तुशिल्पकारों के हुनर से पूरे विश्व को अचम्भित कर दिया है।

The Amazing Musical Pillars of the Vitthala Temple at Hampi

The Vitthala Temple at Hampi, Karnataka is one of the most amazing pieces of architectural brilliance the world has ever seen. The musical pillars, which are also called the SA RE GA MA pillars, produce a musically perfect sound. The British were surprised to see this and they cut two stone columns only to find out that these pillars were not made of hollow stones. They were solid stones which if struck with fingers, produced a musically perfect audible sound. Here the brilliance of the stone masons is that they could discern the sound probability when they cut the rock to different sizes to produce the desired musical sound.

The temple was originally built during the 15th century in the name of Vitthala, which is a form of lord Vishnu. In Ramayana, Hampi is mentioned by the name of Kiskindha–the kingdom of Bali and Sugreeva.

Systematic investigations from all the scientific angles (such as metallographic test, low frequency ultra-sonic test, impact echo etc.) on the acoustic characteristics of the 11 most popular musical pillars of the *Mahamandapam*–which create specific musical sounds–have been carried out by the experts from the world over. And they found out that these musical pillars were the most outstanding and matchless piece of architecture ever seen anywhere in the world.

The temples of Hampi are those examples of architectural brilliance of the ancient Indian masons which has mesmarised the whole world.

महानतम आदिवासी सेनानी व विपर्यय धर्मान्तरण के विचारधारी : बिरसा मुंडा

बिरसा मुंडा (1875–1900) वो विलक्षण आदिवासी थे जिन्होंने अंग्रेजों द्वारा सामंती कृषि प्रणाली की शुरूआत करने के खिलाफ लड़ाई लड़ी थी और उन्हें ऐसे कानूनों को लागू करने के लिए मजबूर किया जिससे कि आदिवासी भूमि पर 'डिकुस' (साहूकारों और बाहरी लोगो) द्वारा कब्जा न जमाया जा सके। वह एक महानतम आदिवासी स्वतंत्रता सेनानी थे और एकमात्र आदिवासी हैं जिनका चित्र संसद के केंद्रीय कक्ष में सजा हुआ है।

वह एक महान लोक नायक थे और उन्होंने औपनिवेशिक शासन के खिलाफ कई बगावतों और विद्रोहों का नेतृत्व किया। बिहार, झारखंड और अन्य क्षेत्रों के आदिवासी लोग उनको भगवान के रूप में मानते थे और रोगों के इलाज के लिए उनके पास आया करते थे।

उनके जनजाति के लोगों में से अधिकांशतः ईसाई धर्मान्तरित थे। लेकिन बाद में बिरसा ने हिंदू धर्म की महानता को समझा और हिन्दू धर्म तथा इसके उपदेशों का प्रचार करना शुरू कर दिया। अपने मूल धर्म में वापस आने के लिए उन्होंने अपने लोगों को बताना व समझाना शुरू कर दिया। इससे हल्के–हल्के वो अपनी जनजाति के बीच एक पैगम्बर के रुप में स्थापित होने लगे। उन्होंने लोगों से गाय की पूजा करने को कहा और गो–हत्या की खिलाफत करने की सलाह दी।

बिरसा की जीवनी पर आधारित एक हिंदी फिल्म '*गांधी से पहले गांधी*', 2008 में बनाई गई। बिरसा के जीवन पर महाश्वेता देवी के ऐतिहासिक उपन्यास '*अरण्येर अधिकार*', ने उन्हें बंगाली भाषा का 'साहित्य अकादमी पुरस्कार' दिलाया। बिरसा मुंडा के नाम पर हवाई अड्डा और कई संस्थानों, विश्वविद्यालयों और स्टेडियम का निर्माण किया गया है।

उनको ब्रिटिश सरकार ने 3 मार्च 1900 को धोखे से सोते समय गिरफ्तार कर लिया। 9 जून 1900 को रांची के जेल मे कथित रुप से हैजा के कारण उनकी मृत्यु हो गई, जबकि उनके शरीर में हैजे का कोई भी लक्षण नहीं दिख रहा था। हालांकि उन्होंने सिर्फ 25 साल का ही जीवन जीया लेकिन एक आदिवासी नायक के रूप में वह लोगों के दिलों पर एक अमिट छाप छोड़ गये।

ब्रिटिश राज के खिलाफ उनका प्रसिद्ध आह्वाहन था ... *"अबुआ राज स्ते जना, महारानी राज तंदू जना"* अर्थात् "रानी के साम्राज्य को समाप्त किया जाये और हमारे राज्य की स्थापना की जाए।"

Birsa Munda : A Rare Tribal Fighter With a Reverse Conversion Belief

Birsa Munda (1875-1900) was the rare tribal who fought against the introduction of the feudal agrarian system by the British and forced them to introduce laws so that the tribal's lands were protected against its usurpation by the '*Dikus*' (money lenders and outsiders). He is the greatest tribal freedom fighter and only tribal whose portrait decorates the central hall of parliament.

He led many revolts and uprising against the colonial rule. He was a great folk hero and the tribal people of Bihar, Jharkhand and other belts treated him as God and came to him for curing their ailments.

Most of the people of his tribe were Christian converts. But later on, Birsa understood the greatness of the Hindu religion and started preaching and propagating Hindu religion. He asked his people to come back to their original religion. This made him a prophet figure among his tribe. He advised them to worship cow and work against cow-slaughter.

A Hindi movie *'Gandhi Se Pehle Gandhi'* was made on him in 2008. Mahashweta Devi's historical novel on the life of Birsa *'Aranyer Adhikar'* won her the 'Sahitya Akademi Award' for Bengali. There are many institutes, universities, stadium and airport in his name.

He was treacherously arrested on 3rd march 1900 by the British while in sleep, and died in the Ranchi Jail on 9th June 1900 reportedly due to Cholera, although he had no visible symptoms of Cholera. He had lived for just 25 years but he made an indelible mark as a Tribal Hero.

His famous call against the British Raj was "*Abua Raj ste Jana, Maharani Raj tandu Jana.*"

It means, "*Let the Kingdom of queen be ended and our Kingdom be established.*"

क्या कंप्यूटर की भाषा संस्कृत होनी चाहिये ...?

"संस्कृत कंप्यूटर प्रोग्रामिंग के लिये सबसे अच्छी भाषा है।" यह बात 'रिक ब्रिग्स' 'ऐ.आई.' पत्रिका में प्रकाशित अपने लेख में कहते हैं। इस लेख में प्राकृतिक भाषा संसाधन में संस्कृत के उपयोग के बारे में बात की गई है। उनके अनुसार लोगों को अपनी मातृभाषा में कंप्यूटर से बात करना सरल होगा और असेंबली/सी/जावा आदि कंप्यूटर अनुकूल भाषा सीखने का अतिरिक्त कष्ट उन्हें नहीं उठाना पड़ेगा।

ब्रिग्स के इन विचारों में कुछ अर्थ है– उदाहरण के लिए हम ज़रा एक संस्कृत शब्द *'सूर्यकोटिसमप्रभ'* का अनुवाद देखते हैं। इसका अर्थ है वह जिसकी प्रभा एक करोड़ सूर्य के बराबर है। यहाँ हम स्पष्ट देख सकते हैं कि किस प्रकार संस्कृत भाषा न्यूनतम शब्दों के उपयोग द्वारा अर्थ की सही व्याख्या कर सकती है।

संस्कृत की महत्ता पर भारत के उच्चतम न्यायालय के एक फैसले का ज़िक्र यहां प्रासंगिक होगा। न्यायालय के समक्ष यह प्रश्न था कि माध्यमिक विद्यालयों में संस्कृत एक वैकल्पिक विषय के रूप में पाठ्यक्रम में शामिल करने के लिए आवश्यक है अथवा नहीं ? उच्चतम न्यायालय ने अपने निर्णय में इसके महत्व पर प्रकाश डालते हुए इस विषय पर देश के प्रथम प्रधानमंत्री के बयान का यह हवाला दिया– "अगर मुझसे पूछा जाये कि भारत के पास सबसे बड़ा खज़ाना क्या है और उसकी बेहतरीन विरासत क्या है, तो मैं यह बेहिचक जवाब दूंगा कि वह है संस्कृत भाषा और साहित्य, और वह सबकुछ जो इसके अन्दर मौजूद है। यह एक शानदार विरासत है, और जब तक यह बनी हुई है और हमारे लोगों के जीवन को प्रभावित कर रही है, तब तक भारत की मूल प्रतिभा भी कायम रहेगी।"

दिल्ली वि.वि. के गत वर्ष के ऑनलाइन आवेदन आंकड़ों के अनुसार हमेशा से पसंदीदा रहे अंग्रेजी भाषा हेतु केवल 75,356* छात्रों ने तथा 58,201* ने फ्रेंच भाषा के डिप्लोमा पाठ्यक्रमों के लिए आवेदन किया है, जबकि 78,135* छात्रों ने संस्कृत भाषा के लिए आवेदन किया है। 'ओरिएंटल स्टडीज (संस्कृत)' में ऑक्सफोर्ड विश्वविद्यालय एक तीन साल की बी.ए. डिग्री प्रदान करता है। हार्वर्ड विश्वविद्यालय में अब भी संस्कृत भाषा पढ़ायी जा रही है और यहाँ पर इसका पहला पाठ्यक्रम 1872 में प्रारंभ हुआ था।

जब हम भाषा के इतिहास में झांक कर देखते हैं तो हम पाते हैं कि कई संस्कृत शब्द अंग्रेजी, चीनी, फारसी और अन्य भाषाओं द्वारा अपनाये गये हैं, जैसे : नाम–नेम; दन्त–डेंटल; त्री–थ्री–कृएट; गऊ–काऊ; अंतर–इंटर; वेक–वक्ल; द्वार–डोर इत्यादि। शेर के लिए चीनी शब्द 'शिंह' संस्कृत भाषा के 'सिंह' से लिया गया है।

प्राचीन भारत की भाषा यकीनन सभी भाषाओं में सबसे अधिक वैज्ञानिक भाषा है और इसीलिए इसे कंप्यूटर हेतु सर्वथा उपयुक्त माना जा रहा है।

Should Sanskrit be the Language of the Computer...?

"Sanskrit is the best language for computer programming." This is what Rick Briggs says in his paper published in AI magazine. It talks about using Sanskrit in natural language processing . He says it will make it easier for people to talk to computers in their native tongue and spare them the pain of learning a computer friendly language like assembly/C/Java etc.

There is some meaning in his opinion. For example, see the translation of one Sanskrit word 'Surya Koti Sam Prabha' *(सूर्यकोटिसमप्रभ) which means "one whose effulgence is equivalent to that of a crore suns". One can see how Sanskrit can explain the meaning with minimum use of words.*

देहिनोऽस्मिन्यथा देहे कौमारं यौवनं जरा ।
तथा देहान्तरप्राप्तिर्धीरस्तत्र न मुह्यति ॥ १३ ॥

"As the embodied soul continually passes in this body from boyhood to youth and then to old age, similarlly the soul also passes into another body at death. The self-realized soul is not bewidered by such a change."

Bhagavad gita 2.13

A judgment of the Supreme Court of India, emphasising the role of Sanskrit is relevant here. The question before the Court was whether Sanskrit is required to be included in the syllabus as an elective subject in the secondary schools? The apex court while highlighting its importance, quoted our first Prime Minister's statement: "If I was asked what is the greatest treasure which India possesses and what is her finest heritage, I would answer unhesitantly–it is the Sanskrit language and literature, and all that it contains. This is a magnificent inheritance, and so long as this endures and influences the life of our people, the basic genius of India will continue."

As per D.U. data for online application last season, only 58,201* have applied for the all-time favourite English and 75,356* for French, while 78,135* students have applied to honours courses in Sanskrit. Oxford University offers a three-year BA in Oriental Studies (Sanskrit). Sanskrit continues to be taught in the Harvard University too. Harvard's first course in Sanskrit was introduced in 1872.

If we look back into the history of language, we find that many Sanskrit words have been adopted by English, Chinese, Persian and other languages, e.g. Naam-Name; Dant-Dental; Tri-Three; Kri-Create; Gau-Cow; Antar-Inter; Vak-Vocal; Dwar-Door etc. The Chinese word 'Shih' for lion is taken from Sanskrit 'Simha'.

The language of the ancient India is arguably the most scientific among all the languages; and that is the reason why Sanskrit is being considered as the best for computers.